HORST BIEBER

Lösegeld

Horst Bieber

Kriminalroman

Umschlag, Typografie
Hans-Joachim Kotarski, Ludwigshafen

Illustrationen
Ingeborg Kempf, Mannheim

Mit Unterstützung der ›Initiative Buchkultur: Das Buch e.V.‹
www.buchkultur.org

Das Werk ist in allen seinen Teilen urheberrechtlich geschützt.
Jede Art der Verwertung ohne Zustimmung der Rechteinhaber
ist unzulässig. Dies gilt insbesondere für Vervielfältigungen,
Übersetzungen, Mikroverfilmung oder die Einspeicherung in und
Verarbeitung durch elektronische Medien oder ähnliche Verfahren.

© Horst Bieber & Llux Agentur & Verlag e.K.

Bibliografische Information.
Die Deutsche Bibliothek verzeichnet diese Publikation in der
Deutschen Nationalbibliografie; detaillierte bibliografische Daten
sind im Internet über http://dnb.ddb.de abrufbar.

Llux Agentur & Verlag, Ludwigshafen am Rhein
Printed in Germany

ISBN 978-3-938031-41-4

2011

Personen

Claudia Frenzen	schreibt fantasievolle Kindermärchen und erlebt eine unglaubliche Geschichte,
Martin Jörgel	Claudias Stiefvater, ein Ekel, wie es [auch in diesem] Buche steht.
Brigitte Auler	betuchte Ingenieurin, ist mit ihrem Freund Martin Jörgel nicht mehr glücklich.
Rolf Kramer	Privatdetektiv, schätzt attraktive Frauen, Weißwein, klassische Musik und komplizierte Fälle mit ordentlichem Honorar.
Christa Möller	sorgt für die richtige Maske und frischt ein altes Verhältnis auf.
Heinz Dusiak	verkauft gebrauchte Autos und Dinge, die ihm nicht gehören, kriegt seine Spielschulden aber nicht in den Griff.
Anielda	Schmalspur-Pychologin, beantwortet Zukunftsfragen auf wissenschaftlicher Basis, füllt Drucker-Farbpatronen oder steht Schmiere.
Caro[line] Heynen	Kriminalhauptkommissarin, ist mit Rolf Kramer befreundet und liebt wie er klassische Musik und Weißwein.
Johannes Hogarth	Ingenieur, ist in seinen geliebten Bergen abgestürzt und langweilt sich etwas.
Heiko Bille	mag es nicht, wenn man ihm jemanden vor die Nase setzt.

	Annegret Stumm	unter dem Spitznamen Annegret von der Birke in Segelfliegerkreisen bekannt.
	Harald Posipil	Ahnenforscher, versteht viel von modernen Computern und etwas weniger von seiner musikalischen Tochter Eva.
	Heike Saling	tüchtige und flotte Staatsanwältin, liebt kurze Röcke und erweist sich als immun gegen Rolf Kramers Charme.
	Helene Schlüter	ehedem Arzthelferin, immer noch sehr attraktiv und aktiv.
	Achim Starke	arbeitsloser Angestellter, riskiert viel, um an Geld zu kommen, zahlt aber alte Ehrenschulden, so gut er kann.
	Lars Urban	Jurist, liebt seine Nachbarin Claudia, neigt zur Eifersucht.

Erster Freitag

◊

◊

Punkt drei klopfte sie an seine Tür und steckte den Kopf ins Zimmer: „Ich bin fertig, Herr Hilbert. Brauchen Sie mich noch?"

Hilbert hatte vor seinen Computern gesessen und rollte nun mit seinem Stuhl zur Seite, wobei er die Brille absetzte und seine Augen rieb. Nach zwei Stunden, das hatte er ihr gestanden, flimmerte auch der beste Bildschirm so, dass er nichts mehr erkannte und eine längere Pause einlegen musste.

„Nein, Claudia, vielen Dank."

„Bis Montag dann. Und ein schönes Wochenende."

„Danke, das wünsche ich Ihnen auch."

Um diese Tageszeit herrschte auf den Fluren und Treppen und vor den Aufzügen im ›Alten Kornhof‹ Hochbetrieb. Es summte wie in einem Bienenstock. Die meisten Büros schlossen freitags am frühen Nachmittag, im Parterre und auf der Galerie im ersten Stock blieben viele Geschäfte bis 20 Uhr geöffnet. Erich Hilbert hatte sein Zwei-Personen-Büro im zweiten Stock eingerichtet, und Claudia Frenzen fuhr nicht gern in überfüllten Aufzügen, erst recht nicht, wenn sie mehrere feste und lange, sperrige Papphülsen mit Konstruktionsplänen und technischen Zeichnungen unter dem Arm trug, dazu einen schweren Leinenbeutel mit Briefen und Päckchen. Vor dem Wochenende brachte sie immer besonders viel Post auf den Weg; Claudias Chef Erich Hilbert gehörte zur altmodischen Sorte der Einzelkämpfer, die das Wochenende nur dann entspannt genießen konnten, wenn sie am Freitag von einem leergeräumten Schreibtisch aufgestanden waren.

Mit dem Job hatte sie unverschämtes Glück gehabt, und sich schon mehr als einmal gewundert, dass von den vielen Bewerberinnen ausgerechnet sie ihn bekommen hatte. Hilbert hatte bei ihrem Wunsch, nur von zehn bis fünfzehn Uhr zu arbeiten, sofort genickt: „Einverstanden – unter der Bedingung, dass Sie anschließend noch die Post wegbringen." Und Post fiel reichlich an, Erich Hilbert, gelernter Diplom-Ingenieur, hatte als Fachmann und Gutachter für Fassadenbau und -berechnungen gut zu tun. Sein wahres Kapital, so belehrte er Claudia augenzwinkernd, als sie miteinander warm geworden waren, steckte in den Computerprogrammen, die er selbst geschrieben hatte und eifersüchtig hütete. Verblüfft und beeindruckt hatte sie gelauscht. Begriffe wie ›Wärmebrücke‹ und ›Dampfdruckbremse‹ und ›Hinterlüftung‹ und ›Dehnungsfugen‹ für den ›Schwingungsausgleich‹ bei Gebäuden waren ihr nie untergekommen, auch ›elektrostatische Aufladung‹ und ›lokaler Treibhauseffekt‹ musste er ihr übersetzen, und zum Schluss verspottete er sie mit der ›Hausfrauenfrage‹: Konnte sich der Bauherr eine ausgefallene Glas- oder Metall-Fassade finanziell überhaupt leisten, wenn sie alle drei oder vier Wochen gereinigt werden musste, um den gewünschten Effekt zu erzielen? Hatte sie schon einmal bedacht, dass sich eine Metallfassade an der Südseite eines Gebäudes wegen der Sonneneinstrahlung ganz anders verhielt als die baugleiche Fassade an der Nordseite? Dass sich der Stahl, der für das Gerüst verwendet worden war, das die Fassadenverkleidung trug, anders ausdehnte und zusammenzog als die darauf befestigte Verkleidung aus Aluminium oder Edelstahl, ob blank oder farbig? Konnte sie sich überhaupt die Kräfte vorstellen, die dann an den Verbindungsstellen, ob Schrauben oder Schweißpunkte, zerrten? Wie verhielten sich Fassaden, wie die notgedrungen steifen Rahmen der metallischen Kipp-, Dreh- oder

Klappfenster? Was passierte, wenn Gebäude bei heftigen Windböen zu schwingen begannen? Mit der Zeit bekam sie Respekt vor dem kleinen, rundlichen Mann mit den großen Geheimratsecken, der sie freundlich-höflich, gelegentlich etwas ironisch behandelte, sie nicht hetzte und größten Wert darauf legte, dass sie selbständig arbeitete. Die meisten Briefe, Memoranden und Gutachten tippte er selber auf seinem Computer oder brachte von zuhause Sticks mit – ihre Stenokenntnisse ließen, wie sie freimütig eingeräumt hatte, auch sehr zu wünschen übrig –, und zu ihren ersten Aufgaben morgens gehörte es, seine Dateien auf ihren Computer zu laden, und aus seinen hintereinanderweggeschriebenen Texten ordentliche und ansprechende Briefe oder mails und Manuskripte oder Gutachten zu formen. Außerdem stand er mit der neuen Rechtschreibung auf Kriegsfuß.

Privatim achtete er auf Distanz; sie wusste mittlerweile nur, dass er verheiratet, seine Frau aber vor einigen Jahren ausgezogen war. Seine beiden Töchter riefen ab und zu im Büro an, aber bis jetzt hatte Claudia sie noch nicht persönlich kennengelernt. Die ältere Elisabeth oder Betty war in Osaka verheiratet, die jüngere Marianne studierte noch in den Vereinigten Staaten. Besucher kamen nicht sehr oft ins Büro, unter den wenigen waren verhältnismäßig viele Ausländer – Russen, Asiaten, Araber, auch Afrikaner.

Vor ein paar Monaten waren an einem Vormittag zwei Delegationen gekommen, Iraner und Iraker, die sich noch in Claudias Zimmer begegneten und lebhaft miteinander in einer Sprache schnatterten, von der Claudia nicht ein einziges Wort verstand. Sie hatte sich später bei Hilbert erkundigt, wie er sich denn mit den Ausländern verständigt hätte und er hatte sie ausgelacht „Auf Englisch natürlich. Warum fragen Sie?"

„Die haben sich bei mir im Zimmer in einer Sprache unterhalten, die ich noch nie gehört habe."

„Wahrscheinlich Arabisch oder Farsi. Ich hab sie zu Heiko Bille geschickt, ihr Problem war mir zu speziell und zu zeitaufwendig."

Auch Heiko Bille kannte sie bisher nur vom Telefon. Er lebte nicht weit entfernt und übernahm für Hilbert manchmal knifflige Detailkonstruktionen. Hilbert hatte ihr mal von ihm erzählt, Bille sei ein begnadeter Konstrukteur in einer großen Firma gewesen und hatte dort gekündigt, als man ihm aus heiterem Himmel einen anderen Mann als Chef vor die Nase setzte. Hilbert meinte, als Selbständiger verdiene Bille ein Mehrfaches; außerdem sei er ein schwieriger Mensch, den man am besten ungestört vor sich hinwursteln lasse. Seine Frau würde es nicht leicht mit ihm haben.

Doch in der Regel verlief es anders: Wer was von Hilbert wollte, rief an oder schickte aus aller Welt lange E-mails mit Hilferufen und umfangreichen Bilddateien, Hilbert reiste manchmal hin, um sich das Problem an Ort und Stelle anzuschauen.

Ab und zu schienen sich Mailschreiber in der Adresse zu irren. Eine verrückte Mail lautete: „Wo bleibt die Filter-Anschrift? Khalil."

Sie nahm Hilbert auf den Arm: „Seit wann entwerfen Sie Kaffeemaschinen?" – wobei sie auf die Mail deutete. Hilbert konnte darüber gar nicht lachen. „Der ist und bleibt ein Idiot. Dem werde ich mal den Kopf waschen, wenn wir uns treffen." Aber das würde wohl nicht so rasch gehen, denn er reiste nicht gerne; er war, wie er Claudia verriet, der geborene Stubenhocker, anders als seine nestflüchtigen Töchter. Die meiste Zeit war es ein ruhiges Arbeiten – sie konnte sich eigentlich nur an eine unangenehme Störung erinnern, als vor Monaten zwei Männer ins Büro kamen und unbedingt mit Hilbert sprechen wollten. Weil sie wusste, dass er für die Staatsanwaltschaft an einem schwierigen Gutachten arbeitete, das raus musste, hatte sie versucht, die beiden Männer abzuwimmeln, doch die zeigten sich hartnäckig und als sie einfach zu Hilbert ins Zimmer gehen wollten, hatte sie sich empört vor die Tür gestellt. Es hatte die beiden Rüpel nicht beeindruckt. Der eine hatte sie mit einem flüchtigen „Entschuldigung" an den Oberarmen gefasst und zur Seite geschoben, der andere hatte die Tür aufgeklinkt und auf Hilberts wütendes „Was soll das? Was wollen Sie?" gar nichts geantwortet, sondern war ins Zimmer bis zum Arbeitstisch gegangen und hatte wortlos ein Blatt Papier vor Hilbert abgelegt.

Natürlich hatte Claudia gefragt, wer die beiden gewesen seien, und Hilbert hatte sie beruhigt: Die kämen nicht zurück, das wären zwei Geldeintreiber von einem Inkassobüro. „Ich habe gleich meinen Anwalt angerufen und der hat Strafantrag wegen Hausfriedensbruch und Nötigung gestellt."

„Inkassobüro?"

„Ja, leider, ich lebe von meiner Frau getrennt, bin aber nicht geschieden, und wenn sie mich mal wieder ärgern will, was ihr so alle halbe Jahre in den Sinn kommt, macht sie Schulden und verweist die Gläubiger auf den Ehemann. Es wird nicht wieder vorkommen, keine Angst."

Vorgestern hatte seine Tochter Betty im Büro angerufen, und als er aus seinem Zimmer kam, machte er ein langes Gesicht. „Sie müssen bitte ein ordentliches Doppelzimmer für meinen Schwiegersohn und meine Tochter besorgen. Die wollen mich übers Wochenende besuchen, aber das ist, wie ich finde, für mich Strafe genug, schlafen können sie im Hotel." Claudia war beeindruckt gewesen: „Dann spricht Ihre Tochter fließend Japanisch?"

„Nein, wieso?"

„Ich dachte nur, wenn sie mit einem Japaner verheiratet ist…"
Hilbert lachte: „Nein, Kuso, mein Schwiegersohn, ist in Sao Paulo geboren und hat auf der Straße und in der Schule Portugiesisch gelernt. In allen größeren Städten Lateinamerikas gibt es japanische Kolonien. Betty hat ihren Mann in Sao Paulo im Zoo kennengelernt, in Sao Paulo hat sie bei einer amerikanischen Firma gearbeitet."

Claudia bummelte von der Post entspannt Richtung Dom. Einen schönen Mai hatten sie nach dem langen Winter und dem kalten, feuchten und windigen April wirklich verdient.

Im Supermarkt hatten sich lange Schlangen vor den Kassen gebildet. Seit sie sich selbst versorgte, kaufte sie nicht mehr so gerne ein; die Zeit, die sie dafür aufwenden musste, reute sie, und unter vielen drängelnden und ungeduldigen Menschen hatte sie sich noch nie wohl gefühlt. Als sie in die ruhige, menschenleere Kapuzinergasse einbog, atmete sie auf.

Ursprünglich hatte die Stadtverwaltung auch diesen Teil der Altstadt rund um den Dom und das bischöfliche Palais, einen im Baedeker hoch gelobten Renaissance-Bau, der im Bombenkrieg schwer gelitten hatte, mit der Abrissbirne sanieren wollen, bis die große Ebbe in den kommunalen Kassen einsetzte. Heute verkaufte der Oberbürgermeister diesen erzwungenen Verzicht auf Abriss und Planierung als politische Weitsicht, was er wagen durfte, weil sich genügend private Investoren gefunden hatten, um die Altbauten zu sanieren oder, falls einsturzbedroht, einzureißen und die zahlreichen Baulücken mit Neubauten zu schließen, deren Äußeres sich halbwegs harmonisch in das Straßenbild einer frühneuzeitlichen Residenzstadt einfügte. Für ihre kleine Eigentumswohnung in dem dreistöckigen Neubau hatte Claudia einen fast kriminellen Quadratmeterpreis gezahlt;

heute galt es nämlich wieder als chic, in der Innenstadt zu wohnen, was die Preise und Mieten unverdrossen in die Höhe trieb. Die Kapuzinergasse war für den Durchgangsverkehr gesperrt; in ihrem Haus gab es eine enge Tiefgarage, in der sie ihren betagten Kleinwagen abstellte, den sie oft die ganze Woche über nicht bewegte. Zum ›Alten Kornhof‹ lief sie eine Viertelstunde, bis zum Südbad brauchte sie fünf Minuten, und der Schloßplatz mit Theater und Konzertsaal lag keine sechs Geh-Minuten entfernt. Zehn Minuten bis zum Herzogenpark – sie brauchte für den Alltag wirklich kein Auto.

Nach Geschäftsschluss wurde es himmlisch ruhig. Manchmal vermisste sie Grün, die Bäumchen in der schattigen Gasse kümmerten doch arg kläglich vor sich hin, und zum Ausgleich hatte sie ihren Balkon, der schon in die Dachschräge eingelassen war, reichlich mit Pflanzen in Holzkübeln ausgestattet. Seit einigen Wochen fühlte sie sich hier ›daheim‹ und war ohne Bedauern endgültig aus dem Elternhaus in der vornehmen Karanderstraße am Stadtwaldrand fortgezogen.

Als erstes rief sie ihren Patenonkel Walther Lytgang an, der um diese Zeit natürlich noch im Büro hockte und auf Klienten wartete. Er freute sich aufrichtig, sie zu hören: „Gibt's was Neues, Kind?"

„Ja und nein. Martin hat wieder angerufen und mich bedrängt, ihm entweder meinen Anteil zu verkaufen oder gegen eine Art Leibrente auf mein Stimmrecht zu verzichten."

„Ach nee", sagte Walther Lytgang, der seit einem Jahr als Vermögens-Verwalter und Finanzberater für Claudia Frenzen die Verwaltung ihres von der Mutter und einer Patentante geerbten Geldes und ihres Anteils an der Firma ›Frenzen Filtertechnik KG‹ übernommen hatte; Claudias Mutter war vor gut einem Jahr an Krebs gestorben. Laut Testament und – wie

Lytgang immer spottete – gemäß dem ›Frenzenschen Hausgesetz‹ konnte Claudia erst mit Vollendung ihres 25. Lebensjahres über ihren Firmenanteil uneingeschränkt verfügen, war allerdings bis dahin stimmberechtigtes Mitglied im sogenannten Familienrat, der bei ›Frenzen Filtertechnik‹ die Funktion eines Aufsichtsrates versah, und den auf Zeit gewählten ›Direktor‹ der Firma kontrollierte. Zur Zeit übte Claudias Stiefvater Martin Jörgel dieses Amt aus. Walther Lytgang, ein aus Zürich stammender erfolgreicher Finanzberater und Börsenspekulant, hatte in den Frenzen-Clan eingeheiratet und als ›Direktor‹ das Unternehmen aus einer schweren Finanz- und Absatz-Krise hinausgeführt.

„Das wundert mich nicht."

„Wieso drängt er plötzlich so, Onkel Walther?"

„Der Firma geht es nicht gut, dein Stiefvater fährt sie ziemlich gegen die Wand, erzählen mir meine Gewährsleute. Ich fürchte für den lieben Martin, dass er auf dem nächsten Familienratstreffen als Firmenchef gefeuert wird." Lytgang konnte Martin Jörgel nicht leiden, aus der Abneigung war kaum verhüllter Hass geworden, als sich herausstellte, dass Jörgel die Nacht, in der seine Frau Karin an Krebs starb, mit einer anderen Frau in einem Hotel am Velstersee verbracht hatte, wohl wissend, dass sich die ganze Familie in der Klinik versammelt hatte, um Abschied zu nehmen. Lytgang verschwieg Claudia, dass die jüngsten Gerüchte Claudias Stiefvater eine Reihe sehr krummer Geschäfte nachsagten, für die sich bereits der Staatsanwalt interessierte.

In der Firma wurde ungeniert darüber gesprochen, dass ›Frenzen Filtertechnik‹ für Aufträge, in erster Linie Bestellungen aus dem Ausland, recht großzügige Bestechungsgelder zahlte. Aber da es Arbeitsplätze in einer strukturschwachen

Region sicherte, wurde es in stillschweigender Übereinkunft als internes Geheimnis behandelt. Lytgang hatte sich vorgenommen, dieses heikle Thema beim nächsten Familienrat zur Sprache zu bringen.

„Wie es heißt, möchte er verkaufen oder fusionieren, und dazu muss er auch über deinen Anteil verfügen können."

„Was soll ich ihm antworten?"

„Nichts. Du gibst ihm für alle Fälle noch einmal meine Telefonnummer und Anschrift; er soll sich gefälligst mit mir herumschlagen und dich in Ruhe lassen. Mach' dir keine Sorgen. Bevor es wirklich kritisch wird mit der Firma, greife ich ein. Ich habe mir übrigens dein Märchen Pik und Peka im Rundfunk angehört, Kompliment, es hat mir sehr gut gefallen."

„Danke, Onkel Walther."

Claudia räumte ihre Einkäufe noch ein, als es zweimal kurz klingelte. Lars Urban strahlte wie ein Honigkuchenpferd und verbeugte sich tief: „Große Verehrung, Frau Nachbarin."

„Große Ehre, Herr Nachbar. Du hast den Kaffee gerochen."

„Durch die Wand, so ist es."

„Dann gieß dir ein Tässchen ein!"

Er wollte den Begrüßungskuss ausweiten, doch sie machte sich energisch frei: „Hock' dich hin, ich bin gleich fertig."

Lars Urban war vor acht Monaten nebenan eingezogen. Der Wohnungseigentümer war dem Angebot seiner Firma gefolgt, für drei Jahre nach Singapur zu gehen, und hatte die Wohnung seinem Studienfreund Lars überlassen, wohl wissend, dass er auf die vereinbarte Monats-Miete nicht allzu fest rechnen durfte. Denn Freund Lars scheute vor fester, geregelter und regelmäßiger Arbeit zurück wie der Teufel vor dem Weihwasser. Was nicht hieß, dass er faul war, im Gegenteil, entweder jobbte er in Geschäften oder Kneipen oder in dem

Entrümpelungsunternehmen eines anderen Studienfreundes oder unterrichtete Computer-Anfänger. Ab und zu ließ er sich von einem Rechtsanwalt, bei dem er vor seinem Referendariat ein Praktikum absolviert hatte, dazu ›überreden‹, Schriftsätze zu verfassen oder komplizierte Verträge zu formulieren. In der Kanzlei wäre Lars jetzt, nach seinem zweiten Staatsexamen, jederzeit mit Handkuss genommen worden, aber schon bei dem Gedanken an feste Bürozeiten sträubten sich seine brünetten Drahthaarlocken. Nur das nicht! Für seine Dissertation musste er nur noch das Literaturverzeichnis und das Titelblatt schreiben, aber Claudia hatte inzwischen begriffen, warum er das mit den dümmsten Ausreden immer wieder hinauszögerte – sobald er die Arbeit einreichte, endete die Studentenzeit und der ›Ernst des Lebens‹ begann. Im März hatten sie seinen 26. Geburtstag gefeiert; zwei Jahre wollte er sich noch gönnen, bevor er sich unter das Joch der festen Arbeit beugte. Lebensangst kannte er so wenig wie Langeweile.

„Du willst mich bestimmt zu einem fantastischen Fondue einladen", sagte sie hungrig und setzte sich in den Sessel; die Couch okkupierte er mit seinem langen Gestell, halb sitzend, halb liegend für sich allein.

„Oh nein!" seufzte er. Zu seinen zahlreichen Talenten zählte auch das Kochen und Backen, darin übertraf er Claudia um Lichtjahre, wie sie neidlos anerkannte.

„Was heißt das? Willst du nicht oder kannst du nicht?"

„Ich kann nicht. Ich werde heute abend hart schuften."

„Das glaubst du doch selber nicht!"

„Doch. Ein Freund heiratet morgen, und wir sollen ihn heute abend gebührend aus der Junggesellen-Freiheit verabschieden."

„Du hast für ihn bestimmt einen Ehevertrag aufgesetzt."

„Nein, aber ich werde das Klavier bedienen und das Saxophon blasen, um die trübe Stimmung seiner Junggesellen-Freunde zu verscheuchen."

„Ach nee! Und wo?"

„In der ›Gondel‹. Womit sich die Frage erhebt, ob du mich zu einer Gondelfahrt begleiten möchtest."

„Kenne ich den Freund?"

Er schüttelte den Kopf. „Alle Freunde und Freundinnen sind willkommen."

„Also ein großer Auftrieb?"

Nach einer Weile griente er. Ihre Abneigung gegen Gedränge und Lärm, schlechte Luft und zielloses Geschwätz war ihm bekannt. Auf Claudia und ihn traf die zweifelhafte Weisheit zu, dass sich Gegensätze anziehen. Außerdem, so vermutete Claudia, hatte er einmal eine engere Beziehung zu der flotten Gondelwirtin Ulla Stack gepflegt, und weil er ein treuer Mensch war, schob er die endgültige Trennung wohl immer noch etwas hinaus.

„Nein, danke, Lars."

„Du betrübst mich tief."

„Ich weiß."

„Du solltest tätige Reue üben."

„Aber nur, wenn du deine Beine von der Lehne nimmst."

„Für dich tue ich doch fast alles", spottete er, während sie um den Tisch herumging.

Sie hatte ihm nie gestanden, dass er ihr erster Liebhaber war, und er hatte sie nie nach früheren Freunden gefragt. Der Zufall hatte sie zusammengeführt, und noch sträubte sie sich gegen den Gedanken, sie könnte sich ernsthaft in den langen Schlaks verliebt haben. Obwohl sie ihm einmal gestanden hatte, dass es ihr jedes Mal mehr Spaß machte, und bei seinem merkwürdigen Blick war ihr flüchtig der Gedanke gekommen, er gebe sich absichtlich so locker und unverbindlich, um sie nicht unter Druck zu setzen. Im März hatte sie vorgeschlagen, er solle sie doch einmal zu ihrem Patenonkel Walther Lytgang begleiten, und mit ungewöhnlich ernster Miene hatte er abgelehnt: „Nein, Claudia, das ist noch viel zu früh."

Sein Ton verschloss ihr den Mund, aber als sie die Verstimmung überwunden hatte, gab sie ihm recht. Anderen Menschen zu vertrauen fiel ihr schwer, ihre Unsicherheit verbarg sie hinter lockeren Sprüchen und einem burschikosen Auftreten, das viele Menschen täuschte. Wahrscheinlich – nein, sicher hatte er sie längst durchschaut, doch alle diese klugen Einsichten verflüchtigten sich in dem Moment, in dem er ihren Busen küsste oder sie anfasste.

„Raus mit dir!" befahl sie.

„Du bist herzlos", brummelte er und wehrte sich dagegen, vom Bett heruntergeschoben zu werden.

„Ich weiß. Aber auch ohne Herz scheint dir der Rest zu gefallen."

„Kein Widerspruch."

„Dann hör mit dem Stöhnen und Jammern auf."

Natürlich kriegte er sie herum, mit ihm unter die Dusche zu gehen, und wie üblich stimmte er hinterher das große Geschrei an, als er helfen sollte, die Überschwemmung im Badezimmer zu beseitigen.

„Wenn du mich morgen so gegen zwölf oder eins zu einem Katerfrühstück einlädst, könnte ich abends meinen Rechaud anwerfen."

„Abwarten!"

Bis zehn Uhr saß sie vor dem Computer und schrieb. Dann klingelte es, und verwundert ging sie zur Wohnungstür. Lars hatte doch gesagt, es würde spät werden. Sie öffnete und erstarrte. Vor ihr standen zwei schwarze Gespenster, und noch bevor sie begriff, dass die Personen vermummt waren, trat die eine Gestalt rasch in die Diele vor, ein fester Griff umklammerte ihren Nacken, etwas Weiches, widerlich Riechendes wurde ihr brutal auf das Gesicht gedrückt und erstickte ihren Hilfe-Schrei. Zehn Sekunden strampelte und wehrte sie sich noch, dann sank sie bewusstlos zu Boden.

Erster Samstag

Claudia wachte auf und wusste nicht, wo sie war. Ihr Kopf schmerzte unerträglich, und als sie die Augen aufschlug, tanzten dunkelgraue Schleier vor einer dichten Nebelwand. Sie versuchte zu schlucken, aber Hals und Kehle schienen ausgetrocknet und bestanden aus Sandpapier. Das Atmen fiel ihr schwer.

Träumte sie noch?

Dann richtete sie sich auf und spürte sofort, wie die Übelkeit vom Magen hochstieg. Schnell ließ sie sich wieder zurücksinken und konzentrierte alle Kraft darauf, den Brechreiz zu unterdrücken, schnappte flach und hastig nach Luft und spürte, wie ihr am ganzen Körper der Schweiß ausbrach.

Am liebsten hätte sie geweint. Warum war ihr bloß so übel?

Aber der Nebel lichtete sich allmählich, die tanzenden Figuren vor ihren Augen lösten sich langsam auf. Hinter ihrer Stirn pochte und bohrte der Schmerz zwar unverändert, doch sie konnte wieder klar sehen. Und überlegen.

Nach zwei Minuten riskierte sie es noch einmal und richtete sich auf. Nein, sie musste noch träumen. Diesen großen Raum kannte sie nicht, auch nicht, als die schwankenden, tanzenden Wände zur Ruhe gekommen waren.

„Guten Tag. Sind Sie endlich wach? Wie geht es Ihnen?"

Woher kam der Mann? Und wo stand er? Was hatte ein fremder Mann in ihrem Schlafzimmer – aber das war ja nicht ihre Wohnung. Verwirrt schaute sie sich um und schüttelte den Kopf, als müsse sie den Albtraum vertreiben.

„Wo ... wer ...", ihre Stimme krächzte und versagte.

„Sie werden Durst haben. Neben Ihrem Bett steht eine Sprudelflasche." Eine Männerstimme ohne Sprecher. Was hatte sie – Durst? – Wasser? Sie bückte sich, die Faust in ihrem Kopf krallte so zu, dass ihr die Tränen in die Augen schossen, aber da stand eine Flasche. Tatsächlich, und sie hatte Durst, ja, sie verdurstete. Zitternd vor Ungeduld schraubte sie den Verschluss auf, sie musste die volle Flasche mit beiden Händen anheben, so schwach war sie, und nach dem ersten Schluck stieß sie auf. Ein widerlicher Geschmack, schleimig und süßlich-faulig, füllte Mund und Nase aus, verzweifelt schluckte sie, um das ekelhafte Zeugs loszuwerden.

„Langsam!", befahl der unsichtbare Mann. „Das ist nur der Rest vom Äther."

Sie gehorchte, setzte die Flasche auf den Boden. Plötzlich fror sie, dass ihre Zähne klapperten. Was war mit ihr passiert? Wieso – Äther? Warum konnte sie nicht klar denken?

„Nicht bewegen."

Am besten tat sie, was die Stimme anordnete. Ganz ruhig, keine Bewegung. Ihr Atem beruhigte sich. Wenn sich nur die Schraubzwinge um ihren Kopf lockern würde... Als das Frieren so plötzlich aufhörte, wie es angefangen hatte, kroch etwas anderes vom Magen hoch, beklemmend, bedrohlich, lähmend.

„Wo bin ich?", hörte sie sich fragen.

„Das werde ich Ihnen später erklären", sagte die Stimme fest. „Sie brauchen erst einmal einen klaren Kopf."

Weshalb später? Und warum zeigte sich der Mann nicht?

Sie lag auf einer Art Feldbett. Ja, ein Bett, mit einer weichen, braunen Teddy-Wolldecke. Und das Bett stand in einem großen Raum, viel, viel größer als ihr Schlafzimmer, breiter und sehr viel länger. Auch sehr viel höher. Das Bett war an eine Schmalwand gerückt, genau, und in der Schmalwand gegenüber gab es eine

Tür. Sie wusste ganz genau, dass noch etwas nicht stimmte, aber sie kam nicht drauf, was es war. Fahrig strich sie mit der Hand über ihre Beine – wieso waren die bedeckt? Seit wann trug sie einen Pyjama? Sie besaß doch gar keinen.

Wenn sie sich nur länger als fünf Sekunden konzentrieren könnte. Sie musste doch überlegen, nachdenken, alles begreifen.

„Trinken Sie noch etwas", riet ihr der unsichtbare Mann. „Dann wird Ihnen besser."

Woher wusste er das? Aber vielleicht sollte sie tun, was er sagte, um aus diesem Loch herauszukommen.

Wieder musste sie rülpsen, aber der ekelige Geschmack war nicht mehr so penetrant wie beim ersten Mal. Ihr Kopf dröhnte unverändert, doch diese Watte auf ihren Gedanken wurde spürbar dünner.

„Wer sind Sie?"

„Damit warten wir noch etwas. Versuchen Sie aufzustehen."

Aufstehen! Was der sich einbildete!

„Los!"

Sie spannte die Muskeln an. Sinnlos, ihre Beine waren wie aus Gelatine, schwach und wackelig, die trugen sie nie. Mit beiden Händen stützte sie sich auf der Bettkante ab, der Raum begann wieder Karussell zu fahren. Was fiel dem Kerl eigentlich ein, ihr zu befehlen? Wer gab ihm das Recht... Wut erfasste sie plötzlich. Niemand kommandierte sie herum! Niemand! Kein Mann!

„Na, sehen Sie, es geht doch!", lobte die Stimme.

Das Schaukeln ließ tatsächlich nach. Claudia stand auf ihren Füßen, die Knie wackelten und zitterten, sie ruderte mit den Armen, um das Gleichgewicht zu bewahren, die Waden kniffen, aber sie fiel nicht hin.

„Laufen Sie ein paar Schritte. Langsam, Fuß vor Fuß, wir haben viel Zeit."

Einen Fuß vor den anderen gesetzt, nichts übereilen, lieber schlurfen als stolpern.

„Prima! Drehen Sie sich ganz langsam um und gehen Sie zurück."

Sogar die Schraubzwinge um ihren Kopf lockerte sich mit jedem Schrittchen. Wie bei einer eingerosteten Maschine, die wieder in Betrieb genommen wurde. In den Gelenken knackte und knirschte es, bevor sie gehorchten und ihren Dienst versahen. Sie wagte, fest aufzutreten.

„Und noch einmal die Strecke."

Okay, nicht, weil er es so wollte, sondern weil es ihr half. Also noch einmal vor und zurück.

„Je länger Sie sich jetzt bewegen, desto schneller wird Ihr Kopf wieder klar."

Gut möglich, dass er sogar recht hatte. Die Bewegung strengte mit jedem Schritt weniger an, obwohl Herz und Lungen Schwerstarbeit leisteten, der Fußboden tanzte und hüpfte nicht mehr wie ein kleines Boot im Sturm und sie konnte tief durchatmen. Vor allem der Kopf! Es stimmte, er wurde klar, schmerzte noch, aber verweigerte nicht länger das Denken. Als ob sie nach einem Sprung ins tiefe Wasser wieder an die Oberfläche auftauchte.

Was war mit ihr geschehen? Wer war der Mann?

„Übertreiben Sie's nicht! Setzen Sie sich lieber wieder."

Es irritierte sie, dass er Gedanken lesen konnte. Diese Mischung aus Lähmung und Nebel verschwand, nun spürte sie die Schwäche und Müdigkeit. Erleichtert stöhnend setzte sie sich auf die Bettkante.

Das war kein großes Zimmer, das war schon ein richtiger Saal. Bestimmt fünfzehn Meter lang. Fünf, wenn nicht sechs Meter breit. In der Längswand links gab es drei hohe Fenster, alle vergittert. Die Flügel waren geklappt. In der rechten Wand entdeckte sie jetzt auch eine Tür.

„Wo sind Sie?"

Der Mann lachte belustigt. „Ich beobachte Sie auf einem Fernsehschirm."

„Fernseh…?"

„Über der Tür."

Ja, ohne diesen Nebel vor den Augen erkannte sie die Kamera, die über der Tür in der gegenüberliegenden Schmalwand montiert war. Links und rechts in den Ecken hingen zwei Lautsprecher unter der Decke.

„Ich höre Sie über das Mikrofon, das neben der Lampe hängt."

Eine scheußliche Küchenlampe, genau in der Mitte der Decke. Ja, und daneben eine Halbkugel, die mit einem silbrigen Gittergeflecht umgeben war.

„Wer sind Sie?"

„Das ist im Moment unwichtig. Hinter der Tür rechts finden Sie ein Bad. Da liegt alles bereit. Und falls Sie daran denken sollten – im Bad kann ich Sie nicht beobachten und auch nicht abhören."

Woher nur erriet dieser blöde Hund ihre Gedanken?

In den Lautsprechern knackte es leise. Unruhig schaute sie sich um. Also das Bett. Links, nahe an dem ersten Fenster, ein kleiner Tisch mit einem Stuhl, daneben ein bequemer Ohrensessel mit einer Stehlampe. Auf dem Boden lag ein winziger CD-Spieler mit Kopfhörern. Rechts, an der Tür zum Bad, ein Heimtrainer und ein Gestell, das trotz Sitz, viel Chrom und schwarzem Leder an einen Folterapparat erinnerte. An der Wand neben der Tür war eine Art Reckstange an zwei Winkeln montiert; sie konnte sie mit hochgereckten Armen wahrscheinlich gerade erreichen.

Sie wusste, dass sie sich eigentlich fürchten sollte. Oder Sorgen machen müsste. Doch mit dem ruhigen Sitzen war auch dieser Nebel zurückgekehrt, dünner zwar als vorhin, eine Art Dunst, aber dicht genug, alles zu dämpfen, auch ihre Unruhe. Noch nie hatte sie sich so müde und erschlagen gefühlt. Sie gähnte, dass ihre Kiefergelenke knackten.

Nein! Nicht mehr schlafen!

Das Aufstehen kostete weniger Überwindung, als sie gedacht hatte, und sobald sie stand, verflüchtigte sich der Dunst. Erst jetzt entdeckte sie die Pantoffel, die neben dem Bett standen, und im selben Moment spürte sie auch ihre eiskalten Füße. Ab mit dir ins Bad, Claudia!, kommandierte sie.

Der Lichtschalter befand sich außen, rechts neben der Tür, und als sie die Tür aufstieß, rauschte auch schon ein Lüfter. Obwohl sie das Gefühl hatte, dass sie nichts mehr überraschen durfte, staunte sie doch. Ein fensterloser Raum, ganz modern eingerichtet, weiße Bodenfliesen, blaugrüne Kacheln bis unter die Decke. Toilette, ein breites Waschbecken mit Warm- und Kaltwasser, eine Dusche. Alles sah sehr neu und irgendwie ungebraucht aus. Seife, Kamm und Bürste, Zahnpasta, eine noch verpackte Zahnbürste, in einem Regal Handtücher. Wie in einem Hotel, dachte sie flüchtig. Aber in Hotels waren die Fenster nicht vergittert. Ihr Spiegelbild erschreckte sie. Tiefe Ringe unter den Augen, ein bleiches Gesicht, schlaff und wie ausgespuckt. Irgendetwas war mit ihren Augen, ihren Pupillen geschehen, das helle Licht der Leuchtröhre über dem Spiegel tat weh. Sie drehte den Kopf weg. An einem Türhaken innen hing ein weißer Bademantel. Ein hellgrauer Jogginganzug lag auf einem Schemel, obenauf ein BH und ein Höschen. Ein Paar dicke Skisocken, ein Paar Laufschuhe. Wo waren ihre Sachen geblieben?

Er hatte gesagt, dass sie im Bad nicht beobachtet wurde.

Der Pyjama war ihr viel zu groß und rutschte bei jeder Bewegung; sie kicherte albern.

Zähneputzen, Waschen, Duschen, es brauchte eine Ewigkeit, bis das warme Wasser lief, und als sich die Verspannung löste, begriff sie die Unwirklichkeit ihrer Situation. Der Kopfschmerz war bis auf ein kaum spürbares Pochen zurückgegangen. Auf dem linken Unterarm klebte in der Beuge ein weißes Pflaster über einem kleinen Einstich. Was hatte der Mann gesagt – Äther? Ja, natürlich, dieses weiche Tuch, das ihr der eine Maskierte über Mund und Nase gepresst hatte – oder war es Watte gewesen? Chloroform oder Äther. Endlich klickte es, kehrte die Erinnerung zurück. Sie war in ihrer Wohnung überfallen und entführt worden!

Zwei Minuten konnte sie sich nicht bewegen. Dann zog sie die Unterwäsche an, stieg in den Jogginganzug, der in der Größe recht ordentlich passte, zog sich Wollsocken und Schuhe an und schlurfte in den Saal zurück.

„Sie haben mich entführt!", schrie sie zu der Kamera hoch, und die Stimme kicherte hässlich: „Na also, die Dusche hat geholfen."

„Wer sind Sie?"

„Unwichtig."

„Wo bin ich?"

„Unwichtig."

„Was haben Sie mit mir vor?"

„Vorerst gar nichts. Sie bleiben hier unser Gast, bis das Lösegeld gezahlt ist."

„Ich will hier raus!"

„Ach, das vergessen Sie besser, Claudia Frenzen. Und eine Warnung, die Sie sich genau merken sollten – wenn Sie die Kamera oder das Mikrofon beschädigen oder meinetwegen im Bad eine Überschwemmung veranstalten oder Feuer legen – irgendwas in dieser Art –, dann verschwinden wir einfach. Schreien und toben dürfen Sie meinetwegen dann so viel, wie Sie wollen, hier hört Sie keiner, und mich stört's nicht, ich stelle einfach das Mikrofon ab. Aber wenn wir flüchten müssen, verehrte Claudia Frenzen, geschieht vorher folgendes – schauen Sie mal zu den Fenstern."

Sie gehorchte und keuchte unwillkürlich. Vor den Fenstergittern rasselten schwere Stahljalousien herab, lange Schatten wuchsen auf dem Fußboden, es wurde düster, völlig dunkel, als die Metallstangen unten aufstießen. Sie glaubte, in der Schwärze keine Luft mehr zu bekommen.

„Danach drehen wir das Wasser ab und schalten den Strom aus. Wenn Sie Glück haben, werden Sie noch rechtzeitig gefunden. Wenn nicht ..."

Er brach ab, und sie presste beide Fäuste vor den Mund, um nicht vor Angst laut zu schreien.

Wieder rasselten die Jalousien, und als es heller wurde, hatte sie jeden Gedanken an Widerstand aufgegeben. Die Stimme war unverändert freundlich-gleichmütig geblieben, und das überzeugte sie von der gefährlichen Ernsthaftigkeit des Mannes mehr, als wenn er gedroht oder geflucht und geschimpft hätte.

Erst nach einer Ewigkeit konnte sie wieder sprechen.

„Wie lange muss ich ...?"

„Das hängt von Ihrem Elternhaus ab. Ihr Stiefvater erhält heute noch unsere Forderung, und danach ... wir haben Zeit und Geduld." Der Mann lachte amüsiert. „So, und jetzt erkläre ich Ihnen, wie wir Sie versorgen. Ach so, das sollte ich noch erläutern – wenn Sie mich auch nur einmal sehen, ist es aus, das Risiko gehe ich nicht ein, dass Sie mich später identifizieren können. Darum haben wir eine Schleuse gebaut. Wenn ich es Ihnen sage, können Sie durch die Tür unter der Kamera gehen, in einen anderen Raum. Die zweite Tür dieses Raumes ist verriegelt, von außen, Sie sollten sich lieber keine Hoffnungen machen. In dem Raum steht dann, was Sie benötigen. Sobald Sie den Schleusenraum verlassen haben, verriegele ich per Fernsteuerung die Tür unter der Kamera wieder – ist alles klar?"

„Alles klar", keuchte sie.

„Okay, dann machen wir gleich mal die Probe auf's Exempel. In der Schleuse steht ein Teewagen mit Ihrem Frühstück – ja, Sie können den jetzt holen."

„Wie spät ist es?"

„Unwichtig."

„Können Sie mir nicht meine Armbanduhr geben?"

„Nein. Die Zeit läuft viel langsamer, wenn Sie immer wieder auf die Uhr schauen."

„Bitte!"

„Nein. Ich weiß, wovon ich rede, Sie sind nicht unser erster unfreiwilliger Gast."

Nicht ihr erster „Gast"! Einen Moment stand sie regungslos und spürte den engen Ring um ihrer Brust.

Der Mann kicherte, und es klang sogar eine Spur mitleidig: „Bisher haben wir noch keinen Gast hier zurücklassen müssen, Frau Frenzen."

Weil sie nicht antworten konnte, nickte sie nur und ging auf die Tür unter der Kamera zu; sie war nicht abgeschlossen und führte in einen kleinen, fensterlosen Vorraum mit unverputzten Ziegelwänden. Gegenüber befand sich ein weitere Tür, die sie nicht anfasste, sie schien auch aus Eisen zu sein. Der altmodische Teewagen schwankte und quietschte, als sie ihn in den Saal rollte, und sobald sie die Schleusentür hinter sich geschlossen hatte, hörte sie ein Summen und metallisches Schaben und Klicken. Claudia schaute zur Kamera hoch.

„Ganz recht, die Riegel sind gerade fernbedient worden. Ich sagte Ihnen doch – Sie dürfen mich nie sehen. Denn danach könnten wir Sie nicht mehr freilassen."

Oh ja, das hatte sie verstanden. Stumm schob sie das Gestell bis an den Tisch. Eine Thermoskanne mit Kaffee, ein Glas Orangensaft, Brötchen, Butter, ein gekochtes Ei in einer Wärmehülle. Wie in einem Mittelklasse-Hotel.

„Sie müssen etwas essen."

„Ich habe keinen Hunger."

„Trotzdem. Und viel trinken."

„Was haben Sie mir gespritzt?"

„Ein Schlafmittel. Unschädlich. Aber mit dem Äther zusammen erzeugt es diese scheußliche Übelkeit."

Auf dem unteren Fach lag eine Frankfurter Allgemeine Zeitung. Eine Zeitung, von draußen. Jenseits dieser Mauern gab es Menschen, die sich frei bewegten. Zuhause blieben, weil sie es so wollten, oder losgingen, um sich Brötchen und eine Zeitung zu besorgen. Erst jetzt traf es sie wie ein Schlag – sie war gefangen, auf Gedeih und Verderb dem unsichtbaren Mann ausgeliefert.

Bis sie das Frühstück endlich anrührte, war die sinkende Sonne weit um das Gebäude herumgewandert. Die Fenster lagen nach Süden oder Südwest, die Gitter warfen scharfe Schatten auf den Holzfußboden, und als der erste dunkle Streifen den Teewagen erreichte, horchte sie überrascht auf. Das ungewöhnliche Geräusch kannte sie von den vielen Stunden auf dem Flugplatz, als ob Gas weggenommen und dann gleich wieder gegeben würde. Anfänger oder Flugschüler verhielten sich so, wenn sie einschweben sollten und zu früh den Motor zu sehr gedrosselt hatten, die Maschine drohte durchzusacken, der Schüler oder Lehrer gab wieder Gas. „Fliegen können heißt landen können", hatte ihre Mutter immer gepredigt; sie war eine glänzende und erfahrene Pilotin mit vielen hunderten Flugstunden, die ihrer Tochter viel beigebracht hatte, so dass Claudia bereits perfekt fliegen und landen konnte, bevor sie alt genug war, um offiziell ihren Flugschein machen zu dürfen, und als Claudia ihre vorgezogene Prüfung bestanden hatte, brachte Mutter ihr noch zwei weitere Schnacks bei „Jede Landung ist ein kontrollierter Absturz" und „Finale Landungen mit Clubmaschinen sind aus Kostengründen streng verboten". Finale Landung hieß natürlich ›Absturz‹. Nach dem Tod ihrer Mutter hatten Stiefvater Martin Jörgel, der lieber auf dem Velstersee segelte als flog, und Claudia die Cessna ihrer Mutter verkauft. Sie stand auf und ging zu dem Heimtrainer. Auf so einem Apparat hatte sie noch nie gesessen. Lustlos strampelte sie ein paar Minuten. Das andere Gerät betrachtete sie nur unsicher. Was sollte sie damit anfangen? Sie schaute zur Kamera hoch, aber die Lautsprecher blieben stumm.

Mit letzter Kraft schaffte sie es noch bis zum Bett und schlief sofort ein.

Die Deckenlampe brannte, als sie die Augen aufschlug. Irgendwann hatte sie die Decke über den Körper gezogen, sie fühlte sich warm und ausgeschlafen. Die Kopfschmerzen hatten sich fast vollständig verflüchtigt, und der Magen knurrte leise. Draußen war es bereits dunkel und unglaublich ruhig, viele Kilometer entfernt nahm der Pilot einer startenden Turbopropmaschine Gas weg. Das Flugzeug stieg mit verminderter Leistung weit über die üblichen tausend Fuß hinaus; also eine Linienmaschine. Das trübe Licht reichte nicht einmal aus, das andere Ende des Saales deutlich zu erkennen. Sie stand auf, und die Lautsprecher knackten.

„Jetzt müssten Sie aber ausgeschlafen sein!", tadelte der Mann.

„Ja", antwortete sie laut.

„Na prima! Wie steht's mit einem Abendessen?"

„Nein, danke, ich hab' immer noch keinen Hunger."

Aber das war gelogen; bei dem ersten Blick auf die mittlerweile zäh gewordenen Brötchen protestierte ihr Magen so heftig, dass sie nachgab.

„Machen Sie die Stehlampe an, es ist wirklich zu finster", riet die Stimme.

Die Helligkeit verscheuchte die ärgsten Gespenster und lockte Gedanken an, die sie angestrengt unterdrückte, während sie alles vertilgte. Zwei-, dreimal hielt sie inne und lauschte auf die unglaubliche Stille. Das Haus musste weit weg von allen Straßen liegen. Erst jetzt fiel ihr auf, dass die Jalousien halb heruntergelassen waren; sie schnappte nach Luft.

„Okay, wenn Sie fertig sind, bringen Sie den Teewagen in die Schleuse. Dort stehen zwei Flaschen Wasser für die Nacht." Der Mann gähnte. „Ich will langsam ins Bett."

„Wie spät ist es denn?"

„Unwichtig."

Das sagte er wohl immer, wenn er nicht antworten wollte. Sie schüttelte sich. Unwichtig, sie und ihre Wünsche waren unwichtig.

„Haben Sie schon – Kontakt zu meinem Stiefvater...?"

„Unwichtig."

Danach gab sie es auf, rollte den Teewagen in die Schleuse und brachte die zwei Flaschen Mineralwasser ans Bett zurück. Die Lautsprecher knackten, und sie war mit ihrer Angst alleine, atmete flach und wehrte sich verzweifelt dagegen, dass sich alle Muskeln spannten und verkrampften. An Schlaf war vorerst nicht zu denken.

Erster Sonntag

Irgendwann schrie nicht weit von ihrem Fenster ein Kater und weckte sie; es hörte sich wie ein weinendes Kind an; dann fauchte der ebenfalls herumstreunende Rivale und Revier-Konkurrent los; ein paar Minuten lang kämpften sie so laut wie erbittert. Danach verzog sich der Unterlegene und es kehrte wieder Ruhe ein. Claudia konnte noch einmal einschlafen und träumte wild, wurde erst wach, als es nach dem Sonnenstand zu urteilen bereits auf Mittag zuging.

Als sie sich aufrichtete, kicherte die Männerstimme: „Unser Bett scheint Ihnen zu gefallen."

„Wie spät ist es denn?"

„Unwichtig."

Die Antwort brachte sie in die Gegenwart zurück. Sie war entführt worden und wurde an einem unbekannten Ort gefangen gehalten. Der Mann lachte erneut. „Wenn Sie nichts dagegen haben, werden wir Frühstück und Mittagessen zu einem Brunch zusammenlegen."

„Nichts dagegen!", sagte sie schnell, „wenn es nur genug Kaffee gibt."

„In dem Punkt sind wir großzügig", brummte der Mann. „Viel Kaffee und ausreichend Vitaminsaft. Okay? Auf Müsli und Quark und dergleichen angeblich gesunden Schnickschnack sind wir nicht eingerichtet. Damit Sie sehen, dass unser Service ansonsten fast perfekt ist – Klassik oder Pop?"

„Wie bitte?"

„Der kleine CD-Spieler auf dem Fußboden funktioniert. Wollen Sie klassische Musik oder Popmusik hören?"

„Am liebsten hätte ich ein Radio."
„Unwichtig." Also – nein.
„Dann Klassik. Und etwas zu lesen bitte."
„Wird besorgt. Bis gleich." Im Lautsprecher knackte es. Sie lief ins Bad, putzte die Zähne und duschte sich. Auf dem Regal

mit den Handtüchern lag noch frische Wäsche. Über das T-Shirt musste sie halb grinsen, halb weinen. Auf Brust und Rücken waren Bilder aufgedruckt. Ein junges, offenkundig frisch verliebtes Paar stand Hand in Hand an einem weißen Sandstrand unter einer Palme und schaute über das Meer auf die untergehende Sonne; in einem Halbkreis über der Szene stand ›Sun is Love‹, ergänzt von dem unteren Halbkreis ›Love is Sun‹. Als sie spürte, dass ihr die Tränen in die Augen stiegen, beschimpfte sie sich. „Mädchen, reiß dich zusammen! Auf einer Insel ohne Fähre oder Boot bist du auch gefangen." Das kitschige Stück war ihr deutlich zu groß, aber es wärmte angenehm.

Eine Viertelstunde später durfte sie den klapprigen Teewagen aus der Schleuse holen. Er war bis obenhin bepackt. Eine Reihe von CDs, ein dicker Trivialschinken, ›Die Straße der Pfirsichblüten‹, und ein Brunch für einen ausgehungerten Schwerstarbeiter aus einem Steinbruch, mit viel gebratenem Speck, Spiegeleiern, Toast, Wurst, Käse, Marmelade und einer Literflasche Multivitaminsaft. Verhungern würde sie hier nicht, das sagte sie auch, als die Lautsprecher wieder knackten.

„Ich fürchte auch, Sie müssen mehr auf den Heimtrainer und an die Reckstange", antwortete der Mann lachend. „Wir wollen uns nicht vorwerfen lassen, wir hätten Ihre gute Figur vorsätzlich ruiniert."

„Würden Sie mir heute morgen sagen, was Sie eigentlich von mir wollen?"

„Na, was schon? Geld, ein ordentliches Lösegeld."

„Da sind Sie zu früh gekommen. Bei mir ist nichts zu holen. Ich bekomme zwar mal ein schönes Erbe, aber das dauert noch ein paar Jahre. Genauer: fast fünf Jahre."

„Wer sagt denn, dass Sie löhnen sollen?"

„Wer denn sonst?"

„Sie haben doch Familie."

„Meine Eltern sind tot, und mein Stiefvater kann mich nicht ausstehen. Und wenn der Sie beauftragt hat, mich zu entführen und festzuhalten, bis ich einen Verzichtsvertrag für meinen Firmenanteil unterschreibe, haben Sie sich geschnitten. Das werde ich nicht tun, nie, außerdem besitze ich noch keine Verfügungsgewalt über meinen Anteil, jeder Verzicht zum jetzigen Zeitpunkt wäre also rechtlich unwirksam und würde sofort von meinem Patenonkel angefochten."

„Wer redet denn von Verzichtserklärung und solchem Quatsch. Wir wollen Geld, Knete, Kies, Zaster, Bargeld, und zwar viel und bald, aber sonst gar nichts."

Danach knackten die Lautsprecher wieder, die Plauderstunde war beeendet und sie machte sich über das Frühstück her. Als sie nachher ein paar Klimmzüge an der Reckstange versuchte, hatte sie das Gefühl, schwerfällig wie ein nasser Sandsack an der Stange zu hängen. Gymnastik tat not, und sie konnte sich jetzt gut vorstellen, was der Begriff Frustfressen bedeutete. Draußen war ein warmer Tag heraufgezogen, die Fenster waren geklappt und sie hörte aus der Ferne das vertraute Motorengeräusch startender und landender einmotoriger Sportmaschinen. Bei solchem Wetter sollte auch genug Blauthermik entstehen, um längere Streckenflüge mit Segelflugzeugen zu planen. Sie strampelte fast eine Dreiviertelstunde auf dem Heimtrainer und hatte hinterher das Gefühl, dass der Gummizug um den Bauch herum nicht mehr so stramm saß. Wahrscheinlich reine Illusion, aber immerhin eine nette. Die ›Straße der Pfirsichblüten‹ entpuppte sich als ein Schmachtfetzen schlimmster Güte, unendlich viele unfassbar edle Menschen kämpften gegen Horden unglaublich gewissenloser Schurken, alle Frauen waren unschuldig und verführerisch schön, erduldeten Unrecht und Leid stumm und ergeben, alle Männer, ob edel oder schurkisch, waren tapfer und mutig. Da sie selbst Kindermärchen schrieb, durchschaute sie das Schema sofort und langweilte sich, ärgerte sich über sprachliche Ungenauigkeiten und vermutete bald, dass die Übersetzerin nie in den Südstaaten der USA gewesen war. Immerhin vertrieb es die Zeit, und die Klassik-CDs waren gar nicht schlecht, obwohl sie nach ein paar Stunden den zu stramm sitzenden Kopfhörer nicht mehr ertragen konnte („Du hast halt den dicken Kopf der Frenzens", pflegte Onkel Walther in solchen Fällen zu lästern). Es wurde früher dunkel als erwartet, und als sie aus dem Fenster schaute, zogen am Himmel dunkle Wolken auf. Der Flugbetrieb hörte bald auf: Wer wagte sich schon freiwillig in pechschwarze Gewitterwolken. Wenig später grollten in der Ferne wuchtige Donnerschläge und Blitze erhellten den düsteren Gefängnissaal. Sie turnte noch ein mal eine Runde an der Reckstange, fuhr so lange wie möglich auf dem Trainer und duschte mit Vergnügen. Durch die geklappten Fenster kam jetzt kühl-frische Luft herein.

„Hunger oder Durst?", erkundigte sich der Mann.

„Etwas Obst wäre schön."

„Daran soll es nicht fehlen. Unsere Gäste sollen sich so wohl fühlen wie unter den Umständen möglich."

Sie konnte den Teewagen ein wenig später in die Schleuse schieben, dort lag ein Netz mit Äpfeln auf einem Stuhl bereit.

Erster Montag

◊
◊

Die Nacht schlief Claudia zu ihrer Verwunderung durch. Gegen Morgen träumte sie von Lars Urban, dem sie vorwarf, er vernachlässige sie und spiele lieber Klavier und Saxophon in verräucherten Kneipen, die flotten Wirtinnen gehörten, statt sie zu befreien. Als sie ihn bei Ulla in der ›Gondel‹ zur Rede stellte, gelobte er Besserung. Doch am Morgen wachte sie mit einem Ring um die Stirn auf, das Wetter änderte sich und die bei jedem größeren Luftdruckwechsel bei ihr üblichen Kopfschmerzen stellten sich pünktlich ein. Das klagte sie auch dem Mann und bat um Kopfschmerztabletten.

„Das ist blöd", sagte die Stimme ehrlich betrübt. „Die müssen wir erst besorgen."

„Wir?"

„Auweia, da habe ich mich verraten, was? Natürlich bin ich nicht alleine hier. Einer muss zum Beispiel die Bluthunde füttern. Oder einkaufen. Oder Frühstückswünsche erfüllen."

Sie hörte den aggressiven Hohn heraus und schwieg. Auf dem Frühstückswagen lag eine Süddeutsche Zeitung, die jemand schon durchgeblättert hatte. Wenn überhaupt, würde ihr Fall im Vermischten auftauchen, aber da fand sie keine Notiz. Wer sollte sie auch vermissen? Lars Urban bestimmt nicht, der war wohl sauer, dass sie am Samstagabend nicht auf ihn, seinen Fonduetopf und seine hervorragenden Saucen und Salate gewartet hatte. Ihr Chef Erich Hilbert würde heute wohl vermuten, dass sie krank geworden war und bald im Büro anrufen würde. Ihr Stiefvater dankte wohl seinem Schicksal für jeden Tag, an dem er sich nicht mit seiner Stieftochter herumzanken musste. Vielleicht Onkel Walther, der versprochen hatte, sich über die geschäftliche Lage der Firma näher zu informieren und ihr rasch Bescheid zu geben. Aber keiner würde ernsthaft beunruhigt sein und Alarm schlagen. Schließlich war sie eine erwachsene, selbständige Frau, die auch mal alleine ins Blaue verreisen durfte.

Das Wetter hatte sich tatsächlich geändert. Am Himmel trieben dunkle Regenwolken und die Temperatur war spürbar und jäh gesunken. Natürlich stand keine Zeile über die Entführung einer Claudia Frenzen in der Zeitung. Ihre Kopfschmerzen ließen nicht nach. Die Stimme fragte: „Sind Sie fertig mit Ihrem Frühstück? Dann können Sie den Wagen in die Schleuse bringen. Wir haben Aspirin besorgt."

„Vielen Dank, das ist sehr freundlich von Ihnen."

„Freut mich, dass Sie das anerkennen. Würden Sie auch uns einen Gefallen tun?"

„Und welchen?"

„Auf dem Tischchen liegen Papier und ein Kugelschreiber. Könnten Sie bitte in unverstellter Handschrift schreiben ‚Lieber Vater, bitte tu', was man von dir verlangt!'?"

„Als Beilage zu Ihrer Erpressungsforderung?"

„Richtig."

„Mein Stiefvater wird so schnell keinen Cent für meine Freiheit löhnen."

„Abwarten. Er braucht Sie doch noch, wenn ich Sie nicht völlig missverstanden habe."

Claudia schwieg. Das stimmte zwar, aber sie hatte keine Lust, dem Unbekannten die komplizierten Familien- und Firmenverhältnisse der Frenzens zu erklären oder über den Tod ihrer Mutter zu sprechen. Deswegen sagte sie trocken: „Ich werde Ihnen den Kurzbrief an Martin Jörgel schreiben."

„Bravo. Dann holen Sie sich mal Ihre Tabletten aus der Schleuse."

Auf einem Stuhl lagen eine große, noch nicht geöffnete Tablettenschachtel, ein Block Briefpapier und ein billiger Kugelschreiber. Sie riss die Schachtel auf und stutzte; auf der Rückseite klebte ein kleines gedrucktes Schildchen ›Aurelienapotheke Dr. Korbinian Kleineschneider 495 – 7,90‹. Es sah so aus, als sei die Packung eben dort in dieser Aurelienapotheke gekauft worden, die also gar nicht so weit von Claudias Gefängnis liegen konnte. Sie nahm den Kugelschreiber, die Tabletten und verschwand im Bad. Dort riss sie ein Blatt Toilettenpapier ab und notierte sich die Angaben von dem Schildchen auf der Tablettenschachtel, schluckte mit einem halben Glas Leitungswasser zwei Tabletten, steckte das Papier in ihren BH und ging in ihren Schlafsaal zurück. Wie versprochen, kritzelte sie brav einen Satz auf das erste Blatt des Briefblocks: „Lieber Martin, bitte tu' bald, was man von Dir verlangt. Claudia." Dann schaute sie auf die Fernsehkamera, an der das rote Licht leuchtete. „Hier ist Ihr Kurzbrief. Ich bringe ihn jetzt in die Schleuse. Die Tabletten würde ich gerne behalten, falls die beiden nicht wirken."

„Meinetwegen! Aber bringen Sie sich nicht damit um. Wir brauchen Sie noch."

„Keine Sorge, ich hänge noch an meinem Leben."

Den ganzen Tag über wurde es nicht richtig hell, es nieselte pausenlos bis zum späten Nachmittag und Claudia war froh, das dicke Shirt zu haben. Die Stunden verstrichen quälend langsam, das Buch langweilte sie, und die meisten CDs hatte sie nun schon gehört. Auch ihr Bewacher hatte schlechte Laune, er meldete sich nur kurz und unfreundlich. „So gut wie Sie möchte ich es auch haben", nölte er einmal, „den ganzen Tag nur im Ohrensessel hocken und schmökern."

„Wollen wir tauschen?", fragte sie schnell, doch den Scherz fand er nur mäßig komisch. Heute hörte sie keine Sportflugzeuge, nur aus großer Entfernung startende oder mit Reverse bremsende Passagiermaschinen.

Die beiden Tabletten wirkten, Claudia schlief noch ein bischen und wachte ohne Kopfschmerzen auf. Zum Mittagessen spendierte ihr die Gefängnisleitung einen neuen, ebenfalls umfangreichen Trivialroman ›Die Säulen des Herkules‹, den sie sich für den langen Abend aufbewahrte. Nach dem Essen strampelte sie auf dem Heimtrainer, schaffte tatsächlich ein paar Klimmzüge und erkundete mit viel Geduld den Ruder-, Streck- und Beugemechanismus des zweiten Sportgerätes, das offenbar zum Trockenrudern bestimmt war.

›Die Säulen des Herkules‹ stellten sich als eine plumpe Imitation der Odyssee heraus. Den ›Helden‹ trieben Wind und Strömung durch die Meerenge von Gibraltar in den weiten Atlantik hinaus. Er strandete an den Küsten unbekannter Inseln, wo er sich gegen Scharen wilder, ausgehungerter Hunde wehren musste, und kaum hatte er diese Biester vernichtet, krochen zischende, fauchende und stinkende Drachen schlimmster Art auf ihn zu. Wieder musste der Held sein Schwert in Betrieb nehmen, Blut floss in Strömen, und als dann endlich alle Ungeheuer getötet waren, stieß der Sieger natürlich auf eine leicht bekleidete schlafende Schönheit, die schon seit Jahrzehnten, seit sie als Kind von ihm geträumt hatte, sehnsüchtig auf ihn wartete. „Kitsch as kitsch can", murmelte Claudia und hätte am liebsten das Machwerk an die Wand geworfen.

Erster Dienstag

Über Nacht hatte es sich wieder eingeregnet, der Himmel wurde den ganzen Vormittag über nicht richtig hell. Erst nach Mittag zeigten sich vereinzelt Lücken in der Wolkendecke, und weil ihr Kopf wieder zu brummen begann, erwartete Claudia mit dem Wetterwechsel ein Hochdruckgebiet und besseres Wetter. Sie beschwerte sich über das Buch: „Das grenzt an Folter." Daraufhin erhielt sie zum Frühstück eine ›WELT‹ und einen Paperback-Sammelband ›Gedichte der Romantik‹. Man war, wie die Stimme bestätigte, in jeder Beziehung flexibel. Den ganzen Vormittag lief sie in dem Saal auf und ab und memorierte Gedichte, die sie als Kind oder später in der Schule gelernt, inzwischen aber wieder vergessen hatte. Die Bewegung war nötig, denn durch die geklappten Fenster drang eine feuchte und so kühle Luft herein, dass sie bei längerem Sitzen fröstelte. Als sich die Stimme meldete, beschwerte sich Claudia. „Es ist verflixt kalt in diesem Palast."

Der Mann konnte darüber nicht lachen. „Stimmt. Wenn alle unsere Gäste schneller und besser zahlen würden, hätten wir die Heizung schon längst ausgewechselt."

Es klang so wütend, dass Claudia danach lieber den Mund hielt. Der Tag verstrich wieder elend langsam, die Stunden schienen 120 Minuten zu haben, und sie war froh, dass sie auf dem Trainer strampeln und in dem anderen Gerät rudern konnte. Wenn sie innehalten musste, weil ihre Muskeln protestierten, träumte sie von ihrem Lars, der sich wahrscheinlich nicht die geringsten Sorgen um seine schöne Nachbarin machte: „Aus dem Bett, aus dem Sinn."

Doch damit tat sie ihm Unrecht, Lars Urban war den ganzen Vormittag in Sachen Claudia Frenzen unterwegs. Zuerst überfiel er Claudias Chef Erich Hilbert, dann ihren Patenonkel Walther Lytgang und zum Schluss den Stiefvater Martin Jörgel. Die drei Männer schworen Stein und Bein, dass sie keine Ahnung hätten, wo sich Claudia aufhalten mochte, rieten aber alle ab, schon jetzt zur Polizei zu gehen: Eine attraktive, lebenslustige, zwanzigjährige Frau, die ihr eigenes Geld verdiente, konnte sich durchaus einmal eine Woche zu einem Ausflug ins Blaue frei nehmen, obwohl Walther Lytgang auch der Meinung war, die korrekte und gewissenhafte Claudia hätte zumindest ihrem Chef Hilbert vorher Bescheid gegeben. Lytgang hatte mit Lars nur zwischen Tür und Angel gesprochen und nicht weiter auf den jungen Mann, dessen Name ihm nichts sagte, geachtet. Martin Jörgel reagierte empört: „Ich habe meine Meinung nicht geändert, ich baue den Apparat nicht für Sie."

„Ich weiß nicht, wovon Sie reden, Herr Jörgel."

„Um so besser – dann können Sie ja gehen und müssen mir nicht länger die Zeit stehlen."

Claudia lief ein Frösteln über den Rücken, und sie erwachte aus einem Tagtraum, in dem die Gondelwirtin Ulla Stack ihrem Hilfskoch, der ihr in den Ausschnitt ihres weißen Kittels fassen wollte, eine gewaltige Ohrfeige scheuerte. – Die Heizungsanlage war wirklich baufällig, wenn sie den Warmwasserhahn im Bad aufdrehte, musste sie minutenlang warten, bis etwas wärmeres Wasser floss. Richtig heiß wurde es überhaupt nicht und das Duschen war eher erfrischend als angenehm. Nach dem Mittagsschlaf zog sie alle Kleidungsstücke an, die sie greifen konnte. Der Mann hatte keine Lust, sich mit ihr zu unterhalten, zitierte nur einmal die alte Bauernregel „Ist der Mai kühl und nass, füllt's dem Bauern Scheun' und Fass." Sie sagte schnell: „Darauf sollten Sie sich in diesem Jahr nicht verlassen, der Regen zieht ab, es wird bald wieder wärmer."

„Woher wollen Sie das wissen?"

„Meine Kopfschmerzen kehren zurück und das heißt immer: Wetterwechsel." Der Mann lachte geringschätzig und schaltete die Lautsprecher ab. Nach einem Ende ihrer Gefangenschaft wagte Claudia gar nicht mehr zu fragen. Sie lag stumm auf dem Rücken, die Decke bis zum Kinn hochgezogen, träumte zur Decke hinauf und dachte voller Sehnsucht an ihre Eltern. Sie war erst drei Jahre alt, als ihr Vater bei dem Testlauf eines großen Elektrofilters durch einen Stromschlag von mehreren tausend Volt getötet wurde. An ihn konnte sie sich nicht mehr erinnern. Die Mutter hatte vier Jahre später den Leiter der Entwicklungsabteilung in der Firma ›Frenzen Filtertechnik‹, Martin Jörgel, geheiratet, der nicht nur ein Auge auf die attraktive und, wie allgemein bekannt war, reiche Witwe, sondern auch auf die Erbin eines großen Firmenanteils geworfen hatte. Claudia konnte den Stiefvater vom ersten Tag an nicht ausstehen, und ihm erging es nicht anders.

Als Claudia während der Pubertät ihren ersten Liebeskummer überwinden musste, erzählte die Mutter, warum sie Martin Jörgel geheiratet hatte. Es war nicht nur eine vage Zuneigung, sondern auch die Einsicht, dass sie mit der technischen Seite von ›Frenzen Filtertechnik‹ auf Dauer nicht fertig wurde. Dass Jörgel auf ihren Firmenanteil und ihr Privatvermögen spekulierte, war ihr klar, aber sie dachte, man könne sich auf ein erträgliches Miteinander verständigen. Doch darin hatte sie sich getäuscht. Jörgel entpuppte sich als gefühlskalter und rücksichtsloser Schürzenjäger und Geldverschwender, der seiner Frau und seiner Stieftochter das Leben zur Hölle machte. Claudia konnte sich nicht daran erinnern, dass der Stiefvater einmal einen Tag lang fröhlich und freundlich gewesen war. Karin Frenzen/Jörgel zog nach ihrer ersten Krebsoperation die Notbremse, sorgte per Testament dafür, dass ihr zweiter Mann sein Ziel, die Firmen-Anteilsmehrheit zu übernehmen, auch nach ihrem Tod nicht erreichen würde, bestimmte für Claudia einen

Vormund und Vermögensverwalter, von dem sie wusste, dass er Jörgel nicht ausstehen konnte, und stellte ihrem Mann ein Ultimatum: Noch ein Skandal, und er musste aus dem Haus und aus der Firma verschwinden. Jörgel begriff, dass sie es ernst meinte. Einige Monate riss er sich zusammen.

Auf dem nächsten Familienrat wurde Jörgel gegen Walther Lytgangs Rat und Protest zum ›Direktor‹ gewählt, weil sich in dem großen Familienclan niemand fand, der dieses undankbare Geschäft übernehmen wollte. Jörgel trug in seiner Bewerbungsrede sehr ruhig, überzeugend und sachkundig vor, dass ›Frenzen Filtertechnik‹ mehrere Millionen Mark für längst überfällige Investitionen benötige. Doch der Familienrat verweigerte die Zustimmung zu Krediten in dieser Höhe. Jörgel protestierte; ohne Geld, Investitionen und Modernisierung wäre es wohl am besten, sie würden den ganzen Laden verkaufen. Und darauf, so meinte Onkel Walther, steuerte Jörgel jetzt zielstrebig zu, obwohl es ihm wieder einmal gelungen war, in letzter Minute irgendwo Geld aufzutreiben, um das leckgeschlagene Schiff ›Frenzen Filtertechnik‹ noch einmal abzudichten und in den Hafen zu bringen.

Walther Lytgang hatte seinem Patenkind später einmal erklärt, dass es in der Geschichte der Frenzenschen Unternehmungen immer wieder Pleiten, Neuanfänge, Abspaltungen und Neuorientierungen gegeben habe. Begonnen hatte alles mit einem tüchtigen Urahn, der Handpumpen für ländliche Trinkwasserbrunnen baute. Einer seiner Söhne machte sich selbständig und fabrizierte Rohre und Absperrventile, einer dessen Söhne warf sich auf Filter für Trinkwasseranlagen, seine Erben weiteten das Geschäft auf Luft- und Wasserfilter aller Art aus. Die Pumpenfabrik war längst eingegangen, das Unternehmen für Ventile und Absperrungen hatte mit einer größeren

Firma fusioniert und niemand wollte darauf wetten, dass ›Frenzen Filtertechnik‹ auf längere Zeit überleben würde. Viele Jahrzehnte lang wurden die Firmenanteile wie bei der ländlichen Realteilung in immer kleinere Anteilsstücke zerlegt. Kaum ein Familienmitglied konnte es sich leisten, die Brüder und Schwestern auszuzahlen. Für die Töchter wäre vielleicht eine ordentliche Mitgift herausgesprungen, für die Brüder hätte das Geld nicht gereicht, etwas Eigenes auf die Beine zu stellen, deswegen ließen viele Geschwister ihre Anteile und Gewinnanteile stehen, und so wuchs die Zahl der Miteigentümer rascher als die Zahl der Angestellten und Arbeiter. Immerhin hatten die meisten Frenzens, die Sitz und Stimme im Familienrat besaßen, soviel Weitblick gehabt, ihre jährlich ausgeschütteten Gewinnanteile vorteilhaft anzulegen; bei einer Pleite von ›Frenzen Filtertechnik‹ würde niemand in Not geraten, was aber im Umkehrschluss auch hieß: Niemand würde sich ein Bein ausreißen, um die marode Firma zu erhalten.

„Dann ist Jörgel sozusagen als Bestatter der Firma zum ›Direktor‹ gewählt worden?"

„So könnte man es bezeichnen", hatte Lytgang grimmig gelächelt. Er hatte nicht von seinem letzten Clubtreffen berichtet, auf dem ihn sein Freund und Clubpartner, Oberstaatsanwalt Otto Hüber, gefragt hatte, was denn an den Gerüchten dran sei, ›Frenzen Filtertechnik‹ bemühe sich um Exportaufträge, die weder mit dem deutschen Außenwirtschaftsgesetz noch mit den Richtlinien der EU noch mit Beschlüssen der Vereinten Nationen konform gingen. Lytgang hatte vehement widersprochen, aber abends bei einer Flasche Rotwein doch intensiv darüber nachgedacht, woher Jörgel eigentlich immer wieder in letzter Sekunde das Geld hergenommen habe, um eine Insolvenz abzuwenden. Karin Frenzen hatte von ihrer Familie einiges Geld geerbt, aber nie in die Firma gesteckt, und auch Jörgel musste vor der Ehe einen Vertrag unterzeichnen, der ihn im Erbfall vom Vermögen seiner Ehefrau – abgesehen von ihren Firmenanteilen – aussperrte. Als ›Direktor‹ verdiente er nicht schlecht, aber nicht üppig.

Erster Mittwoch

Am nächsten Tag kam der Zusammenbruch. Claudia wachte auf und heulte ohne direkten Anlass wie ein Schlosshund, konnte sich einfach nicht mehr beherrschen und ihre Fassung wiedergewinnen. Sogar der Mann zeigte sich nach einiger Zeit besorgt: „Werden Sie uns bloß nicht krank. Haben Sie noch Aspirin? Brauchen Sie mehr Kaffee oder woran fehlt es Ihnen?"

„Ich will hier raus!"

„Sorry, das dauert noch etwas. Ihr Herr Stiefvater scheint ein zäher Brocken zu sein, der lässt sich Zeit mit dem Zahlen."

„Wieviel wollen Sie denn von ihm?"

Zu Claudias Verwunderung sagte der Mann nicht „Unwichtig", sondern nannte eine Zahl: „Eine halbe Million."

Claudia schluckte: „Soviel hat er nicht."

„Das glauben Sie doch selbst nicht."

„Doch, doch, das glaube ich nicht, das weiß ich. Bevor Sie mich entführt haben, hatte er mich schon angebettelt."

„Das wäre ja ein Ding." Die Lautsprecher knackten, der Mann ließ sich erst nach einer Dreiviertelstunde wieder vernehmen. „Also fünfhunderttausend hat er nicht?"

„Nein."

„Wieviel könnte er denn aufbringen, bei der Bank leihen oder von Freunden – Ihrer Meinung nach?"

„Viele Freunde hat er nicht… also, wenn's hoch kommt, hunderttausend, denk' ich mir."

„Ein Fabrikbesitzer nur hunderttausend?"

„Erstens haben wir Krise, die mobilen Wasserfilter für Afrika und Asien bringen kaum die Herstellungskosten. Und zweitens gehört ihm nur ein kleiner Teil der Firma."

„Und die anderen Teile gehören Ihnen?"
„Und noch vielen anderen Familienmitgliedern, und mir erst in fünf Jahren, ja."

„So lange wollten wir in der Tat nicht warten." Der Mann schien ernstlich verwirrt, und Claudia hatte Mühe, sich ihre Erheiterung darüber nicht anmerken zu lassen, dass sich die Entführer so verrechnet hatten. Die Tränen flossen nicht mehr, und als der Lautsprecher wieder knackte, hatte sie sich so weit beruhigt, dass sie sich den Kopfhörer aufsetzen und ein paar CDs abspielen konnte. Die Behauptung, Martin Jörgel habe kaum Freunde, war ihr eigentlich nur so herausgerutscht, aber als sie darüber nachdachte, wurde ihr klar, dass sie damit ins Schwarze getroffen hatte. An die Zeit vor der Heirat ihrer Mutter mit Martin Jörgel konnte sie sich nicht mehr erinnern, aber noch sehr gut an die späteren Jahre. Der Stiefvater war aufgetreten, als habe ihm schon immer die ganze Firma alleine gehört; er stellte Ansprüche wie kein anderes Mitglied des Familien-Clans und warf das Geld mit vollen Händen aus dem Fenster hinaus, sehr zum Entsetzen der Mutter, die zu genau wusste, wie prekär die Finanzsituation von ›Frenzen Filtertechnik‹ war. Jörgel erwies sich als ein hervorragender, ja glänzender Konstrukteur, aber als sauschlechter Geschäftsmann, er hatte, wie sich herausstellte, erwartet, dass seine Frau ihr gesamtes von ihren Eltern geerbtes Privatvermögen, an das er wegen des Ehevertrages nicht direkt herankam, in die Firma stecken würde. Es hatte fürchterliche Zusammenstöße mit Onkel Walther gegeben, der Jörgel klipp und klar sagte, dass er eben das, schon im Interesse seines Patenkindes Claudia, nicht dulden werde. Jahre später, als Claudia ihre Mutter häufig auf den Flügen begleitete, hatte Mutter ihr gestanden, dass eben damit der große Ehezwist begonnen hatte. Kein Geld – keine Treue, auf etwa diese rüde Kurzformel brachte Jörgel sein Verhalten. Irgendwie gelang es ihm jedoch immer, in letzter Minute Geld von zum Teil obskuren Bekannten aufzutreiben. Eines Tages jedoch waren die Schulden so angewachsen, dass die Familie die letzte Reserve, ein wertvolles Grundstück direkt am Iltz-Kanal, verkaufen musste. Mutter meinte, Stiefvater Martin habe sich einen gutgläubigen Dummen angeschafft, der im Werk schuftete und über Jahre die Entwicklungen bis zur Serienreife oder seine eigenen Erfindungen bis zur Patentreife brachte, dank derer ›Frenzen Filtertechnik‹ überlebte und von einer Krise zur nächsten stolperte. Wirkliche Freunde, die mit ihm durch dick und dünn gingen, hatte Stiefvater Martin nicht, das hatte Claudia damals schon vermutet, und manche Geschäftsfreunde, die er nach Hause mitbrachte, benahmen sich, als seien sie gerade auf Reststrafenbewährung aus dem Gefängnis entlassen worden. Mutters Freundinnen beschwerten sich, dass Martin Jörgel sie regelrecht belästige.

Erstaunlicherweise hatte Jörgel nie versucht, sich seiner Stieftochter zu nähern; bei Claudias Freundinnen tat er sich weniger Zwang an. Natürlich blieben die Freundinnen bald weg, und Claudia freute sich schon Jahre vor dem Abitur auf die Chance, aus dem Elternhaus wegzuziehen, erst recht nach dem Tod ihrer Mutter. Jörgel hatte keine Trauer geheuchelt. Den letzten Abend, als sich die Familie am Krankenbett von Karin Frenzen/Jörgel versammelte, verbrachte er fast demonstrativ mit der attraktiven Praxishelferin des Frenzenschen Hausarztes übers Wochenende in einem Hotel.

In der Nacht wachte Claudia auf, weil über ihr leise und hastige Schritte zu hören waren, die kein Ende nehmen wollten, so, als feierte dort oben eine Schar höchst ausdauernder Paare in Socken oder Hüttenschuhen eine Art Knutschparty mit etwas Tanz und Gymnastik.

Erster Donnerstag

◊
◊

Der nächste Tag wurde maienhaft schön, sonnig und warm, und ab Mittag hörte Claudia wieder die vertrauten Geräusche der Sportflugzeuge. Ihr Bewacher schien bessere Laune zu haben, und sie unterhielten sich vergleichsweise entspannt über Wetterfühligkeit, Sport und Hobbies.

Sie beschwerte sich bei dem Lautsprechermann: „Das nächste Mal möchte ich an der Party teilnehmen."

„An welcher Party?"

„Heute nacht sind doch über mir mehrere Paare heimlich aktiv gewesen." Sie deutete zur Decke und der Mann lachte auf. „Sind sie also wieder da?"

„Wer soll wieder da sein?"

„Unsere Marder. Wir haben Marder auf dem alten, eigentlich verschlossenen Dachboden. Der Henker weiß, wo und wie sie herein- und wieder hinauskommen. Wir haben schon alles Mögliche versucht, sie zu vertreiben, aber die kleinen Teufel sind offenbar gewitzter und hartnäckiger als wir."

„Ich habe eine Idee", sagte Claudia vergnügt.

„Sie wollen mir jetzt bestimmt erzählen, dass Sie eine perfekte Marderjägerin sind und wir Sie nur in der nächsten Nacht auf den Dachboden lassen müssen."

„Ihre Idee ist gut, aber meine ist besser. Sie halten doch Bluthunde, nicht wahr? Einen Tag nicht füttern und dann nachts auf den Dachboden sperren."

Wenn es darauf ankam, konnte der Mann auch sehr schlagfertig sein. „Das geht nicht. Europäische Marder beißen amerikanische Bluthunde in die empfindlichen Nasen – wussten Sie das nicht?"

„Nein, aber man lernt ja nie aus. Das kann ich bestimmt einmal verwerten."

„Wie verwerten?"

Der Mann wusste nicht, dass Claudia Kurzgeschichten für Funk und Fernsehen schrieb, und erkundigte sich sehr neugierig nach Arbeitsaufwand und vor allem nach der Höhe der Honorare, staunte ehrlich, als er hörte, dass man Pech haben konnte, und Manuskripte mit Formschreiben einfach zurückbekam.

„Ohne einen müden Euro?"

„Nicht einmal einen Cent für's Porto."

„Ein verdammt unsicheres Brot", meinte er abschätzig.

„Sicher. Deswegen arbeite ich ja auch."

Der Name Erich Hilbert sagte dem Mann nichts. Fachmann für Fassadenbau und -berechnung schien ihm zu albern. Er erzählte von seiner Freundin, die ganz andere Fassaden herstellte und renovierte, als Angestellte in einem Schönheitssalon. Claudia merkte, dass er sich manchmal seine Sätze vorher gut überlegte, um nicht zuviel zu verraten, und deswegen hütete sie sich auch, ihn auf die startenden und landenden Flugzeuge anzusprechen oder auf die Aurelienapotheke; das Stück Papier trug sie immer noch im BH. Es war gut möglich, dass der Mann sich so an die Geräusche von dem nahen Sportflugplatz gewöhnt hatte, dass er sie gar nicht mehr wahrnahm.

Im Hause musste es einen Fernseher geben, denn vor dem Mittagessen entschuldigte er sich quasi, im Werbefernsehen hätten sie ein Gericht gesehen, dass sie einmal ausprobieren wollten, weil es wenig Arbeit machte und schnell ging. Er hoffe, man könne es trotzdem essen, es sei nicht als Magen-Folter oder Giftmordversuch an einem hochgeschätzten Gast gedacht. In große Scheiben gekochten Schinkens war etwas fades Hackfleisch gerollt, mit Kräutern und Käse überbacken und in einer Jenaer Form serviert, an der sich Claudia beinahe die Finger verbrannte, obwohl sie einige Zeit zum Auskühlen in der Schleuse gestanden hatte. Man konnte es gefahrlos essen, wie sie dem Bewacher gern versicherte, aber viel mehr auch nicht.

„Können Sie kochen?", wollte der Mann wissen.

„Mäßig", antwortete sie aufrichtig. „Aber mein Freund ist ein hervorragender Koch."

„Gelernter Koch?"

„Nein", sagte sie ehrlich und hatte eine Idee. „Als Hobby. Im Hauptberuf ist er Staatsanwalt."

Der arme Lars würde ihr diese Notlüge bestimmt verzeihen. Er konnte wüste, vielleicht sogar wahre Geschichten aus seiner Referendariatszeit bei der Staatsanwaltschaft erzählen, (wobei es ihm die Rechtsmedizin besonders angetan hatte) und wenn er Claudia ärgern wollte, beschrieb er mit entsetzlichen Einzelheiten die Autopsie einer jungen Frau in der Gerichtsmedizin, deren Leiche nach Wochen im Wald gefunden worden war, mit einem, wie er es nannte, ›dritten Auge‹ in der Stirn genau über der Nasenwurzel, und von Faulgasen aufgetrieben wie ein Ballon. Claudia wurde schwarz vor den Augen, der Appetit verging ihr umgehend, und Lars wechselte als empfindsamer Nachbar sofort das Thema. Noch Wochen später hatte sie keine harmlosen Käfer oder Ameisen ohne Schaudern anschauen können und deswegen Lars das Versprechen abgenommen, nie in seinem Leben Staatsanwalt zu werden – oder er müsse sich eine andere Freundin und Nachbarin suchen. Was er leicht versprechen konnte, vor allem, weil er so nicht erwähnen musste, dass eine seiner früheren Freundinnen Pathologin geworden war.

„Donnerwetter", sagte der Mann, hörbar beeindruckt. „Sie sind ja eine wirklich gefährliche Frau."

„Es geht!", wiegelte sie bescheiden ab.

„Na ja", sagte der Mann trocken, „ein Grund mehr, Sie möglichst rasch loszuwerden."

„Wie meinen Sie das?", fragte sie erschrocken.

„Heute hat Ihr Stiefvater seine letzte Chance Sie freizukaufen."

„Hoffentlich überlebe ich das", kommentierte sie düster, doch der Mann lachte nur hämisch. Bis zum Abend hörte sie nichts mehr von einer Geldübergabe oder einem Freikauf, der Mann versprach ihr sogar ein neues Buch, ebenfalls so dick, dass sie mehrere Tage daran zu lesen hätte, und das schien doch darauf hinzudeuten, dass sie am nächsten Tag noch leben werde. Trotzdem verspürte sie eine unangenehme Spannung unter dem Hosenbund, die auch nicht verging, nachdem sie bestimmt eine Stunde auf dem Trainer gestrampelt hatte und einige Seemeilen auf dem Trockenen gerudert war. Abends ertappte sie sich dabei, dass sie leise betete, was sie schon lange nicht mehr getan hatte.

Zweiter Freitag

♦
♦

Auch am nächsten Morgen schien die Sonne hell aus einem wolkenlos blauen Himmel. Claudia hatte gut geschlafen, nicht geträumt und entweder ihre Angst überwunden oder sich daran gewöhnt.

Als sie den Mann fragte, was ihr Stiefvater gestern getan habe, antwortete die Stimme mit dem gewohnten „Unwichtig."

„Kann ich bald gehen?"

„Abwarten."

Eine dämliche Anwort, was blieb ihr schon anderes übrig? Gegen Mittag setzte der Flugverkehr auf dem kleinen Platz in der Nähe ihres ›Gefängnisses‹ wieder ein, und Claudia unterschied bald das helle Motorengeräusch einer Maschine mit einem starken Motor, die immer wieder zum Start ansetzte. Wahrscheinlich schleppte der Pilot Segelflugzeuge auf Ausklinkhöhe. Ihre Mutter hatte ihr abgeraten, sich auf das Geschäft einzulassen. Der Motor wurde doch sehr beansprucht, und soviel verdiente man mit dem Schleppstart auch nicht, um Geld für einen Ersatzmotor zurückzulegen. Dagegen war es hilfreich, wenn man im Flugbuch noch nicht genug Starts und Landungen für das laufende Jahr angesammelt hatte. Claudia hätte Mutters Maschine gerne behalten, aber rechnete sich realistischerweise aus, dass sie die Belastung aus Wohnungshypothek und Flugzeug nicht aufbringen konnte, obwohl Onkel Walther für das mütterliche Erbe noch eine sichere Anlage gefunden hatte, von deren Zinserträgen man heute nur träumen durfte. Der Technische Wart des Vereines, in dem Karin Frenzen/Jörgel bis zu ihrem Tod Mitglied gewesen war, hatte wohl ein Auge auf die Mutter geworfen und deshalb der Tochter geholfen, die Maschine zu einem guten Preis zu verkaufen. Danach war Claudia mit Clubmaschinen nur soviel geflogen, um die nötige Stundenzahl zum Erhalt ihr Private Pilot Licence zusammenzubekommen. Ihre PPL war heute noch gültig.

„Sagen Sie mal, kennen Sie eine Brigitte Auler?"

„Ja, flüchtig. Aber ich weiß, wer sie ist. Warum fragen Sie?"

„Ihr Stiefvater interessiert sich wohl mächtig für diese Auler."

„Ja, das ist kein Geheimnis."

„Ein merkwürdiges Weib. Was macht sie so, beruflich, meine ich?"

„Sie ist Diplom-Ingenieurin."

„Waas? Ehrlich?"

„Ja, echt. Sie arbeitet als Konstrukteurin bei den ›Mechanischen Werken Friedrichsburg‹. Und wenn ich mich nicht irre, ist sie bei MWF sogar Abteilungschefin."

„Respekt. Hat sie Geld?"

Claudia zögerte. Sie wollte der jungen Frau nicht schaden und diesen Entführern nicht ein neues, lohnendes Opfer präsentieren. „Das weiß ich nicht. Aber sie kennt mich nicht gut genug, um für mich eine halbe Million hinzulegen, selbst wenn sie soviel hätte."

„Nicht für Sie, Verehrteste. Aber vielleicht für ihren Liebhaber Martin Jörgel."

„Dazu müsste er sie um das Geld bitten?"

„Na, und?"

„Damit sind wir wieder am Anfang. Bin ich meinem Stiefvater eine halbe Million wert?"

„Junge, Junge, Ihre Familie möchte ich nicht geschenkt haben."

„Schade. Ich würde sie Ihnen mit Handkuss überlassen. Wollen wir nicht tauschen?"

„Ich habe so meine Zweifel, ob Sie mit meiner Familie viel glücklicher würden." Der Lautsprecher knackte, der Morgenplausch war beendet. Der Mann hatte Brigitte Auler eine merkwürdige Frau genannt, und genau diesen Ausdruck hatte Claudia auch gebraucht, nachdem sie Brigitte Auler kennengelernt hatte. Groß für eine Frau, kräftig, breitschultrig, eine fast männliche knochige Figur mit wenig Busen und wenig Hüften, dazu ein unschönes, eckiges Gesicht mit einem breiten Kinn. Claudia hatte selten eine so unweibliche Frau getroffen und deswegen sofort das Urteil ihrer Mutter geteilt, Stiefvater Martin habe es gar nicht in erster Linie darauf abgesehen, Brigitte Auler in sein Bett zu kriegen.

Dagegen schien sie ihrem Martin geradezu verfallen, und Claudia war davon überzeugt, dass Brigitte sogar eine Million aufbringen würde, sollte Martin Jörgel sie darum bitten. Manchmal benahm sie sich so, auch in Gegenwart Fremder, als habe sie nicht mehr daran geglaubt, einen Geliebten zu finden. Mutter hatte sie bedauert. „Die arme Frau. Martin wird sie ausbeuten und alle seine Versprechen natürlich nicht halten."

Brigitte Auler hatte Geld, ob verdient oder geerbt, das wusste Claudia nicht. Wie Stiefvater Martin Jörgel besaß Brigitte Auler ein großes Segelboot auf dem Velstersee, und segelte hervorragend. Onkel Walther meinte, die Familie Auler, Besitzer der ›Mechanischen Werke Friedrichsburg (MWF) Auler & Co.‹ lege großen Wert darauf, per Fusion oder Kauf den größten Konkurrenten ›Frenzen Filtertechnik‹ auszuschalten. Vielleicht spekulierte Jörgel darauf, nach einer Fusion einen leitenden Posten zu bekommen.

Am frühen Nachmittag setzte wieder verstärkter Flugverkehr auf dem kleinen Platz in der Nähe ein, die Maschine mit dem hell klingenden Motor war erneut pausenlos mit Start und Landung beschäftigt. Außerdem war eine Motor-Schleppwinde gut ausgelastet. Claudia las, turnte, fuhr Rad und ruderte auf dem Trockenen und sehnte sich nach Lars, der gar nicht wusste, wie gut es ihm ging.

Doch da irrte sie erneut. Lars ging es gar nicht gut. Am Vormittag hatte er noch einmal die Runde gemacht. Weder Erich Hilbert noch Walther Lytgang noch Martin Jörgel hatten ein Lebenszeichen von Claudia erhalten oder über Dritte erfahren, wo sie sich aufhielt – oder mit wem sie unterwegs war.

Aber an diesem Tag schien Stiefvater Martin Jörgel reagiert zu haben, zum Abendessen spendierte man Claudia eine Flasche Rotwein, dessen Qualität und Geschmack sehr zu wünschen übrig ließen, den sie gleichwohl durstig, mit großen Schlucken trank. Fast sofort begann sie zu gähnen, und als ihr der Gedanke kam, in dem Wein könne ein Schlafmittel gewesen sein, musste sie schon so heftig gähnen, dass sie Schmerzen in den Mundwinkeln verspürte.

Zweiter Samstag

Claudia fror so sehr, dass sie aufwachte und sich verblüfft umsah. Der große Saal war über Nacht geschrumpft zu einer bescheidenen Hütte aus unbehauenen Baumstämmen, ein kleines, unvergittertes Fenster stand weit auf, davor sah sie Laubbäume mit frischem Grün. Sie lag auf einer besseren Holzbank, als Matratze diente eine zusammengefaltete Wolldecke, und ihre Wärter hatten sie mit dem Jogginganzug und einem alten Tuch zugedeckt, das Claudia normalerweise im Kofferraum liegen hatte. Ihre Wäsche bemerkte sie auf einem niedrigen Hocker neben der Tür. Wo war sie? Keine Fernsehkamera, keine Sportgeräte, der Boden des Raumes bestand aus rohen, ungehobelten Holzlatten – sie holte tief Luft: Ihre Entführer hatten sie über Nacht, als sie wegen des Pulvers in dem billigen Rotwein tief schlief, an einen anderen Ort gebracht.

Es roch angenehm frisch nach Wald. Auf ein letztes Frühstück zum Abschied hatte der Mann am Mikrofon allerdings verzichtet. Neben dem Bett stand nur eine Plastikflasche mit Schraubverschluss. Sie schien klares Wasser ohne Kohlensäure zu enthalten. Claudia trank einen Schluck und verspürte plötzlich einen mächtigen Hunger. Als sie sich aufrichtete, konnte sie durch das Fenster ein dunkelrotes Blech erkennen. Ihr Auto? Neben dem Hocker stand ihre Handtasche auf dem Boden. Nicht weit von der Hütte kreischten Vögel. Einen Moment sehnte sie sich regelrecht nach ihrem großen, komfortablen Gefängnis. Es sah so aus, als wolle man sie ohne große Umstände freilassen – dann hatte die Geldübergabe also geklappt? Wo und wie hatte Stiefvater Martin Jörgel in der kurzen Zeit eine halbe

Million zusammengekratzt? Hauptsache, er hatte es getan, und plötzlich hatte Claudia es eilig, hier herauszukommen, bevor die Entführer es sich anders überlegten und zurückkamen. Sie sprang regelrecht in ihre Kleidung und kontrollierte ihre Handtasche: Alles da. Autopapiere, -schlüssel, Hausschlüssel. Portemonnaie mit etwa fünfzig Euro, Lippenstift, Notizbuch, Kugelschreiber, Kamm, Armbanduhr, Parfümflakon. Sogar der Akku ihres Handys war bis obenhin geladen. Dann fielen ihr die Tabletten ein, das kleine Stück Papier steckte noch in ihrem BH, sie verstaute es sorgfältig in einem Seitenfach ihrer Handtasche, das sie mit einem Reißverschluss sichern konnte. Bevor sie den ungastlichen Raum verließ, schaute sie sich um: Nichts vergessen! Tatsächlich: Ihr Auto stand vor dem Haus, die Schnauze wies auf einen schmalen, holprigen Weg bergab, und als sie den Zündschlüssel drehte, sprang der Motor mit dem üblichen Stottern und kurzen Husten an. (Lars hatte gelästert, das sei das einzige ihm bekannte Auto mit Bronchialkatarrh). Es war schon fast Mittag, sie hatte Durst und Hunger und stöhnte, als der Kleinwagen über die Steine, Wurzeln, Löcher und Furchen ins Tal hinunterstolperte. Kein Schild, kein Hinweis darauf, wo sie sich befand, nur manchmal die farbigen Zeichen markierter Wanderwege an den Baumstämmen. Natürlich kam ihr jetzt, wo sie Auskünfte brauchte, kein Mensch entgegen. Endlich endete der Waldweg vor einer Koppel, sie konnte auf einen asphaltierten Wirtschaftsweg einbiegen, der bald an einem Bauernhof vorbeiführte. Ein großer, struppiger Hund war der Meinung, Claudia und ihr Auto hätten hier gar nichts verloren und raste laut bellend hinter dem roten Winzling her; wahrscheinlich wollte er, genau so hungrig wie die Fahrerin, in die Reifen beißen. Erst nach Minuten gab er die sinnlose Verfolgung auf. Und dann tauchte auch schon ein Vorfahrtbeachtungsschild auf, aber natürlich kein Hinweis auf einen Ort. Die Landstraße mündete nach rund zehn Kilometern in eine Bundesstraße und hier stand ein erstes gelbes Schild: Malzig, zehn Kilometer. Wo zum Teufel lag Malzig?

Der Ort Malzig war nicht groß. Je eine Häuserreihe links und rechts der Straße, ein kleiner Dorfplatz mit einer Kirche und dem unvermeidlichen Supermarkt neben der Filiale der Handelsbank und einem Geschäft für Haushalts- und Eisenwaren. Die Bushalteschilder auf dem Dorfplatz standen mächtig schräg, das Wartehäuschen mit der zerschrammten Holzbank besaß keine heile Scheibe mehr; doch kurz hinter dem Ortsausgangsschild gab es sogar eine große Tankstelle. Claudia tankte für fünfundzwanzig Euro und kaufte an der Kasse einen Straßenplan. Die junge Frau riet ihr dringend, bis zum nächsten Ort namens Reddern zu fahren und dort im Krug ein Frühstück zu bestellen. An Claudias Erklärung, mit ihrem Freund hätte sie es ja wohl ausgehalten, aber nicht mit dem Freund des Freundes und dessen Freundin, schien sie nicht zu zweifeln. Das passierte, und manchmal stimmte einfach, dass es zu Hause doch am schönsten sei.

Claudia folgte dem Rat und parkte in Reddern vor einem sehr schön restaurierten Fachwerkbau, dessen Fenster weit offenstanden. Es roch bis auf die Straße nach frischem Kaffee, frischen Brötchen und gebratenen Eiern auf Speck. Claudia bestellte ein Frühstück mit viel Kaffee und schlug die neu erworbene Straßenkarte auf. Reddern lag weit nördlich, kurz vor der Grenze mit Thüringen. Sie suchte sich einen Weg Richtung Autobahn aus. Bis in ihre Kapuzinergasse würde sie gut eineinhalb Stunden fahren.

Onkel Walther nahm das Telefon sofort ab und prustete erleichtert, als er ihre Stimme erkannte: „Kind, wo bist du nur gewesen, wir haben uns ziemliche Sorgen gemacht."

„Das kann ich schlecht am Telefon erklären, aber wenn du heute morgen zu Hause bist, komme ich in etwa zwei Stunden bei dir vorbei."

„Willst du nicht vorher bei Lars verbeischauen? Er hat dich überall gesucht."

„Wirklich?", fragte sie und spürte, wie ihr die Tränen in die Augen stiegen. Hatte sie ihm also in Gedanken Unrecht getan? Dann gab sie sich einen Ruck: „Nein, ich muss zuerst mit dir reden."

„Schön, ich warte auf dich."

Auf der Autobahn kam sie zügig voran, ihr Kleiner schnurrte zufrieden und zuverlässig, als freue er sich auf die heimische Garage. Walther Lytgang hatte die Zeit genutzt, seine schöne große Wohnung im ersten Stock seiner Vorstadtvilla völlig blau einzunebeln und kicherte, als sie zuerst die Fenster aufriss. „Du wirst noch einmal an deinen Zigarren ersticken", warnte sie ihn.

„Kann sein. Im Park vertreiben mich schon die Mütter von Kleinkindern. Was ist los, und wo bist du die ganze Woche gewesen. Wie heißt er? Kenne ich ihn?"

„Lieber Onkel Walther, ich war nicht auf Spritztour mit einem neuen Freund. Ich bin am Freitag vor einer Woche aus meiner Wohnung entführt worden. Die Entführer haben von Martin Jörgel eine halbe Million Lösegeld erpresst." Sie kannte ihren Patenonkel Walther gut und lange genug, um sich bei seiner Miene keine Illusionen zu machen: Er hörte zwar aufmerksam zu, glaubte ihr aber kein Wort. Deswegen war sie nicht überrascht, als er zum Schluss bedächtig den Kopf schüttelte. „Liebe Claudia, ich kann mir nicht vorstellen, wie Martin Jörgel in vier oder fünf Tagen eine halbe Million zusammenkratzen konnte."

„Aber es muss ihm gelungen sein. Sie haben mich freigelassen, wie du siehst."

„Wenn du wirklich entführt warst, liebe Claudia."

„He, was soll das heißen!?", brauste sie auf, doch Walther Lytgang winkte rasch ab:

„Bitte, Claudia! Kein unnützes Theater."

„Unnützes Theater!? Soll das heißen, du glaubst mir nicht?"

„Ehrlich gesagt, nein. Und ich kann mir nicht vorstellen, dass dir ein anderer glauben wird. Die Geschichte ist zu abenteuerlich. Nicht mal Martin Jörgel wird dir glauben."

„Und dabei bin ich vor allem zu dir gekommen, um zu fragen, ob und wie ich ihm das Lösegeld zurückerstatten soll."

Walther Lytgang schnitt eine hässliche Grimasse. „Das wird ihn höllisch ärgern, eine halbe Million käme ihm wohl gerade recht."

Claudia betrachtete ihren Patenonkel aus schmalen Augen. „Aber du bestreitest nicht, dass ich eine Woche verschwunden war?"

„Verschwunden?", murmelte Lytgang ironisch. „Weg warst du, abgetaucht, auf Reisen, unterwegs meinetwegen."

„Und wo soll ich gewesen sein?"

„Das weiß ich doch nicht."

„Von dir hätte ich mehr Verständnis erwartet", fuhr sie ihn an, doch Onkel Walther zuckte nur die Achseln. „Meine liebe Claudia, die anderen Menschen werden noch ganz anders auf deine Geschichte reagieren."

„Wen meinst du damit? Lars etwa?"

„Zum Beispiel Lars. Der ist jetzt nämlich ziemlich fest davon überzeugt, dass du mit einem neuen Freund – oder wahrscheinlich Liebhaber – eine Spritztour gemacht hast. Kurzferien, nachdem endlich das Wetter besser geworden ist."

„Glaube ich nicht."

„Frage ihn selbst. Er hat dich überall gesucht, und als er kein Lebenszeichen von dir erhalten hat, war für ihn die Geschichte klar. Warum hast du nicht wenigstens einmal angerufen?"

„Hast du schon mal gehört, dass Entführer ihrem Opfer ein Telefon hinstellen oder das Handy überlassen?"

„Nein", sagte Onkel Walther erschöpft. „Ich habe aber auch noch nie mit einem Entführungsopfer gesprochen, dem es nach seiner Entlassung so gut ging wie dir."

„Dann wäre es dir lieber, wenn sie mir die Arme oder Beine gebrochen hätten?"

„Nein, nicht lieber, Claudia, es würde aber für alle die Glaubwürdigkeit deiner Geschichte zumindest erhöhen und den Verdacht zerstreuen, du hättest Phantasie und Wirklichkeit verwechselt."

Claudia hatte noch nie erlebt, dass ausgerechnet der freundliche Patenonkel Walther ihr so unverblümt ins Gesicht sagte, dass er sie für eine Lügnerin hielt oder, was auch nicht viel besser wäre, eine überspannte Person, die ihre erfundenen Geschichten und ihren realen Alltag nicht auseinanderhalten konnte. Claudia hatte Mühe, sich zu beherrschen und die Tränen herunterzuschlucken. „Und was mache ich, wenn Martin Jörgel die halbe Million von mir zurückhaben will?"

„Dann sagst du nicht zu, sondern kommst noch einmal zu mir. Claudia, ich habe dich sehr gern, das weißt du doch, ich möchte nur nicht, dass man über dich lacht oder dich ausnutzt."

Sie kochte immer noch vor Wut und Enttäuschung, als sie ins Auto stieg und Richtung Stadtwald und Stadtpark fuhr. Stiefvater Martin Jörgel war nicht zu Hause, wie die Haushälterin Martha Klein erklärte, er sei mit seiner Freundin Brigitte Auler auf dem Velstersee segeln, habe aber angerufen, dass er etwa gegen 17 Uhr zurück sein wolle. Nach dem gewaltigen Frühstück konnte Claudia gut auf ein Mittagessen verzichten und spazierte zwei Stunden durch den Stadtwald, traf alte

Bekannte und sogar einige frühere Nachbarn, erwähnte jedoch mit keiner Silbe, was ihr zugestoßen war. Onkel Walthers Reaktion beunruhigte sie doch, jetzt, nachdem sich ihre Wut gelegt hatte. Wenn er ihr schon nicht glaubte, wieviel weniger würden das Menschen tun, die Claudia seit einer halben Ewigkeit nicht mehr gesehen hatte. Erst jetzt begriff sie, wie geschickt die Entführer vorgegangen waren, als sie ihr nichts angetan, ihr bei der Freilassung sogar das Auto hingestellt hatten. Wer würde ihr überhaupt glauben? Wenn sie Pech hatte, nur Stiefvater Martin, der für ihre Freilassung gelöhnt hatte und nun seine Forderungen stellen würde.

Doch da irrte sie. Martin Jörgel musterte sie abweisend, als er die Haustür öffnete. Er forderte sie nicht einmal auf hereinzukommen. „Was willst du denn hier?", fuhr er sie barsch an und ließ erkennen, dass er seine Stieftochter am liebsten gewaltsam die drei Stufen auf den Weg hinunter befördert hätte. Seine Freundin Brigitte Auler hielt sich im Hintergrund und lauschte ungeniert. Der Wind hatte während der Segeltour die Reste ihrer Frisur vernichtet, sie trug eine helle enge Stoffhose, die ihr gut stand und einen langärmeligen Frotteepullover. Sie kam Claudia merkwürdig ungeduldig vor, und aus Brigittes verdrossener Miene las Claudia, dass sie auch ihr ungelegen kam. Martha Klein hatte sich noch nicht blicken lassen.

„Entführt? Mein liebes Kind, ich fürchte, du solltest deine Geschichten und die Alltags-Realität besser auseinanderhalten… Wie du mir die halbe Million zurückzahlen kannst? Ein halbe Million könnte ich im Moment sehr gut gebrauchen, das leugne ich nicht, aber ich habe keinen Cent für dich gelöhnt, ich habe nicht einmal einen Brief oder eine Nachricht oder einen Anruf mit einer Lösegeldforderung erhalten. Ich weiß nichts davon, dass du entführt worden bist, und mit mir haben sich keine Entführer in Verbindung gesetzt. Eine halbe Million hätte ich ohnehin nicht so schnell aufbringen können, und ehrlich gesagt, ich weiß nicht, ob ich mir überhaupt die Mühe gemacht hätte, für deine Freilassung auch nur fünftausend Euro aufzutreiben, geschweige denn fünfhunderttausend. Wofür hast du einen stinkreichen Patenonkel? Wie gesagt, wenn du mir eine halbe Million schenken willst, nehme ich das Geld mit Vergnügen an, aber ich habe für dich keinen Euro bezahlt, weil niemand etwas von mir gewollt hat ... Nein, kein Anruf, kein Brief, kein Telegramm, keine Mail, keine Botschaft oder Nachricht. Und jetzt wäre es schön, wenn du uns nicht länger stören würdest." Damit schob er seine Stieftochter so energisch zur Tür hinaus, dass sie fast die drei Stufen auf die Einfahrt hinuntergefallen wäre. Claudia wusste nicht, wie ihr geschah, sagte aber nichts. Brigitte Auler hatte sie zum Schluss gemustert, als sei Claudia schwachsinnig und zugleich gemeingefährlich.

Die dritte Enttäuschung ließ nicht lange auf sich warten. Lars Urban war zu Hause und begann schallend zu lachen, als Claudia ihre Geschichte erzählte. „Mein Gott, Frau Nachbarin, was Besseres ist dir nicht eingefallen? Entführt?! Wie heißt er denn?"

„Wie heißt wer?"

„Der Mann, der dich auf eine Rundtour durch die Hotelbetten entführt hat, mit dem du unterwegs gewesen bist." Richtig laut lachen konnte der fiese Kerl. Claudia hörte nur den Hohn, aber nicht die Wut heraus.

„Welcher Mann?", erkundigte sie sich empört.

„Dein neuer Liebhaber."

„Bist du übergeschnappt?!"

„Nicht mehr als du, meine Liebe. Der junge Mann, der dich am Nachmittag vor dem ›Alten Kornhof‹ abholt."

„Bist du noch ganz dicht?"

„Oh ja, bin ich. Ich war verdammt enttäuscht, als dein Chef mir von dem Knaben erzählte."

„Hilbert?"

„Ja sicher. Oder hast du auch mehrere Chefs, so wie du ja mehrere Freunde und Liebhaber hast?"

Sie musste sich zusammenreißen, um nicht die Kaffeetasse nach ihm zu werfen. Lars Urban glühte vor Zorn, und als sie ihm fast wider Willen berichtete, wie Stiefvater Jörgel reagiert hatte, höhnte er: „Der Mann ist nicht so dumm und dreist, wie du ihn immer dargestellt hast."

„Man hat mich entführt, verdammt noch mal."

„Jau, und dann ohne einen Cent Lösegeld wieder freigelassen. Reiß dich zusammen, Claudia, das Märchen taugt nichts, das glaubt dir keiner."

„Du denkst also, ich war eine Woche lang mit einem neuen Freund auf einer Spritztour?"

„Ja, davon bin ich jetzt fest überzeugt."

„Dann kann ich ja gehen."

„Ich halte dich nicht zurück. Wenn du mir die Wahrheit gesagt hättest, würde ich dir vielleicht verzeihen, aber ich habe keine Lust, zu den Hörnern, die du mir aufgesetzt hast, nun auch noch als Hampelmann oder gehirnamputierter Volltrottel herumzulaufen."

„Schade. Wenn du dich entschuldigen willst, weißt du ja, wo ich wohne."

„Darauf kannst du lange warten, meine Beste."

„Ich vermute mal, auf dich wartet bereits jemand in der ›Gondel‹."

Ihre Selbstbeherrschung reichte gerade noch bis in ihre Wohnung. Kaum war die Tür ins Schloss gefallen, begann sie fürchterlich zu heulen. Es schüttelte sie, als schwanke der Fußboden. Die Tränen nahmen einfach kein Ende, und als sie morgens aufstand, war das Kopfkissen feucht. Sie hatte keine Stunde geschlafen und fühlte sich wie gerädert. Immerhin hatte sie einen Entschluss gefasst, als die Dämmerung heraufzog. Wenn ihr niemand die Wahrheit glauben wollte, würde sie über die Woche schweigen und den Neugierigen bestätigen, was die ohnehin schon vermuteten: Sie war mit einem alten Freund unterwegs gewesen.

Zweiter Sonntag

Spät am Vormittag rollte Claudia sich aus dem Bett und frühstückte vertrocknete Reste aus dem Kühlschrank. Sich etwas von Nachbar Lars zu leihen, kam ja nicht mehr in Frage. In der Entführungshaft hatte es besser geschmeckt... Am Nachmittag traf sie sich mit ihrer alten Schulfreundin Nora von Welsen, die hatte – weil sie früher mit den Beziehungen zum anderen Geschlecht angefangen hatte, Trennungsschmerz mehr als einmal erlebt und erlitten. Vor dem Anruf bei Nora hatte Claudia ihren Anrufbeantworter abgehört. Hilbert hatte sich jeden Tag erkundigt, wo sie denn bleibe und wann sie wieder ins Büro kommen werde. Alle anderen Anrufe konnte sie ruhig noch später beantworten. Erst wollte sie sich Rat und Trost von Nora holen. Denn die hatte Lehren gezogen: Männer gebe es genug, lautete heute ihre Devise, und Männer zu angeln könne man lernen. Außerdem: Eine Dummheit, wenn sie nicht gerade AIDS bescherte, war jeder Frau erlaubt, die Männer, ob Junggesellen oder verheiratet, dächten da ja nicht anders. Nora hatte glatte, schulterlange, schwarze Haare und große dunkelbraune Kulleraugen, außerdem den verführerischen braunen Teint einer Südländerin, dazu eine perfekte, sexy Figur, die Männer pfiffen ihr auf der Straße nach, worauf sie ihre sehenswerten Hüften schwenkte, sie liebte enge Hosen, kurze Röcke und die entsprechenden Komplimente, auch von wildfremden Männern..., was der züchtigen Claudia peinlich war, aber Nora überhaupt nicht. Sie lud ihre deprimierte Freundin zu einem Eis im Herzogenpark ein, es war einer dieser unerwartet warmen und sonnigen Maitage, an denen alle vormittags fieberhaft nach ihren

Sommersachen wühlten, und als Claudia die letzten Reste aus der Schale löffelte, konnte sie schon wieder lachen. Dass sie sich hatte hinreißen lassen, den Namen ihres ›schuftigen‹ Nachbarn Lars Urban zu erwähnen, ärgerte sie zwar, aber wenn Nora etwas herausbekommen wollte, erreichte sie meistens, was sie sich vorgenommen hatte. Die Entführungsstory erzählte Claudia lieber nicht; in puncto Verschwiegenheit durfte man von Nora nichts erwarten.

Was manchmal auch sein Gutes hatte. Stiefvater Martin hatte sich an Nora heimlich, aber energisch herangemacht – im engen Jogginganzug sah sie auch zu verführerisch aus – und war kläglich gescheitert – wie kläglich, merkte er erst viel später, als Nora mit großem Eifer und noch größerer Fantasie die ›Balzversuche eines senil-impotenten Tattergreises‹ überall verbreitet hatte. Als sich Claudia an diese Episode erinnerte, fuhr ihr ein fürchterlicher Gedanke durch den Kopf; dass Stiefvater Martin keine halbe Million aufbringen konnte, war ihr ja klar. Aber hasste er sie so sehr, dass er mit der Lösegeldforderung auch nicht zu Claudias Patenonkel Walther Lytgang gegangen war, dem es leicht gefallen wäre, soviel Geld in so kurzer Zeit locker zu machen. Wäre es Martin Jörgel nur recht gewesen, wenn die Kidnapper sie umgebracht hätten? Brauchte er Claudias Firmenanteil schon so dringend?

Zweiter Montag

Rolf Kramer musterte seine Besucherin neugierig. Sie war eine hübsche junge, lebhafte Frau, die im Moment etwas bedrückt aussah und zur Begrüßung offen erklärt hatte: „Ich möchte Ihnen eine Geschichte erzählen, die mir kein Mensch glaubt. Sie sollen mir helfen, Beweise zu finden, dass ich die Wahrheit sage."

„Nichts dagegen", sagte er friedlich. „Ihnen ist doch klar, dass Sie viel Geld aus dem Fenster werfen, wenn Sie mir einen Bären aufbinden? Auf der Basis eines Erfolgshonorars arbeite ich nämlich nicht."

Sie lachte, und er gab ihr eine Liste mit seinen Tarifen und Honoraren, die sie studieren sollte, während er das Tonband und die zwei Mikrofone aufbaute. In ihren Kaffeebecher hatte sie eine Tablette Süßstoff geworfen, Milch abgelehnt und bei „Zigarette?" nur dankend den Kopf geschüttelt. Das Fenster zum Lichtschacht hatte Kramer angelehnt, und ausnahmsweise herrschte fast Ruhe in den angrenzenden Büros. Was mochte eine so junge Frau Anfang zwanzig zu einem Privatdetektiv führen? Jede Wette, dass es um einen Mann ging, in den sie verliebt war. „Ich werde auch Privatdetektivin", erklärte sie, tief durchatmend und faltete die Kopien der Liste zusammen, um sie in ihrer Handtasche zu verstauen. „Ihre Preise sind wirklich gesalzen, Herr Kramer."

„Mit meinen Tarifen liege ich im örtlichen Mittelfeld. Wenn Sie Wert darauf legen, kann ich Ihnen Kolleginnen und Kollegen empfehlen, die noch sehr viel mehr nehmen."

„Bloß nicht!", seufzte sie. „Ich bin zwar nicht arm, aber auch kein reiches Mädchen, das nicht weiß, wohin mit dem Geld, und meine Eltern sind tot."

„Na, dann erzählen Sie mal Ihre Geschichte."

Als das Wort ›Entführung‹ fiel, setzte Kramer sich aufrecht hin, aber sie fuhr so gleichmütig fort, dass er sich wieder entspannte. Wirklich eine verrückte Geschichte! Doch warum sollte sie ihn auf den Arm nehmen? Es würde ein sehr teurer und völlig sinnloser Spaß für sie werden. Sein skeptischer Blick wurde anerkennend, als sie schilderte, wie sie die Anschrift der Apotheke notiert und aufbewahrt hatte und welche Schlüsse sie aus den Flugzeuggeräuschen gezogen hatte. „Kann ich die Anschrift der Apotheke mal haben? Hier auf dem Flur arbeitet ein Freund, der über den Verband der Apotheker diese Aurelienapotheke innerhalb von Minuten finden wird. Zum Glück hat der Apotheker ausgefallene Vor- und Familiennamen. Nehmen Sie sich noch Kaffee, ich bin gleich wieder da."

Harald Posipil, laut Türschild ›Ahnenforscher‹ in zwei Räumen am anderen Ende des kurzen Flures, hatte Zeit und grinste. „Apotheke? Brauchst du Schwangerschaftsteststreifen?"

„Wie kommst du denn darauf?"

„Du hast einen sehr hübschen, jungen Vogel zu Besuch, der irgendwie etwas verstört aussieht."

„Schäm dich, du Neugieriger, und zügele deine schmutzige Fantasie. Ich brauche die Anschrift dieser Apotheke."

„Wo liegt die?"

„Aller Voraussicht nach in unserem Bundesland."

„Eilt es?"

„Ja, sehr sogar."

„Ein paar Minuten musst du mir schon einräumen."

Zehn Minuten später klopfte er an Kramers Tür und schwenkte ein Blatt: „Ich habe einen Dr. Korbinian Kleineschneider in einer Aurelienapotheke, Betzlingen im Boroner Land, Marktstraße 19."

Claudia überlegte. In Betzlingen-Stasenfurth gab es, wie sie wusste, einen Sportflugplatz, recht klein, mehr von Segelfliegern als von Motorfliegern angesteuert. Der Ort lag nördlich der Stadt, aber nicht so weit entfernt, dass man nicht die Verkehrsmaschinen hören konnte, die den Flughafen Berla anflogen, der nördlich der Stadt lag.

„Das könnte es sein."

„Schön, und was möchten Sie nun genau?"

„Dass Sie mir helfen, mein Gefängnis zu finden und darin irgendeinen Beweis, dass ich dort tatsächlich eine Woche festgehalten worden bin."

„Verraten Sie mir auch, wen Sie davon überzeugen wollen?"

„Zuerst meinen Patenonkel, der auch mein finanzieller Vormund ist, bis ich 25 werde. Dann meinen Freund, der glaubt, ich wäre eine Woche mit einem anderen Mann durch die Weltgeschichte gegondelt. Und zum Schluss meinen Stiefvater, der behauptet, er habe keinen müden Euro für meine Freilassung gezahlt, weil ihm nie jemand eine Lösegeld-Forderung gestellt habe..."

„Ist er so rücksichtsvoll, Sie zu belügen?"

„Im Gegenteil, er ist ein ganz mieses Schwein. Dass er für mich keinen Euro gezahlt hat, glaube ich sofort, ihm wäre es ohnehin am liebsten, wenn ich auf der Stelle tot umfallen würde, aber er behauptet außerdem, man habe ihm nie eine Lösegeld-Forderung gestellt. Und das kann ich nicht glauben."

Kramer nickte. Was sie über ihr ›Gefängnis‹ erzählt hatte, deutete nicht darauf hin, dass die ›Lösegeld-Erpressungshaft‹

improvisiert war, dazu war das alles zu teuer ausgestattet und zu aufwendig organisiert. Vorausgesetzt, es stimmte, was Claudia Frenzen erzählte. Kramer wusste aus eigener Erfahrung, dass längst nicht jede Entführung und Lösegelderpressung publik gemacht oder auch nur der Polizei gemeldet wurde. Aber der Mann am Mikro hatte so getan, als hätten sie schon häufiger ›Gäste‹ in dem merkwürdigen Gefängnissaal betreut, und das verwunderte Kramer nun doch. Entführung als regelmäßige Einnahmequelle? – dafür sprach eigentlich nur die psychologisch hervorragende Einschüchterungsmasche mit den herabfahrenden Fensterjalousien. Und eine beteiligte Person musste medizinische Grundkenntnisse besitzen, um Spritzen zu setzen und Betäubungsmittel richtig zu dosieren. Und der ganze Aufwand, ohne dem Stiefvater auch nur eine Forderung zu stellen? Das war unwahrscheinlich. Aber warum log der Mann? Claudia hatte ja selbst vermutet, dass er auf die Schnelle eine halbe Million nicht zusammenbringen könne. Er hätte sich der Stieftochter Claudia einen weißen Fuß machen und gewaltig lamentieren können, dass er alles versucht, bei Pontius und Pilatus alle Hebel in Bewegung gesetzt habe, um an das Geld zu kommen, aber er habe halt keinen Erfolg gehabt. Oder hatte er das nicht gewagt, weil seine Freundin Brigitte Auler im Hintergrund die Ohren spitzte und nicht erfahren sollte, wie schlecht es finanziell um ihn stand?

Dann blieb immer noch das Rätsel, warum die Entführer Claudia freigelassen hatten. Gut – die Erpressung klappte nicht, und sie wollten sich nicht für Null Komma Null Euro auch noch einen Mord aufladen. Klang logisch, aber verhielten sich solche Verbrecher logisch? Es sei denn, der Mann am Mikrofon war nur ein Helfer, der Befehle ausführte, und im Hintergrund dirigierte eine andere Person aus bisher unbekannten Gründen die ganze Geschichte. Vielleicht sollte Claudia nur für eine bestimmte Zeit aus dem Verkehr gezogen werden? Das erschien auch unlogisch, in der Woche stand, wie sie beteuerte, nichts an, was sie entscheiden musste und was einem anderen nutzen oder schaden konnte.

Ihre Blicke begegneten sich, und sie lächelte Kramer an. Eine bezaubernde junge Frau. Sie meinte wahrscheinlich, wenn ihr Freund und Nachbar Lars Urban von der Entführung überzeugt sei, wäre die Welt wieder in Ordnung. Kramer war da anderer Meinung, aber weil er seine Fähigkeit kannte, mit harmlosen Aufträgen in wilde Stories zu tappen, überlegte er lange, bis er seufzend ein Vertragsformular aus der Schublade holte und ausfüllte. Hoffentlich ging der Auftrag glatt über die Bühne. Seine Freundin Caro, ihres Zeichens Erste Kriminalhauptkommissarin, pflegte zu sagen, Rolf Kramer sei der einzige ihr bekannte Mann, der sich höflich nach einem heruntergefallenen Bleistift bücke und damit den Einschlag einer schweren Mörsergranate oder die Explosion einer Panzermine auslöse. Und wenn es nun um ganz andere Dinge ging als Lösegeld? Kramer hatte den Namen ›Frenzen Filtertechnik‹ noch nie gehört, aber war es völlig undenkbar, dass die Entführer von Martin Jörgel kein Geld, sondern eine Patentschrift oder einen Konstruktionsplan gefordert und vielleicht sogar erhalten hatten? Dann hätte Jörgel nicht einmal mit der Behauptung gelogen, man habe keinen müden Euro für Claudias Freilassung von ihm verlangt. Ganz vorsichtig erkundigte sich Kramer bei ihr, ob eine solche Variante möglich wäre, aber sie musste passen: Sie wusste weder, was ›Frenzen Filtertechnik‹ genau herstellte noch, ob die Firma Patente und Kenntnisse besitze, die für andere Unternehmen wertvoll sein könnten. Kramer kritzelte eine Bemerkung in seinen Block, dass er dieser Möglichkeit später einmal nachgehen müsse.

„Was machen wir jetzt?", fragte Claudia neugierig. Das Blöde war, sie gefiel Kramer, Freund Lars hin oder her, zwanzig Jahre Altersunterschied hin oder her, und Kramer wollte sie nicht enttäuschen.

„Wir müssen jetzt erst einmal alle anderen Möglichkeiten ausschalten. Sind Sie sicher, dass man Ihnen nichts Wertvolles weggenommen, aus ihrer Wohnung gestohlen, entwendet hat?"

Sie schluckte. „Ich vermisse eigentlich nur einen Ring, ein Geschenk meiner verstorbenen Mutter. Nichts Besonderes, Silber mit einem flachen Achat. In die glatte Oberfläche sind die Buchstaben C und F, für Claudia Frenzen, eingraviert. Den haben sie mir nicht zurückgegeben."

„Okay, ich werde mal ein Auge offenhalten. Dann eine andere Frage. Die Entführer haben Ihre Schlüssel für mehrere Tage besessen?" Sie nickte. „Haben Sie an Ihrer Wohnungstür einen Innenriegel?" Jetzt schüttelte sie den Kopf und Kramer seufzte. „Die Zeit hat gereicht, um Nachschlüssel anzufertigen. Sie müssen sofort einen Innenriegel anbringen."

„Muss das sein?"

„Ja. Es wäre fatal, wenn man Sie im Schlaf in ihrer Wohnung überraschte." Und weil sie eine Grimasse schnitt, setzte er nach: „Trauen Sie sich nicht zu, einen Innenriegel zu montieren?"

„Wenn ich mich nicht mit meinem Freund und Nachbarn verkracht hätte, würde ich den bitten... aber so?"

„Ich sehe schon, ich kann auf die Schlussrechnung eine Monteurstunde schreiben."

„Die würde ich dann mit Handkuss zahlen. Was wollen wir jetzt überhaupt tun?"

„Wir fahren morgen oder übermorgen nach Betzlingen und schauen uns in der Nähe um. Vergessen Sie Ihre PPL nicht, wir suchen am besten aus der Luft. Und vorerst erzählen Sie niemandem, was wir vorhaben. Wenn Sie Ihren Brötchengeber anrufen, um sich für die vergangene und diese Woche zu entschuldigen, lassen Sie sich etwas Harmloses und Überzeugendes einfallen, schwer erkrankte Schwester oder Schwägerin und mehrere Neffen und Nichten, die versorgt werden müssen – so was in dieser Preislage. Weder er noch ihr Patenonkel sollen wissen, was Sie planen."

Sie nickte eifrig.

„Ach, und noch etwas: Ich kann mir vorstellen, dass Sie Ihren Chef Hilbert gerne in Stücke reißen möchten, weil er ihrem Freund was von einem anderen Mann vorgeflunkert hat, der Sie nachmittags im ›Alten Kornhof‹ abgeholt hat."

„Oh ja!", sagte sie amüsiert und rieb sich voller Vorfreude die Hände.

„Das lassen Sie bitte bleiben. Kein Wort davon!"

„Und warum nicht?"

„Ich möchte erst wissen, was hier gespielt wird. Dann können Sie immer noch aufräumen und Rache nehmen. Vielleicht steckt hinter der Entführung was ganz anderes als eine Lösegeldforderung, aber das müssen wir erst herausbekommen."

„Okay", versprach sie. „Würde es Sie mächtig stören und die Vertragsbedingungen grundlegend verändern, wenn wir uns duzen würden? Ich komme mir so schrecklich alt und erwachsen vor, wenn man mich immer mit Sie anredet."

„Einverstanden. Ich heiße Rolf."

„Claudia weiß das, sie hat nämlich das Türschild gelesen."

„Prächtig. Dann verrate mir doch bitte, wie du ausgerechnet auf mich gekommen bist."

„Vor Jahren habe ich in dem Fotostudio Jungmann Bilder machen lassen und dabei unten in der Eingangshalle das Schild Privatdetektei gelesen." Kramer grinste breit. Wenn nicht wahr, dann gut erfunden.

Claudia Frenzen programmierte seine Handynummern auf Kurzwahltasten und als sie den Vertrag unterschrieben hatte, lud Kramer sie zum Essen ein. Vera, die Eigentümerin und Chefköchin in ›Veras vegetarischem Paradies‹ im Erdgeschoß des Ruhlandhauses, warf Kramer einen gekränkten Blick zu. Sie hatte abgenommen, daran bestand kein Zweifel, aber bis zu Claudias Figur lagen noch harte, entbehrungsreiche Wochen vor Vera, und irgendwie schien sie überzeugt, dass Kramer immer neue Freundinnen oder Bekannte ins ›Paradies‹ mitbrachte, um ihr, der Herrin der Töpfe und Pfannen, in natura zu demonstrieren, was sie noch abspecken musste. Nichts lag ihm ferner, Kramer mochte die hilfsbereite Vera gut leiden, aber für ihre Figur und den daraus entstehenden permanenten Problem-Stress mit Kilos und Klamotten fühlte er sich nicht im geringsten Maße zuständig. Ab und zu traf er zur Mittagszeit hier Rita Oppermann, die ihr Geld als Taxifahrerin bei Neutaxi verdiente: Rita, mager, fast hager, hatte eine Figur, wie sie sich Vera vielleicht wünschte, aber die zähe und bewegliche Rita sah aus, als bekäme sie nicht genug zu essen oder litte an gefährlicher Bulimie. Beides war nicht der Fall, wie Kramer wusste, der auch ganz privatim meinte, einige Kilo mehr auf den Rippen würden Rita gut stehen. Doch vorsichtshalber hielt er sich aus allem raus, was mit Vitaminen und Kalorien und Spurenelementen und Kohlehydraten und Eiweißen zu tun hatte, und stellte auch die beiden Frauen nur mit Vornamen vor, und als sie sich nach dem Kaffee verabschiedeten, schnaufte Vera erleichtert: „Eine neue Freundin?", flüsterte sie ihm zu.

„Nein, eine neue Kundin."
„Sie sieht gut aus."
„Findest du?"
„Ja, finde ich."

Claudia war zu Fuß gekommen, was angesichts der Parkplatznot in der Ringstraße eine sehr vernünftige Entscheidung war. Sie bummelten vergnügt Richtung Dom, und Claudia erzählte von ihrer Familie und der merkwürdigen Eigentümer-Struktur der Firma ›Frenzen Filtertechnik‹, die sich im ›Streu‹-Besitz eines weit verzweigten Familienclans befand. Dann kauften sie im nächsten Eisenwarengeschäft einen stabilen Innenriegel mit Sicherheits-Steckschloss, Claudia hob alle Finger zum Schwur, dass sie über richtiges Werkzeug verfüge und lächelte geschmeichelt, als sie in die Kapuzinergasse einbogen und er lobte. „Hübsch ist es hier." Er verriet ihr nicht, dass er gar nicht böse war, ihre Wohnung zu sehen. So sehr sie ihm gefiel, so wenig war er sich über ihre Person klar: Eine amüsante Mischung aus Twen und frühreif.

Während er den Riegel montierte und sie Kaffee kochte, hörte er sich ihr für Kinder geschriebenes Hörspiel ›Der Hund auf dem Hochseil‹ an, das viel Fantasie und auch einen etwas boshaften Humor verriet und ihm gut gefiel. Die Zweizimmer-Wohnung war nicht groß, aber für eine Person ausreichend, geschmackvoll und praktisch eingerichtet. Nein, sie war keine überspannte Erbin, die nicht wusste, wie sie ihre Zeit totschlagen sollte. Herr Nachbar war wohl auf Arbeit und ließ nicht von sich hören. Kramer ging beruhigt und hörte noch, wie sie hinter ihm den Riegel vorschob.

Die Zeit reichte noch, zu Fuß in das Tageblatt zu gehen. Holger Weisbart, der langjährige Gerichtsreporter der Zeitung, saß noch an seinem Schreibtisch und redigierte. Er hatte vormittags eine Verhandlung im Amtsgericht beobachtet und seinen Text bereits abgeliefert. Seine tägliche Kolumne wurde viel gelesen. Wegen seiner ehemals hellen, aber im Lauf der Jahre grau gewordenen Leinenjacke, die er tagaus und tagein trug, aber mehr

noch wegen seines unglaublich guten Gedächtnisses hieß er in Justizkreisen allgemein der Weiße Elefant. So waren seine Artikel auch überschrieben ›Neues vom Weißen Elefanten‹. Holger konnte auch elefantenhaft hart und massiv zutreten, wenn er meinte, in einer Verhandlung hätten Ankläger, Richter oder Verteidiger ihre Pflicht vernachlässigt. Dann griff er in die Tasten, dass der Computer rauchte. Wegen dieser Härte und Unerbittlichkeit war Holger im Amtsgericht und im Landgericht nicht gerade beliebt, aber alle grüßten ihn höflich. Kramer traf sich gelegentlich mit ihm zum Bier. Holger war als Auskunftsquelle fast unersetzlich und Holger schätzte es, wenn man ihm spannende Geschichen am Tresen erzählte, wo man ihm regelmäßig ein volles Glas hinstellte und er nicht trockenen Mundes hinter Zeugen und Verdächtigen herlaufen musste. Als Kramer sein Zimmer betrat, schüttelte Weisbart den Kopf: „Es ist noch zu früh, mein Bester. Ich habe zwar auch schon Durst, aber meine Chefredaktion erwartet, dass ich es bis 18 Uhr in diesem Kasten aushalte."

„Das Bier spendiere ich dir ein andermal in der Handschelle. Aber vorher brauche ich eine Auskunft."

„Und welche?"

„Hast du einmal gehört, dass es in letzter Zeit besonders viele Entführungen und erfolgreiche Lösegelderpressungen gegeben hat? Die Polizei muss nicht unbedingt davon was gewusst haben."

„Besonders viele?", Holger starrte einen Moment an die Decke und schüttelte dann den Kopf. „Nein, Rolf."

„Dann von merkwürdigen, ungewöhnlichen Umständen, die es möglich erscheinen lassen, dass eine Gruppe Entführungen quasi gewerbsmäßig betreibt?"

Holger wollte schon verneinen, aber dann fiel ihm etwas ein. „Ja, da war doch was. Aber im Augenblick steht einer auf der Leitung."

„Die ist zu trocken? Die Leitung, meine ich."

„Das auch. Ich müsste einmal anrufen, sobald ich dieses irre Gewäsch in eine druckbare Form gebracht habe. Ich rufe dich an, einverstanden?"

„Klaro, aber mit dem Anruf bitte nicht zu lange warten."

Den Rest des Tages verbrachte Kramer vor dem Computer, um aus der Tonbandaufnahme ein Protokoll anzufertigen, das Claudia vor Abfahrt nach Betzlingen unterschreiben sollte. Ein zweites Exemplar und eine Kopie des Auftrags legte er seiner Flurnachbarin ›Anielda. Zukunftsfragen auf wissenschaftlicher Basis‹ auf den Schreibtisch. Schließlich sollte schon ein Mensch wissen, wo er sich herumtrieb. Anielda besaß Schlüssel für sein Büro und seine Wohnung und war, unbeschadet ihres eigenartigen Broterwerbs, eine gute, ehrliche, zuverlässige und verschwiegene Freundin, die sich um sein Büro und die Post kümmerte, wenn er unterwegs war. Und das tat sie nach einem stürmischen Beginn schon seit vielen Jahren.

Als sie gegenüber einzog, hatte Kramer ihr geholfen, das Schild an die Tür zu schrauben. Sie bedankte sich mit einer Flasche Cognac, er kochte Kaffee, und als Flasche und Kanne fast leer waren, versuchten sie, auf Anieldas breiter, bequemer Couch miteinander zu schlafen. In letzter Sekunde stieß sie ihn in panischer Furcht zurück und ihm gelang es ebenfalls in letzter Sekunde, den fast übermächtigen Impuls zu unterdrücken, ihr den Hals umzudrehen. Später wollte sie nie erklären, warum sie sich so benommen hatte, hatte sich nie gerechtfertigt, geschweige denn entschuldigt, und als er begriff, dass er für ihr Verhalten nie eine Erklärung bekommen würde, begann ihre Freundschaft. Allerdings hatte er nie wieder versucht, mit ihr zu schlafen, und sie hatte ihn nie mehr dazu ermuntert. Doch wenn sie, was selten einmal vorkam, in Kramers Wohnung lange Haare im Bad oder im Bett oder auf der Wohnzimmer-Couch fand, reagierte sie mit einer aggressiven Eifersucht und

Wut, die er beim besten Willen nicht verstand. Anielda hatte viel vom Wetter. Man musste es hinnehmen, und die Voraussagen stimmten auch nicht immer. Erklären und immer zutreffend vorhersagen ließ sich bei Anielda nichts.

Danach begann Kramer heftig zu telefonieren. Seine Freundin Caro, korrekt Caroline Heynen, hatte für den Abend nichts vor und würde mit ihm, falls er Karten besorgte, ins Konzert und hinterher in das Weinrestaurant ›Haberland‹ gehen. Daraufhin ließ er bei der Kartenkasse allen Charme spielen und bekam tatsächlich noch zwei Karten für ein Duo Klavier – Cello, und für ihn, einen guten Kunden, würde man die Karten sogar bis 1945 Uhr an der Abendkasse im Schloss aufbewahren.

Das Duo, eine Japanerin am Klavier und ein Cellist aus Tschechien, war nicht schlecht, aber ihm gefiel nicht sonderlich, was sie spielten, die Beethoven-Sonate Opus fünf kannte er zur Genüge und hatte sie auch schon besser gehört, der Hummel gehörte nicht zu den besseren Werken dieses Mozart-Schülers und César Franck war überhaupt nicht Kramers Geschmack. Zum Trost spendierte er Caro und sich eine Riesling-Spätlese aus dem Keller des Klosters Eberbach.

„Donnerwetter, Rolf. Was hast du vor? Suchst du ein Bett für die Nacht?"

„Ich brauche wieder einmal deine dienstlichen Kenntnisse. Habt ihr im Präsidium oder im Landeskriminalamt in letzter Zeit vermehrt von Entführungen und Lösegeld-Erpressungen gehört?"

Caro sah ihn ernsthaft an: „Wie ich dich kenne, kannst du mir den Hintergrund deiner Frage nicht erklären?"

„Noch nicht, Caro. Später gerne."

„Na schön. Du weißt ja selbst, der erste Satz, den ein Entführer schreibt oder spricht, lautet: ‚Keine Polizei, sonst bringen wir Ihre Frau, Ihr Kind, Ihren Verwandten sofort um.' Ich fürchte, von den geglückten Erpressungen, die mit der Geldübergabe und der Freilassung des Opfers enden, erfahren wir höchstens zu fünfzehn Prozent, wenn nicht weniger."

„Das ist mir klar, Caro."

„Sehr gut, unter diesen Prämissen will ich mich gerne einmal umhören. Kannst du mir nicht einen Tipp geben, warum du fragst und was du suchst?"

„Das Opfer müsste hinterher erzählen, dass es an einem Ort festgehalten worden ist, der speziell für Entführungen hergerichtet worden ist. Zum Beispiel mit einer Versorgungsschleuse, deren Türen fernbedient worden sind."

Sie lachte kurz: „So eine Art Hotel Kidnap? Mit allen Vorrichtungen, damit das Opfer seine Entführer niemals sehen konnte?"

„Genau so. Mit Mikrofon und Fernsehkamera."

„Ich denke, das kostet dich eine zweite Flasche von diesem hervorragenden Riesling."

„Genehmigt."

Zweiter Dienstag

Claudia Frenzen erschien zwar pünktlich an der Einmündung der Kapuzinergasse in die Domstraße, sah aber ziemlich müde und mitgenommen aus.

„Hast du gesumpft?", fragte Kramer neugierig.

„Nein. Ich habe nur zu wenig geschlafen."

„Aufgeregt?"

„Etwas schon." Dann holte sie tief Luft: „Warum Theater spielen? Ich konnte nicht einschlafen, weil ich immer daran denken musste, dass hinter der Wand mein Freund schläft."

„Die große Liebe?"

„Ja." Und nach einer Weile fuhr sie tonlos fort: „Meine erste große Liebe. Und der glaubt tatsächlich, ich sei mit einem anderen durch die Landschaft gezogen."

„Vielleicht hat er heute Nacht auch schlecht geschlafen."

„Der doch nicht! Der ist bestimmt gestern Abend bei seiner Ulla gewesen, in der ›Gondel‹."

„Ist sie die Wirtin in der ›Gondel‹?"

„Ja, kennst du den Laden?"

„Nein, tue ich nicht, aber es soll ein sehr angenehmes Lokal und eine sehr ordentliche Wirtin sein."

„Das war ein Stich mit dem Dolch."

„Entschuldigung. Sie hat wohl einen festen Freund."

„Wirklich?"

„Ganz wirklich."

Auf der Fahrt schaute er öfters sorgfältig in Innen- und Außenspiegel. Bis zur Autobahn-Ausfahrt ›Velstersee/Boroner Berge‹ brauchten sie bei mäßigem Tempo nur 25 Minuten und dann bimmelte sein Handy. Weil Claudia nicht hören sollte, was Caro ihm mitzuteilen hatte, fuhr er auf den nächsten Parkplatz und stellte sich an den Kofferraum.

„Ja, Caro?"

„Also, keine Häufung von Fällen. Und so ein Hotel Kidnap hat nur ein neunjähriges Mädchen beschrieben, aber das Kind war so verlogen und fantasiebegabt und hat so übertrieben, dass sich die Balken und Dachträger verbogen haben." Caro musste auch immer übertreiben.

„Danke. Ich melde mich wieder."

Nach dem Parkplatz brauchten sie auf der Bundesstraße noch einmal eine knappe Viertelstunde bis zum Abzweig ›Boroner Berge/Betzlingen‹. Das schöne Wetter hatte schon viele Flieger angelockt, außerdem begann in dem mittelalterlichen Städtchen ein Markt, und deswegen kurvten sie eine ganze Weile herum, bis sie ein ordentliches Hotel fanden, das noch zwei Einzelzimmer frei hatte. Zum Service gehörte ein kleiner Stadtplan, und nach dem Einräumen bummelten sie zum Markt. Vor einem Modegeschäft blieb Claudia plötzlich stehen und hielt ihn am Jackenärmel zurück. „Rolf, schau mal!" Im Fenster lag ein helles, langärmeliges T-Shirt, so gefaltet, dass man auf der Brustseite das Bild sehen konnte, das Claudia beschrieben hatte. Ein Pärchen, Hand in Hand, an einem weißen Sandstrand mit Palmen, während am Horizont die rote Sonne im Meer versank. ›Sun is Love and Love is Sun‹.

„Zumindest haben die Entführer die örtliche Wirtschaft etwas verdienen lassen", knurrte Kramer, ein Kommentar, den Claudia so witzig nicht fand. Das Angebot auf dem Markt war auf unbedarfte Touristen und leichtsinnige Urlauber zugeschnitten, viel Kitsch und überteuertes ›heimisches Kunsthandwerk‹ made in China. An einem Stand kaufte Kramer eine Panoramakarte von Betzlingen und Umgebung, und der Verkäufer empfahl ihm ein Maklerbüro, das direkt neben der Aurelienapotheke lag. Vor der Aurelienapotheke bestand Kramer darauf, sich nach dem Namen des Apothekers zu erkundigen; er hieß tatsächlich Dr. Korbinian Kleineschneider.

Im Maklerbüro schüttelte ein weißhaariger Mann bedauernd den Kopf. Dafür kämen der Herr und seine Begleiterin Monate zu spät. In den zwei vergangenen Jahren hatten ungewöhnlich viele Bauern aufgegeben und ihre Höfe veräußert, aber im Moment stehe nichts zum Verkauf. „Versuchen Sie's doch mal am Flughafen Stasenfurth, in einer Kneipe mit dem schönen Namen ›Der letzte Fallschirm‹. Das ist auch so eine Art Nachrichtenbörse für die gesamte Umgebung."

„Vielen Dank", sagte Kramer höflich.

Bei der Landwirtschaftskammer wollte man ihnen nicht helfen. Über die aufgelassenen und verkauften Höfe würden sie nicht an Wildfremde Auskünfte erteilen. Auch als Kramer versicherte, sie seien nicht von der Steuerfahndung, blieb die Frau mit den straff nach hinten gebürsteten Haaren stur.

Claudia knurrte. „Also auf zum Flughafen."

„Lohnt sich das Fliegen heute noch?"

Sie schaute zum Himmel, dann auf die Uhr, gähnte und schüttelte zustimmend den Kopf. „Wahrscheinlich nicht. Aber ich könnte für morgen vormittag eine Maschine bestellen."

Also fuhren sie nach Betzlingen-Stasenfurth. Der Platz war gut besetzt, und Claudia zog ihn aufgeregt zu einer knallroten einmotorigen Maschine. „Eine Macchi 141", flüsterte sie fast ehrfürchtig.

„Das sagt mir gar nichts."

„580 PS, Achtzylinder Einspritzboxer mit Verstellpropeller, Turbo-Abgaslader, Ladeluftkühler, Ganzmetall, und kunstflugtauglich. Auch zum Schleppen geeignet." Das klang so schwärmerisch, dass Kramer leise lachen musste, worauf sie ihn böse anfunkelte. „Für dich sieht wahrscheinlich auch ein Flugzeug wie das andere aus."

„Fast. Ich unterscheide nach groß und klein, pünktlich oder dauernd verspätet und nach der Qualität der Stewardessen."

„Äußerlich oder innerlich, du Banause?"

„Sie muss sich mir auf den ersten Blick erschließen. Zu mehr bleibt einem ja bei dem Gehopse zwischen zwei deutschen Flughäfen keine Zeit."

Sie tippte sich an die Stirn und steuerte eine Art Baracke an, auf der in großen Lettern das Wort ›Flugzeugverleih‹ prangte. Der junge Mann hinter der Theke entwickelte viel Eifer, als er sich überzeugt hatte, dass er ein Geschäft machen konnte. Natürlich, eine Cessna 172 sei da. Hundert Stunden seit Generalüberholung Zelle und Motor. Das Wetter morgen? Er sprang regelrecht ans Telefon. Unverändert. Ein Achtel Bedeckung, Untergrenze 6 000 Fuß, leichter Wind, 10 Knoten, aus Ost, Temperaturen am Boden 20 bis 21 Grad Celsius. Luftfeuchte unter 20 Prozent. Ideales Fliegerwetter. Dann studierte er Claudias Pilotenlizenz, ihr Flugbuch und prustete zufrieden. „Sie kennen die 172?"

„Kenne ich", nickte Claudia.

„Morgen um 900 Uhr vollgetankt. Die Schlüssel bekommen Sie bei mir. Wollen Sie morgen einen Streckenflug anmelden?"

„Nein, wir kurven nur um Betzlingen herum. Mein Begleiter hat Flugangst und will mir morgen mal zeigen, was für ein Held er nach dem Psychokurs geworden ist." Weil beide so merkwürdig lachten, vermutete Kramer, dass dahinter eine Art Fliegerkürzel für eine massive Beleidigung steckte. Deshalb antwortete er nicht direkt, sondern fragte kühl: „Gibt es hier auch einen Fallschirmverleih?"

„Nein", erwiderte der junge Mann ungerührt, „gebrauchte Särge finden Sie in Betzlingen, Ölbohren und finale Landungen sind hier in Stasenfurth verboten." Claudia schaute Kramer an und begann zu kichern. „Finale Landungen sind natürlich Abstürze und Ölbohren sagt man, wenn so ein Künstler die Maschine nach vorne auf den Propeller kippen lässt, dann ist der Propeller hin, in der Regel auch der Motor und im Rasen gibt es ein Loch."

„Schlimmer noch", bemerkte Kramer unbewegt, „die auf dem Propeller stehende Maschine dreht sich wie ein Bohrer, weil der Motor ja noch läuft. Im Idealfall stößt der Pilot dabei auf Öl- oder Treibstofftanks im Erdreich, bevor die Zentrifugalkraft ihn aus dem Cockpit schleudert."

Claudia schnalzte anerkennend mit der Zunge. „Du machst dich. Völlig richtig, passiert zwar selten, soll aber schon vorgekommen sein."

Sie ließ es bei der Lektion bewenden und schleifte ihn in den ›Letzten Fallschirm‹. Das Etablissement stellte sich als ein großes Zelt mit angebauter Küche heraus. Es roch durchdringend nach Erbsensuppe und geplatzten Bockwürsten. Kramer wollte aufs Essen verzichten, begriff aber rechtzeitig, dass er dann nie die gewünschten Auskünfte erhalten würde. Die Kellnerin trug einen riesigen, strahlend weißen Kopfverband, unterhielt sich eine ganze Zeit mit Claudia und als Kramer wagte, sie nach der Ursache ihrer Verletzung zu fragen, erntete er einen wütenden Anraunzer. „Ich bin vom Baum gefallen."

„Wie bitte?"

Claudia griff ein, sie hatte sich schon erkundigt. „Tatsächlich, Annegret macht ihren Segelfliegerschein. Wegen einer scheußlichen Böe ist sie zu hoch abgekommen und in zwei Baumkronen hängengeblieben. Die Clubkameraden mussten die Birken umsägen und dabei ist sie vom Himmel gefallen."

„Alles klar, und aus dem Rest des Segelflugzeuges habt ihr ein Feuer gemacht, das etwas zu groß und zu heiß wurde, so dass alle Würste geplatzt sind."

Annegret warf ihm eine Kusshand zu. „Und ich heiße seitdem Annegret von der Birke. Hübscher Name, findest du nicht auch? Wann fängst du an? Wenn du nicht soviel in dich hineinstopfst, passen wir beide auf den großen Schulgleiter."

Er konnte nicht mehr antworten, weil nicht weit von dem Zelt entfernt ein Motor angelassen wurde, und der andächtigen Miene der beiden Frauen und dem allgemeinen „Psscht" entnahm er, dass es sich um die Macchi 141 handelte. Das laute Geräusch ging schnell in ein sattes und zugleich helles Summen über, das sich erstaunlich rasch entfernte. ›Verstellpropeller‹, hauchte Claudia andächtig und Kramer schob ihr zur Beruhigung schnell den Senftopf hin.

Die Erbsensuppe schmeckte nicht schlecht, und Annegret von der Birke brachte ohne Aufforderung einen Suppenteller mit geschredderten Bockwürsten. „Zum Verkauf stehende Höfe? Hier in der Umgebung? Nein. Die Zeiten sind wohl vorbei. Wenn überhaupt, dann weiß wohl am besten Johannes Hogarth Bescheid, er wohnt in Betzlingen, Am Wasserturm 13."

„Vielen Dank. Die Suppe ist ausgezeichnet, fast so gut wie die Würste."

„Na, das zu hören wird meinen Vater freuen, der stellt nämlich die Würste her."

Sie waren gerade mit dem Essen fertig, als Kramers Handy bimmelte. Holger hatte sich, wie versprochen, umgehört – „Viel kann ich dir nicht helfen, ich habe nur einen Namen erfahren, Susanne Bargmann, wohnt in Millsen, Mittlerer Weg 22. Ob die

Eltern gelöhnt haben, wusste meine Quelle nicht, nur dass die Bargmanns aus einem unbekannten Grund stinksauer auf die Kripo sind." Millsen war ein Vorort etwa fünfzehn Kilometer flussauf und eine Adresse für reiche Leute. Bargmann konnte eine Kette von Lebensmittelläden sein, die rechtzeitig den Trend zu Bio erkannt und Bauern geholfen hatten, sich umzustellen, und heute über ausreichend Lieferanten in der näheren Umgebung (Bio regional) verfügte.

„Vielen Dank, Holger. Ja, ja, klar. Ich weiß, die Story gehört dir, und ich schulde dir ein Besäufnis in der ›Handschelle‹. Bis bald mal."

Als sie das Zelt verließen, landete die Macchi, ein Segelflugzeug wartete bereits, die Schleppleine wurde an seinem Ausklinkmechanismus befestigt, und dann brummte der rote Flitzer schon wieder davon. Ein Mann lief neben dem Segelflugzeug her und hielt ein Flügelende hoch, musste aber schon nach wenigen Schritten loslassen. Augenblicke später hob das Segelflugzeug ab, und Kramer fragte sich, ob die jetzt gespannte Schleppleine nicht das Heck der Macchi anheben würde, quasi als Vorbereitung zu einer unerwünschten Ölbohrung. Doch bevor er sich bei Claudia erkundigen konnte, steckte auch die rote Motormaschine ihre Nase in den blauen Himmel. Das Gespann schoss mit einer kaum glaublichen Geschwindigkeit nach oben. Dabei konnte der Pilot der roten Maschine schon sehr bald Gas wegnehmen. Seit Claudia ihm diese typische Geräuschfolge beim Motorschlepp erklärt hatte, verstand Kramer auch, warum es ihr in ihrem Gefängnis aufgefallen war.

„Kannst du Segelfliegen?", wollte er wissen.

„Schlecht", antwortete Claudia ehrlich. „Und jetzt?"

„Zurück ins Hotel. Du musst Schlaf nachholen."

Am späten Nachmittag fuhren Claudia und Kramer noch zu Johannes Hogarth, dessen Nummer sie im Telefonbuch gefunden hatten. Ja, er sei jetzt daheim. Der alte Wasserturm, der der Straße den Namen gegeben hatte, stand noch unversehrt: Eine gewaltige, mit Grünspan überzogene Metallkugel auf einem quadratischen Backsteinsockel, in dessen Mauern kleine Fenster eingelassen waren und am Erdboden eine Tür, neben der in glänzendem Messing die Ziffern 13 prangten.

„Ich werd' verrückt", murmelte Claudia. „Da willst du wirklich rein? Und wenn die Kugel oben ausläuft? Lach nicht! Das Ding hat eine 13 als Hausnummer. Da passiert so was."

„Dann wirst du auf die Straße rausgeschwemmt. Wir lassen zur Sicherheit die Eingangstür offen."

Trotzdem folgte sie ihm, und Hogarth schien die Ängste seiner Besucher zu kennen. „Keine Sorge", beruhigte er Claudia zur Begrüßung. „In dem Kugeltank ist schon seit Jahren kein Wasser mehr. Sie können unbesorgt nähertreten."

Claudia lächelte erleichtert. „Danke. Herr Hogarth, wir haben uns sagen lassen, dass Sie der Mann sind, der am besten weiß, welche Bauernhöfe in der Umgebung aufgelassen, abgerissen oder verkauft worden sind. Wir suchen ein passendes Gemäuer für eine Art Künstlerkolonie mit Wohnungen, Werkstätten und einer Verkaufsgalerie. Das ist übrigens mein Freund Rolf Kramer, der mir bei der Suche helfen will."

„Herzlich willkommen", murmelte Hogarth. Er hatte ein sympathisches Gesicht mit großen grauen Augen. „Kommen Sie doch bitte herein, wir müssen in den ersten Stock meines Prachtdomizils."

Hogarth war ein großer, schmächtiger Mann vielleicht Mitte Vierzig. Durch Krankheit oder Unfall ging er sehr krumm nach vorne gebeugt und keuchte schon nach den ersten Stufen auf der metallenen Wendeltreppe in den ersten Stock. Die Treppe führte in einen großen Raum, der den gesamten ersten Stock des Wasserturmsockels einnahm. Sobald Hogarth die Deckenstrahler angeschaltet hatte, machten Claudia und Kramer wie auf Befehl gleichzeitig „Aahh." Bis auf einen schmalen Gang rund um das Wunderwerk war die gesamte Fläche mit einem in Tischhöhe aufgebauten plastischen Panorama-Modell der Umgebung bedeckt. Claudia jubelte: „Wie wunderschön. Schau, Rolf, das ist Stasenfurth. Das der Flugplatz. Und das hier ist unser Hotel in Betzlingen. Und wenn die rote Macchi ein Segelflugzeug hochgeschleppt hat, kann das praktisch überall ausklinken. Durch jedes dieser Täler strömt bei Hochdrucklage immer genug Wind heran, der an diesen Bergen nach oben gelenkt wird und die Segler mitnimmt."

Hogarth nickte zufrieden. „Das ist – wenn Sie so wollen – unser größtes Kapital, um die Segelflieger bei uns zu behalten. Daran hängen dann die Arbeitsplätze auf dem Flugplatz und in der Stadt die Gastronomie und Hotellerie. Denn mit der Landwirtschaft und der Verarbeitungsindustrie ist es nicht mehr weit her, seit die Zonenrandförderung weggefallen ist. Alle Modellgebäude mit rot angestrichenen Dächern sind aufgegebene oder aufgelassene Höfe."

„Ich würde hier Fleisch-Vieh in Robusthaltung züchten", brummte Kramer. „Winterhartes Vieh, das nachts nicht in den Stall muss und beim Weiden seelenruhig über die Hügel wandern kann. Ein wirklich geschäftstüchtiger Züchter würde dann auch für zahlende Gäste aus der Stadt Mietpferde und Cowboy-Lehrgänge und -Wochenendübungen anbieten."

„Und für Hobbywestmänner Rinder und Kälber zum Abschuss verkaufen", spottete Claudia. „Du scheinst einen noch größeren Hang zum Geld zu besitzen, als ich bisher vermutet habe."

„Lieber einen Mann, der das Geld zusammenhält als einen, der es mit beiden Händen aus dem Fenster wirft". Hogarth betrachtete die empörte Claudia fast zärtlich-anerkennend. Sie gefiel ihm, und ihr gefiel seine unverhohlene Bewunderung.

Dann räusperte sich Kramer und Hogarth sagte rasch: „Die Idee ist weder schlecht noch neu, Herr Kramer. Doch für ein wirklich großes zusammenhängendes Weidegebiet fehlen immer noch Flächen und Verbindungsstücke, und außerdem sind hier Wölfe aus dem Osten zugewandert."

„Vierbeinige?"

„Neuerdings auch, ja. Die zweibeinigen waren unmittelbar nach dem Fall der Mauer hier."

„Die Vierbeiner können mit Flugschülern gefüttert werden, die bei der Landung Bruch gemacht haben oder Birken beschädigen. Das senkt nebenbei die Zahl der Bruchlandungen und beschädigten Bäume, Birken zumal, erfreut also die grünen Naturschützer und Baumliebhaber."

„Ich merke schon, Sie waren im ›Letzten Fallschirm‹ und haben mit Annegret Stumm gesprochen. Mit Annegret von der Birke. Die meiner Meinung nach viel zu nett ist, um an Wölfe verfüttert zu werden."

„Stimmt", sagte Kramer. „Herr Hogarth, was bedeuten die kleinen blauen Scheiben und Hölzchen in dem Modell?"

„Blau sind Grabungen der Archäologen, der Paläontologen und Frühgeschichtler der Universitäten Jena und Halle. Das ganze Gebiet war zur Zeitenwende dicht besiedelt; von hier ging es zum Ärger der Römer mit Schmackes ab nach Süden gegen den Limes. Und wenn es in der Historie gerecht zuginge, wäre diese Himmelsscheibe von Nebra bei uns gefunden worden und nicht in Sachsen-Anhalt. Na, mal gucken, auf dem Modell können Sie noch eine Reihe von Ortsresten, keltischen Spuren, Wällen, Senken und Flächen entdecken, an denen die Wissenschaftler noch einiges vermuten. Hier wird jeden Sommer gegraben. Sich selbstversorgende und auf eigene Kosten krankenversicherte freiwillige Helfer sind immer erwünscht."

„Wunderschön das alles, Herr Hogarth. Haben Sie das alles alleine gebaut?"

„Das meiste", sagte Hogarth bescheiden. „Und nun zu Ihrem Wunsch. Ein großer Hof für eine Art Galerie und für Ateliers. Er braucht natürlich eine gute Straßenanbindung und Flächen für Parkplätze. Sehen Sie selbst, da gibt es nichts. Zur Zeit wenigstens nicht."

Sie blieben noch eine halbe Stunde, begeistert und tief beeindruckt von der Arbeit, die der körperbehinderte Mann in sein Hobby gesteckt hatte. Claudia bot ihm an, ihn einmal rund um das Areal seines Modells zu fliegen, was er freundlich ablehnte. Es gebe genug Mitglieder des Stasenfurther Fliegerclubs e.V., die ihn mit dem Auto abholten und ihn sozusagen als Navigator in tausend Fuß Höhe um die Hügel der Boroner Berge kutschierten. Andere Mitglieder filmten und fotografierten, wenn die Sonne so stand, dass sie an Hängen und erdbedeckten Wällen Schatten warf. Er konnte hervorragend erklären, gründlich und verständlich und amüsant. Nach der ersten Lektion Luftbildarchäologie wurde er unterbrochen. Irgendwo klingelte ein Telefon hartnäckig, und Hogarth sagte rasch: „Entschuldigung, aber da muss ich wohl an den Apparat." Er wandte sich der Tür zu, um ein Stockwerk höherzugehen, war aber nicht schnell genug. Oben sprang der Anrufbeantworter an, und nach dem Piepton war klar und deutlich zu hören: „Hannes, hier ist Martin. Bitte rufe sofort zurück, es geht um das Musterexemplar."

Hogarth tat, was der Anrufer gewünscht hatte. Er tastete eine Stockwerk höher eine Nummer: „Hallo, Martin, Hannes hier..."

Weil die Türen zur Treppe noch offenstanden, konnten sie ziemlich gut verstehen, was Hogarth sagte: „Die sind verrückt. Das mache ich nicht. Ich habe meinen Teil der Vereinbarung erfüllt, und ich denke nicht daran, irgendeine Produktion aufzuziehen. Das wäre doch was für dich – oder? – Nein, das ist mein letztes Wort... Ich habe dich gewarnt, die sind zu allem fähig. Ein Toter mehr oder weniger kümmert die wenig... Na klar, dabei bleibt es. Wie hat dieser berühmte bayerische Politiker so schön im alten Bundestag formuliert: Pacta sunt servanda. Tschüss, Martin, und grüße Gitte von mir."

Als Hogarth schwerfällig die Metalltreppe heruntergekommen war, atmeter er hastig. „Na, gefällt Ihnen das Modell?"

„Großartig", wiederholte Claudia ehrlich begeistert, als sie nach Betzlingen zurückfuhren. „Hogarth gefällt mir."

„Fein. Du ihm auch. Wir müssen am Markt noch Batterien für meine Kamera kaufen. Außerdem Papier für meinen Fotodrucker. Einen Ersatzchip habe ich eingesteckt." Kramer sagte nicht, dass er rasch ins Hotel zurück wollte, um das Telefongespräch aufzuschreiben, das Hogarth geführt hatte. Die Wendung „Ein Toter mehr oder weniger" gab ihm mächtig zu denken. Auf sein Gedächtnis durfte Kramer sich verlassen, aber nur, was man schwarz auf weiß besaß, konnte man wirklich getrost nach Hause tragen.

Eine halbe Stunde später klopfte Claudia an seine Zimmertür, als brenne das Stockwerk lichterloh. „Stell dir mal vor", brach es aus ihr heraus. „Er war nicht allein. Nora ist bei ihm gewesen und meinte gerade am Telefon, er sei doch ein richtig süßer, netter Kerl. Und der Schuft hat sich noch bei mir bedankt, dass ich ihm einen so hübschen Besuch vermittelt habe." Also hatte sie die Trennung doch nicht ertragen und ihren Nachbarn in der Kapuzinergasse angerufen.

„Das ist stark", stimmte Kramer zu und betrachtete Claudia mit Wohlgefallen. Die Zornesröte stand ihr gut. Aber als sie ihn aufforderte, ihr an der Hotelbar ein paar harte Drinks zu spendieren, um den Ärger hinunterzuspülen, lehne er höflich, doch energisch ab. Als Lückenbüßer und Blitzableiter oder Pausenclown stand er nicht zur Verfügung. Aber weil er sie immer noch nett fand, wollte er sie nicht kränken und versteckte sich deshalb hinter Müdigkeit und der alten Regel, dass Piloten zwölf Stunden vor dem Start nichts mehr trinken und vor dem Abheben mindestens acht Stunden lang geschlafen haben sollten.

„Was du nicht so alles weißt", staunte sie und Kramer nickte fröhlich. „Eine gesunde Halbbildung erleichtert immer das Leben und das Lösen von Preisrätseln."

Zweiter Mittwoch

◊
◊

Bis zum Frühstück war es ihr nicht gelungen, die verweinten Auge so weit zu kühlen, dass Kramer nichts merkte. Er verkniff sich aber jede Anspielung auf einen Nachbar namens Lars und sogenannte gute Freundinnen namens Nora, sondern lobte lieber den jungen Mann vom Flugzeugverleih und seine Wettervorhersage, die bis auf den letzten Buchstaben zutraf. In der kleinen Hotelhalle sammelten sich die Touristen zum Busausflug nach Schloss Boron, das dem ganzen hügeligen Gebiet den Namen gegeben hatte.

Als sie gegen 9 Uhr ihre Schlüssel in der Baracke abholten, hatte der Flugbetrieb bereits begonnen. Nicht alle Segelflieger ließen sich von Motormaschinen hochschleppen, einige bevorzugten den Windenstart, den Kramer fasziniert beobachtete, vor allem den Absturz des Schleppseils an einem Miniaturfallschirm und den Jeep, der wie verrückt zur Aufschlagstelle raste, um das Seil einzuklinken und zur nächsten wartenden Segelmaschine zu ziehen. Dann wurden ganz altmodisch gelbe Fahnen heftig geschwenkt, der Windenfahrer ließ die Kupplung kommen, das Schleppkabel straffte sich und wickelte sich in rasendem Tempo auf die vom Motor angetriebene Trommel. Unter dem Horizont stieg ein Segelflugzeug in die Höhe und klinkte nicht weit von der Winde aus, bevor es senkrecht über der Winde stand. Der Jeepfahrer suchte das Seil und brauste zum unterhalb der runden Kuppe liegenden Warteplatz der Segelflugzeuge, wobei er das Drahtseil hinter sich her zog und von der andersherum drehenden Winden-Trommel abwickelte; wieder flatterten gelbe Flaggen, die Kupplung griff, der Motor dröhnte, das Seil auf der Winde quietschte, ein Flugzeug erschien wie aus der Erde geboren über dem Horizont und machte sich auf seinen steilen Weg in den Himmel und ließ als letzten Gruß ein Fallschirmchen mit einer Metallöse fallen. Flaggenwinken, der Jeep brauste los. Alle hatten gut zu tun.

„Wie lange willst du hier noch stehen?", maulte Claudia.

„Ich könnte Stunden hier verbringen."

„Der Windenfahrer ist oft als Copilot mit meiner Mutter geflogen. Er ist ein sehr netter, anständiger Kerl, aber er weckt bei mir Erinnerungen, auf die ich im Moment weniger Wert lege."

„Alles klar, ich komme."

Die Cessna stand nicht weit von der Baracke und Kramer lächelte, als er sah, wie Claudia um das Flugzeug herumging und alles Mögliche inspizierte. Sie erhaschte noch den letzten Ausdruck von Heiterkeit und verpasste ihm die erste Fliegerlektion des Tages. „My darling, listen. There are old pilots and there are bold pilots. But you'll never meet old bold pilots."

„Alles klar, Frau Kommandantin. Ich setze mich auch freiwillig nach hinten, von da kann ich besser fotografieren."

„Viel Erfolg. Und schnall dich brav an. Keine Angst, die Cessna ist nicht kunstflugtauglich. Und wer morgens so viel Rührei mit gebratenem Speck in sich hineinschaufelt, sollte ruhig etwas leiden."

Kramer legte die Kamera griffbereit hin und faltete die Karte so auf, dass er den Teil des Gebietes, den sie nach Claudias Angaben absuchen wollten, übersehen konnte. Sie drehte den Schlüssel, der Propeller ruckelte, der Motor hustete, doch dann lief alles rund. Sie bediente ein paar Schalter, schaute dabei konzentriert auf den Drehzahlanzeiger und schnaufte danach hörbar. „Alles in Ordnung." Was sie anschließend ins Mikro sagte, konnte er nicht verstehen. Der Motor produzierte doch einen

Lärm, der gewöhnungsbedürftig war. „Also los!" Sie stellte die Klappen nach unten und schob den Gashebel ein wenig nach vorn. Kramer hätte nie gedacht, dass ein Flughafen so uneben sein könnte. Die kleine Maschine schwankte und schaukelte, dass er wirklich einen Moment seine Gier nach gebratenem Bacon mit Rühreiern bereute.

Auf dem markierten Streifen für Starts und Landungen holperte die Cessna schon weit weniger und Claudia schob den Gashebel vor, bis auf dem Drehzahlmesser der Zeiger den roten Strich vor den Ziffern 300 erreichte. Die Beschleunigung war doch recht bemerkenswert, dachte Kramer, sagen konnte er es seiner Pilotin nicht, weil sie Kopfhörer trug und ihn nicht gehört hätte. Dann hob das Flugzeug ab und stieg leicht schwankend, gelegentlich sanft nickend, mit sattem Brummen in den fast hellblauen stellenweise weiß getupften Himmel. Als Claudia die Klappen eingefahren und die Motor-Drehzahl auf 240 reduziert hatte, wurde es sogar richtig gemütlich. Allerdings fiel es Kramer schwer, sich zu orientieren; an der Mittelstrebe der geteilten Frontscheibe war ein Kompass angebracht, dessen beschriftete Kugel sich unter dem roten Strich hindurchdrehte. Sie flogen nach Norden, Kramer schaute sich um, die Sonne stand in Flugrichtung rechts, dort also war Osten, und Claudia deutete mit dem Zeigefinger nach unten. Betzlingen, er erkannte die Häuser, den Markt und, nach wenigen Sekunden, sogar die grünspanbedeckte Metallkugel des Hogarthschen Wasserturms. Dann hatten sie den Ort überquert und flogen auf das hügelige Gelände zu, das sie gestern auf dem Panorama-Modell im Wasserturm bewundert hatten. Unter ihnen waren die ersten bestellten Felder zu erkennen, auf einigen wuchs niedriges Grün, auf den anderen lag noch scheinbar unberührte braune, feuchte Erde. Manche Felder waren durch schmale helle

Wirtschaftswege voneinander abgetrennt. Kleine Baumgruppen und Hecken markierten Hofgrenzen, Claudia deutete nach vorn, und Kramer erkannte über der Motorhaube ein großes, rotbraunes Gebäude mit Türmen, Erkern, kleinen Balkonen und vielen Fenstern, in denen sich die Sonne spiegelte. Schloss Boron. Das Gebäude war regelrecht eingemauert von abgestellten Reisebussen. Kurz vor dem Schloss bog Claudia ab und schien wieder den Flugplatz anzusteuern. Kramer versuchte, mit Hilfe des Kompasses, des Sonnenstandes und der Karte ihre Richtung herauszufinden. Doch weit vor Stasenfurth steuerte Claudia wieder nach rechts, und deutete energisch nach unten. Jetzt flogen sie an einer Reihe von Höfen vorbei; Kramer nahm die Kamera hoch und begann zu knipsen.

Drei oder vier Mal glaubte er, einen Hof ihrer Beschreibung zu entdecken, doch wenn er ihr auf die Schulter tippte, schüttelte sie nur den Kopf. Endlich legte sie sich auf einen neuen Kurs fest, Kramer studierte wieder Kompass, Uhrzeit, Sonnenstand und Karte und meinte sicher zu sein, als die Maschine wieder waagerecht lag, dass sie annähernd nach Nordwesten flogen. Jetzt deutete sie ein paar Mal nach unten und er fotografierte Höfe, deren eine Längsseite zweifellos nach Südwesten zeigte. Ein Haus oder eine Scheune oder ein Wirtschaftsgebäude mit drei großen, bis auf den Boden reichenden Fenstern war allerdings nicht darunter. Claudia drehte um 90 Grad auf Kurs Südwest ein, den sie einige Minuten beibehielt. Dann zog sie noch einmal eine 90-Grad-Kurve und sie bewegten sich jetzt nach Südosten. Sie deutete mit einer Hand auf die andere Seite des Flugzeugs. Kramer rutschte hinüber und knipste eine Reihe von Gebäuden, an denen sie von links nach rechts vorbeiflogen. Nichts dabei, was ihrer Beschreibung entsprach. Nach der nächsten 180-Grad-Wende, die sie in zwei 90-Grad-Kurven

105

mit einem geraden Verbindungsstück aufteilten, bewegten sie sich wieder von rechts nach links an Höfen vorbei. Und diesmal glaubte Kramer, wenigstens ein Gebäude auf dem Chip zu haben, das Claudias Beschreibung entsprechen konnte.

Doch erst nach der nächsten Wende sprach sie plötzlich hastig ins Mikro, nahm Gas weg und deutete aufgeregt auf die Gebäude, die unter ihnen vorbeiglitten. Die Cessna verlor so schnell an Höhe, dass Kramer wieder unfreiwillig an einen schnellen Express-Fahrstuhl, dazu an Rührei mit gebratenem Frühstücksspeck erinnert wurde. Ja, das konnte es sein. Ein nach Südwesten ausgerichtetes Hofgebäude mit drei großen, tiefen Fenstern in einer Längswand. Er knipste, was der Verschluss hergab, folgte ihrem Zeigefinger und nahm auch auf der anderen Seite die Landschaft auf, notierte sich die Uhrzeit. Danach schaute er über ihre Schulter in ein langes Tal hinein nach Süden, an dessen Ende ein großes Flugzeug, auf diese Entfernung auch nur so klein wie ein Spielzeugmodell, in die Höhe stieg und schließlich in dem dünnen Wolkenschleier verschwand. Claudia streckte einen Daumen in die Höhe, und das Zeichen für Okay kannte er. Niedriger als zuvor steuerten sie den Platz Stasenfurth an, und als die markierte Rasenpiste schon in Sicht kam, deutete sie wieder nach vorne. Vor ihnen schoss die rote Macchi auf die Erde zu, dass Kramer dachte, nun kracht's, aber natürlich setzte der Pilot gekonnt auf, bremste und rollte bald zur Seite und machte Platz für Claudias brave Cessna, die für Kramers Gefühl unangenehm langsam und wackelig wurde, als Claudia die Klappen ausfuhr, aber nicht weniger elegant die Cessna auf ihre drei Beinchen absetzte. Als der Motor sehr viel leiser geworden war, nahm sie die Kopfhörer ab, drehte den Kopf zu Kramer und grinste ihn an. „Zweite und dritte Regel, mein Bester. Jede Landung ist ein kontrollierter Absturz und fliegen können heißt landen können." Er verzog keine Miene: Mit diesen jungen, selbstbewussten Damen kam er, wenn das so weiterging, bald nicht mehr zurecht. Er war doch nur zwanzig und nicht vierzig Jahre älter als sie.

Schlingernd und wippend fuhr Claudia die Maschine auf den alten Platz neben der Baracke und zog den Schlüssel ab. Nach zwei unwilligen Bewegungen stand der Propeller still. „So. Raus mit dir."

„Mein Kompliment", sagte er ehrlich.

„Danke. Aber so schwierig ist es nicht."

„Schon möglich. Am meisten habe ich bewundert, wie du da oben die Orientierung behalten hast."

„Reine Übungssache", meinte sie kurz angebunden. „Außerdem hatte ich mir vor Hogarths Modell einige Landschaftsmarken eingeprägt."

Als sie in das Gebäude des Flugzeugverleihs gehen wollten, kreuzte ein Paar ihren Weg. Die Frau erkannten sie sofort an ihrem gewaltigen weißen Turban. Sie ging Hand in Hand mit einem großen, kräftigen Mann, der kurze krause und dunkle Haare hatte und eine Sonnenbrille trug. Annegret von der Birke drehte zufällig den Kopf und erkannte sie auch gleich wieder. „Na, schon wieder unten?"

„Er hat seine Magentabletten gegen Übelkeit vergessen", rief Claudia zurück, was Kramer ausgesprochen gemein fand.

„Was meinen Sie, wieviele Tabletten er braucht, wenn er erst einmal auf einem Schulgleiter sitzt."

Annegrets Begleiter schaute jetzt auch zu ihnen und meinte laut: „Machen Sie sich nichts draus. Seit die Versicherung zugesagt hat, den Baumschaden zu bezahlen, platzt sie vor Übermut."

„Laden Sie uns zum Angießen der neuen Birken ein?"

Annegret schnappte nach Luft, der Hieb hatte gesessen, sie wollte noch was rufen, aber ihr Begleiter zog sie lachend Richtung Zelt, worauf Kramer auch auf jede Bemerkung zum Begleiter verzichtete. Jetzt schnaufte Claudia mehrfach, und als

Kramer sie neugierig ansah, murmelte sie: „Die Stimme kenne ich doch."

„Welche Stimme?"

„Die des Mannes, der Annegret begleitet hat. Woher kenne ich diese Stimme nur?"

„Nicht daran denken, dann kommt die Erinnerung ganz von selbst."

„Heute gibt es Linsensuppe. Hast du Hunger?"
„Nein, vielen Dank."

Nach den Formalitäten fuhren sie sofort nach Betzlingen zurück. Kramer nahm Claudia mit auf sein Zimmer, baute den alten Fotodrucker auf und betrachtete mit ihr gemeinsam die Bilder, die er geschossen hatte. Die meisten Aufnahmen konnte er sofort löschen, weil sie energisch den Kopf schüttelte. Übrig blieben nur die Aufnahme des letzten Hofes und die der unmittelbaren Umgebung einschließlich einer niedrigen, aber langen Brücke über den breiten Bach oder schmalen Fluss, über die eine dreispurige Straße führte, die, wie Claudia schätzte, etwa zwei Kilometer weit von dem ausgewählten Hof verlief, von dort aus gesehen aber hinter einigen bescheidenen Hügeln mit kümmerlichem Wald und schütterem Buschwerk. Es würde erklären, warum Claudia so nachdrücklich die Stille erwähnt hatte, als sei ihr Gefängnis meilenweit von Siedlungen und Straßen entfernt.

Claudia wunderte sich, dass er von allen ausgewählten Bildern drei Positive herstellte. „Ein Satz ist für dich, respektive deinen skeptischen Lars. Einer ist für mich und einer für die Polizei, wenn du Anzeige erstattest." Der Gedanke gefiel ihr nicht, und um sie abzulenken, erzählte er von dem weit entfernten, großen Flugzeug, das er gesehen hatte. Sie lachte nicht, sondern nickte. Das konnte eine Linien-Maschine aus Berla gewesen sein. „Von Berla nach Betzlingen ist es nicht weit. Und jetzt?"

„Wie heißt dieser Hof und wo genau liegt er?"

„Es lebe der Wasserturm mit seinem Bewohner." Auf einer der Aufnahmen, die er nach Claudias Wink von der Umgebung gemacht hatte, gab es eine Reihe von auffälligen Landschaftsmerkmalen. An der langen Brücke im Hintergrund sollte ein Einheimischer den Hof lokalisieren können. Die dreispurige Straßenbrücke führte laut Karte über den Stasenbach, der nach vielleicht zwanzig Kilometern südlich in den Velstersee mündete.

Doch an der Tür mit der schönen, gülden glänzenden Nummer 13 klingelten sie vergeblich. Drinnen rührte sich nichts. „Pech", murmelte Claudia. „Aber morgen ist auch noch ein Tag."

„Nein", widersprach Kramer ruhig. „Hast du drinnen die Stimmen nicht gehört? Hogarth ist da, aber wahrscheinlich hat er gerade Besuch. Wir warten im Auto und versuchen es in ein paar Minuten noch einmal."

Kramer hatte richtig geraten. Sie saßen keine zehn Minuten im Auto, da öffnete sich die Tür neben der 13 und eine ganze Gruppe von Menschen kam heraus.

„Na siehste. Er hatte Besuch. Auf geht's!"

Diesmal hatten sie mehr Glück. Nach dem zweiten Läuten wurde die Turmtür aufgezogen und Johannes Hogarth erkannte sie sofort wieder. „Sind Sie weitergekommen?"

„Ja, vielleicht mit Ihrer Hilfe."

„Haben Sie eben schon mal geklingelt?"

„Ja."

„Tut mir leid, ich hatte Besuch. So langsam verbreitet sich mein Ruhm in der Republik."

„Wir haben ihn noch wegfahren sehen."

Hogarth seufzte. „Möglich, aber ich habe den dumpfen Verdacht, dass die meisten nicht an den Boroner Bergen interessiert waren, sondern an einer militärisch wichtigen Frage an mich. Wie haben Sie als Zivilist und Laie aus der Luft so zuverlässig so kleine Höhenunterschiede gemessen?"

Kramer nickte. Für Artilleristen eine wertvolle Auskunft. Claudia tippte sich an die Stirn: „Typisch Männer, erst mal was kaputtmachen."

Hogarth hatte Claudias Reaktion nicht bemerkt und fuhr fort: „Sie waren sehr enttäuscht, als ich Ihnen sagte, dass ich eine amtliche Nivellierungs-Karte mit Höhenangaben benutzt habe. Na, dann lassen Sie mal sehen!"

Claudia fächerte die Aufnahmen auf, die sie ausgesucht hatten.

Das Gebäude erkannte Hogarth auf Anhieb. „Der Zünderhof", murmelte er verwundert und Kramer knötterte: „Sünderhof? Ich denke, auf dem Land gibt es keine Sünde."

„Haben Sie eine Ahnung. Nicht Sünder, sondern Zünder. Wie Granaten- oder Sprengstoffzünder. Die Familie hieß so. Zünder. Der Altbauer ist vor fünf, sechs Jahren gestorben, seine Kinder wollten den Hof nicht übernehmen, und ein Verwandter aus der Stadt hat den Rest geerbt... Ja, nur den Rest, das Wohnhaus war abgebrannt. Nein, so viel ich weiß, hat der Erbe die Äcker und Wiesen umgehend verpachtet, nur die Scheune behalten und für seine Zwecke umgebaut. Ab und zu kommt er mit Freunden und" – Hogarth hüstelte und verzog das Gesicht – „etwas eigenartigen Freundinnen über das Wochenende heraus, um hier zu feiern. Mit den Freundinnen und Männern aus Betzlingen. Ja, da haben Sie vielleicht eine Chance."

„Können Sie uns auch erklären, wie man auf dem Landweg dorthin kommt?"

Hogarth hatte für die archäologischen Hobbyhelfer eine Straßen- und Wegekarte der Umgebung mehrfach kopiert und zeichnete jetzt auf einer Kopie mit Rotstift den Weg vom Betzlinger Markt zum Zünderhof ein. Dabei fragte er beiläufig: „Wie sind Sie an die Aufnahmen gekommen?"

„Selbst gemacht", erklärte Claudias stolz. „Ich bin geflogen und er hat fotografiert."

„So muss es sein: Arbeitsteilung", brummelte Hogarth anerkennend. „Wenn Sie wollen, zeige ich Ihnen auf dem Modell, wo der Hof liegt und welchen Weg Sie fahren müssen."

„Gerne."

Der Zünderhof war als aufgelassen eingezeichnet und Kramer deutete auf eine kleine blaue Flagge nicht weit von der Zufahrtsstraße entfernt. „Was ist das, Herr Hogarth?"

„Wahrscheinlich ein spätsteinzeitlicher Ringwall mit einer Brunnenanlage. Aber da muss in den nächsten Jahren noch viel gegraben werden."

Beim Abschied steckte Kramer einen Zwanziger in einen Kasten, in dem Hogarth Geld für ein neues Modell sammelte: Als nächstes stand das Boroner Schloss auf seinem Programm. Die Miniaturbacksteine, so erläuterte eine Beschreibung, brannte er selber. „Der Mensch muss sich beschäftigen. Ton und Sand baue ich nebenan in meinem Garten ab, und einen Ringofen für Zwerge habe ich schwarz gebaut. Früh-Rente ist in mancher Beziehung sehr angenehm, aber manchmal eben auch etwas langweilig."

In dem Moment bimmelte sein Handy, er nahm es aus der Tasche, schaltete ein und sagte laut: „Du, im Moment geht es nicht. Kannst du mich in fünf Minuten noch einmal anrufen?

Ja, es ist wichtig, sehr wichtig sogar, ich hatte deswegen heute schon unerwünschten Besuch. Also, bis gleich." Er beendete das Gespräch, steckte das Gerät weg und meinte: „Rentner haben zwar manchmal Langeweile, aber nie viel Zeit, sind selten glücklich. Bis bald einmal. Erzählen Sie mir, wie es mit dem Zünderhof geklappt hat?"

Kramer wollte noch etwas für ihre Tarnung tun. „Herr Hogarth, erzählen Sie uns noch etwas mehr über den Zünderhof?"

„Gerne. Der Altbauer war ein Ekel und Haustyrann. Er hatte zwei Kinder, Lukas und Christa. Beide Kinder hatten nur einen Wunsch: So rasch wie möglich fort vom Hof. Dann wurde der Alte krank – nein, nichts Ernstes, er hatte nur wieder einmal zuviel gesoffen und kam am nächsten Tag nicht aus dem Bett, rauchte seine fürchterlichen Stumpen und scheint dabei wohl eingeschlafen zu sein. Das Wohnhaus ist bis auf die Grundmauern niedergebrannt, von ihm hat man nichts mehr gefunden, weil auch, ehrlich gesagt, keiner intensiv nach seinen sterblichen Resten gesucht hat… Wann das war? Ach du meine Güte!" Er grübelte, rechnete, rieb sich mit der flachen Hand über das Kinn und zuckte schließlich die Achseln: „Ich krieg' es nicht mehr zusammen. Es ist aber bestimmt fünf Jahre her, wenn nicht noch mehr. Wann auch immer: Die Kinder hatten schon vor dem Tod des Alten förmlich und rechtskräftig auf das Erbe verzichtet, so ging der Rest an einen Neffen, der aber an der Landwirtschaft kein Interesse hatte und Felder, Wiesen, Weiden und Wald sofort verpachtete. Der Neffe lebt in der Stadt und hat dann mit Freunden die Scheune zu einer Wochenend-Unterkunft ausgebaut. Dort muss es hoch her gegangen sein. Vor allem die hübschen Mädchen, die glaubten, sie bekämen zu wenig Taschengeld, haben an den Partys teilgenommen. Für Betzlingen ein richtiger Skandal. Heute kommt der Erbe aber nur selten nach Betzlingen."

„Wissen Sie zufällig, wie er heißt?"
„Dusiak, Heinz Dusiak, wenn ich mich nicht irre."
„Und dieser Dusiak lebt in der Stadt?"
„Ja."
„Dann mal vielen Dank, Herr Hogarth. Hoffentlich haben wir Sie nicht zu lange aufgehalten!"
„Keine Ursache. Ich lasse mich gerne ablenken, Herr Kramer, und wenn Sie noch Fragen haben, sind Sie oder Ihre hübsche Begleiterin mir jederzeit herzlich willkommen."

Als sie zum Auto zurückgingen, bimmelte Hogarths Handy schon wieder. Sie hörten noch, wie er sagte: „Ja, jetzt kann ich reden. Hör mal, die Geschichte gefällt mir immer weniger. Ich habe dir die CD's gegeben, und damit war für mich der Fall erledigt."

Hogarth war während des Redens weiter auf seine Haustür zugegangen und hatte deshalb nicht bemerkt, dass Kramer und Claudia stehen geblieben waren und zugehört hatten. Claudia murmelte: „Eigentlich tut man das nicht, Rolf!"

„Was tut man nicht?"
„Man lauscht nicht, wenn andere Leute telefonieren."
„Du bist goldig. Was glaubst du denn, woraus mein Beruf besteht?"
„Das ist nicht dein Ernst."

Deswegen erkundigte sich Kramer einigermaßen barsch: „Und jetzt?"
„Nix wie hin!"
„Und wozu? Wenn du Pech hast, wird dein Lars behaupten, wir beide hätten auch nur eine kleine Spritztour gemacht. Die Boroner Berge bei Sommerwetter sind ja ganz hübsch."

„Daran habe ich auch schon gedacht", gestand sie und klimperte ganz entzückend mit ihren Wimpern. „Und wenn er nicht daran denkt, wird ihn die Schlange von Nora mit der Nase darauf stoßen. Was hältst du von folgender Idee? Man hat mir auf meinen Wunsch mehrere Bücher gegeben; auf den Schutzumschlägen müssten doch meine Fingerabdrücke sein. Wenn ich die Bücher jetzt nicht mehr anfasse – was du bezeugen kannst – müsste eigentlich jeder überzeugt sein, dass meine Entführungsgeschichte nicht erfunden ist."

„Respekt, du machst dich." Er blieb plötzlich stehen, sie prallte gegen ihn und während er noch eine Hand um ihre Taille legte, damit sie nicht hinfiel, bremste nicht weit von Ihnen ein Auto, der Fahrer sprang eilig heraus und hatte keinen Blick für Kramer und Claudia, die von ihrem Begleiter für den fremden Fahrer auch fast völlig verdeckt war. Der Mann lief auf den Wasserturm zu, und Claudia schnaufte ungläubig: „Das ist nicht wahr."

„Was ist nicht wahr?"

„Der Mann, der da am Turm klingelt, ist mein Stiefvater Martin Jörgel."

„Du fantasierst!"

„Nein, Martin Jörgel, ich bin doch nicht blind und nüchtern bin ich auch."

Jetzt warteten sie einträchtig, bis Hogarth die Tür öffnete, der Besucher sagte etwas, was sie nicht verstanden und verschwand mit Hogarth sofort im Turm.

„Du darfst deine Hand wieder wegnehmen. Ich stehe fest auf meinen Füßen."

„Das freut mich für dich. Meinetwegen können wir uns den Hof mal anschauen. Aber ich habe das Kommando."

Sie lächelte halb verärgert, halb geschmeichelt, als sie sich anschnallte. Mit Hilfe der Hogarthschen Karte war der Zünderhof nicht schwer zu finden. Von der Ortsgrenze Betzlingen bis zum ausgeschilderten Abzweig ›Zünderhof‹ fuhr Kramer bei

Tempo 50 ziemlich genau sieben Minuten. Gleich nach dem Abzweig rumpelte sein Karren fast zwei Kilometer über eine mehr als mangelhaft befestigte Zufahrtstraße, die aus harten Lehmbuckeln und Schlaglöchern bestand. Der Hof kündigte sich rechts durch großes, dichtes, verwildertes Buschwerk an. „Was soll das?", fragte sie aufgeregt, als er hinter das undurchsichtige Gestrüpp steuerte.

„Wenn wir Pech haben, hören die Leute unser Auto, und da sie zu Gewalttätigkeit neigen, wie du dich bestimmt erinnerst, könnten sie uns mit blauen Bohnen oder harten Knüppeln empfangen." Für alle Fälle holte er aus dem Kofferraum das kleine Sesam-Öffne-Dich-Päckchen. Claudia stand hinter ihm, schaute ihm über die Schulter, schniefte schwer und nieste vor Überraschung, als sie den Inhalt des Kofferraums erblickte, wollte aber nicht im Detail wissen, wozu die vielen seltsamen Werkzeuge dienten... Er gab ihr eine der großen Akku-Stablampen, die er unmittelbar nach jedem Einsatz auflud. Die Schutzscheibe vor den beiden Glühbirnchen bestand aus bruch- und schlagfestem, durchsichtigem Kunststoff. Darum konnte man die Lampe, falls nötig, auch als Schlagstock benutzen. Am liebsten hätte er die aufgeregte Claudia vor dem Haus Wache schieben lassen, aber erstens traute er ihrer Geduld nicht und noch weniger ihrer Sorgfalt, und zweitens war sie viel zu gespannt, um sich vom Betreten ihres ›Gefängnisses‹ abhalten zu lassen.

„Los, Handschuhe anziehen! Und du nimmst die Plastikbeutel."

Wenn es tatsächlich der Bau war.

Sie bogen einmal von dem Fahrweg ab, der jetzt aus zwei ausgefahrenen Spurrillen bestand und schauten auf der linken Seite hinter das übermannshohe Gebüsch. Tatsächlich, Fundamentmauern mit typischen Zeichen eines Brandes. Die Reste der rußgeschwärzten Ruine schienen immer noch nach Rauch zu stinken. Das vom Altbauern unfreiwillig abgefackelte Wohnhaus. Das Fußgänger-Törchen neben der mit einer Schranke verschlossenen Einfahrt besaß ein lächerlich simples Schloss. Kramer öffnete es für den Fall, dass sie fliehen mussten.

Der eigentliche Zufahrtsweg hinter der Schranke bestand auf den letzten Metern nur noch aus zwei tief ausgefahrenen, steinigen, holprigen und schmalen Fahrspuren, die sich um alte Baumstümpfe und große Steine schlängelten. Links und rechts wuchsen undurchsichtige, verwilderte Beerenbüsche bis dicht an den Fahrweg heran. Kramer und Claudia schlichen einmal um das Gebäude herum und tatsächlich, an der nach Südwesten gelegenen Längsseite gab es drei bis fast auf den Boden reichende vergitterte Fenster, vor die jetzt Jalousien bis auf einen kleinen Spalt herabgelassen waren. Keine Hunde, vor deren Lärm und Gebell Kramer Respekt hatte. Es roch nach frischem Laub und feuchtem Grün. Vor der zur Straße gelegenen Schmalseite des grauen, alten Baues öffnete sich ein kreisförmiger, lehmiger Platz. Das frühere Scheunentor war entfernt worden zugunsten einer mit einem Gittertor abgesperrten Einfahrt, durch die gerade noch ein kleiner Lieferwagen passte. Das Schloss der Haustür neben der Einfahrt konnte er mit einem einfachen Haken öffnen. Vorsichtig zog er die Tür auf: Nur ein leises, knarrendes Geräusch. Sie standen vor einer Art Diele, deren Boden mit roten Ziegelsteinen ausgelegt war.

„Schuhe ausziehen!", befahl er, und sie tippte sich an die Stirn.

„Willst du Spuren hinterlassen, damit deine Leute gleich sehen, hier war jemand Fremder im Haus?"

„Meine Leute!?", knurrte sie gereizt, gehorchte aber. Eine Tür führte von einem schmalen Flur in eine kleine, modern eingerichtete Küche, eine zweite in einen winzigen Raum mit einem schmalen Fenster, vor das sich ein schwarzer Vorhang ziehen ließ. Das auffälligste Gerät in dieser besseren Kammer war ein Fernseher neben einer Art Schaltpult. Claudia drückte, bevor Kramer sie daran hindern konnte, mehrere Schalter, der Bildschirm wurde hell und zeigte dann tatsächlich einen langgestreckten Saal mit einem Feldbett an der hinteren Querwand, einen Ohrensessel mit Stehlampe und einen kleinen Tisch.

„Na, was hab ich dir gesagt?", triumphierte sie.

„Offenbar die Wahrheit, mein Schatz." Sie warf ihm einen schrägen Blick zu, der ›Schatz‹ gefiel ihr nicht. Kramer fand noch andere Schalter, die er bediente und damit zwei Geräusche auslöste, als würden rostige Metallteile gegeneinander gerieben. Die äußere Tür zur Versorgungs-Schleuse ging auch von der Diele ab, der Verriegelungsmechanismus war jetzt gelöst. Kramer schloss erst alles wieder, bevor er mit Claudia in eine Art Wohnzimmer auf der nordöstlichen Seite des Gebäudes marschierte. Sie steuerte sofort ein Bücherregal an und jubelte. „Rolf, hier sind sie. Die ›Straße der Pfirsichblüten‹, ›Die Säulen des Herkules‹ und ›Gedichte der Romantik‹." Er achtete darauf, dass sie die Bücher nicht mehr anfasste, sondern ihm nur jeweils eine offene Plastiktüte hinhielt, damit er jedes Buch einzeln einsacken konnte. Die anderen Bücher verschob er so, dass keine auffälligen Lücken übrig blieben. Für alle Fälle ging er in das ›Häftlingsbad‹ und zog aus dem Kamm, der unter dem Spiegel lag, mehrere lange Haare, die er ebenfalls in eine Plastiktüte versenkte. Dann drängte er zur Eile; sie verließen das Haus und er schloss sorgfältig ab. An ihrer Geschichte zweifelte er jetzt nicht mehr, aber das behielt er noch für sich. Claudia sollte bloß nicht übermütig werden, wozu sie wohl neigte, wenn er sie richtig einschätzte. Sie hatten ihre Plastikbeutel mit der Beute aus dem Einbruch gerade im Wagen verstaut, als er hörte, wie sich ein Auto von der Straße kommend auf der Zufahrt dem Zünderhof näherte. „Los rein! Und ganz flach auf die Hinterbank legen!" Diesmal gehorchte sie sofort, und er fand gerade noch Zeit, sich auf den Bauch zu legen und so weit an den Rand des Busches vorzurobben, dass er freien Blick auf das Auto hatte, das auf die Scheune zufuhr. Ein hoch betagter Kleinwagen, der wohl nur durch ein Wunder die letzte TÜV-Inspektion überstanden hatte, rumpelte, tanzte und stolperte Richtung Scheune. Notgedrungen fuhr er so langsam, dass für Kramer mehr als genug Zeit blieb, das Kennzeichen zu lesen. T – KL 453. Vor der Einfahrt stieg ein großer, stämmiger Mann aus, der zum Eingang ging und dort einen Lichtschalter drehte, der außen an der Wand angebracht war. Über dem ehemaligen Tor leuchteten zwei Neonröhren auf, die alles in ein gespenstisches Licht tauchten. Kramer fluchte leise, das Licht hätte jetzt ausgereicht, aber seine Kamera lag im Auto. Noch interessanter war ein hinter der Rostlaube auftauchender heller Simca. Kennzeichen T – WE 1213. Aus ihm stiegen eine ansehnliche Frau in einem einteiligen dunklen Gymnastikbody, der ihr wie eine zweite Haut anlag und eine perfekte Figur enthüllte, schmale Hüften, lange, attraktive Beine. Ein reizvoller Kontrast zu den hellen, kurzgeschnittenen, lockigen Haaren. Sie war in Begleitung eines großen, muskulösen Mannes mit einer wilden Tolle, die dringend nach einem Friseur verlangte. Die Frau blieb eine halbe Minute stehen, dehnte, streckte und reckte sich, Kramer hätte fast Beifall gepfiffen, bevor sie laut fragte: „Muss das schon am Donnerstag wieder sein?" Der Mann mit der Tolle antwortete unfreundlich: „Wir brauchen Geld in der Kasse. Dein Vorschlag war ja nicht so gut und hat nur Kosten verursacht."

„Schon gut, schon gut."

Der erste Mann verschwand im Haus, die Frau ging an den Kofferraum des hellen Simca und holte etwas heraus. Es sah aus wie ein Kleid aus der Reinigung.

„Wer war das?", erkundigte sich Claudia aufgeregt, als Kramer zu ihr in den Wagen eingestiegen war.

„Zwei Männer und eine Frau", antwortete er abweisend. „Die werde ich mir ein andermal genauer anschauen."

„Ich komme mit!"

„Den Teufel wirst du tun; wenn sie dich das nächste Mal einsperren, gibt es nur Wasser und trocken Brot – wenn du Glück hast."

Im Hotel rief er gleich Otto Kuhfus aus dem Straßenverkehrsreferat im Landkreis-Verwaltungsamt an. Wenn man Otto so hörte, würde ohne ihn der Verkehr in Stadt und Landkreis sofort total zusammenbrechen, aber für diese so schwierige wie verantwortungsvolle Tätigkeit wurde er seiner Meinung nach geradezu schäbig entlohnt. Fünfzig zusätzliche Euro konnte er jederzeit gebrauchen, erst recht, wenn er die bar auf die Kralle erhielt und das Finanzamt nichts davon erfuhr.

„Kannst du reden?", fragte Kramer als erstes.

„Ja, ausnahmsweise will keiner was von mir."

„Lieber Otto, fünfzig Euro wie üblich für zwei klitzekleine Auskünfte: Wem gehört T – KL 453? Auf wen ist zugelassen T – WE 1213?"

„In fünf Minuten Rückruf?"

„Okay. Ich steck den Schein wie üblich in einen Briefumschlag."

„Prima."

Fünf Minuten später rief Kramer ihn wieder an. „T – KL 453 ist Heinz Dusiak, Kalter Weg 19", flüsterte Otto. Also war er nicht mehr allein im Zimmer. „Dusiak hat an der Automeile" – so wurde die Stuttgarter Straße allgemein genannt – „eine Werkstatt und einen Gebrauchtwagenhandel, in dem es nicht immer sehr korrekt zugeht."

„Wunderbar! Und weiter, Otto?"

„T – WE 1213 ist zugelassen auf Achim Starke, Wolterstraße 44."

Als erstes legte Kramer fünfzig Euro in einen Briefumschlag, bezahlte an der Rezeption eine Briefmarke und warf den Brief vor der Hoteltür in einen Briefkasten. Dann machte er noch einen längeren Spaziergang durch das Städtchen, ihm fehlte Bewegung. Wenn die beiden Männer und die Frau Claudia entführt hatten, mussten sie sich sehr sicher fühlen, sonst wären sie mit den verräterischen Autokennzeichen nicht so unbekümmert durch die Gegend gefahren. Als er ins Hotel zurückkehrte, saß Claudia unten in der Lobby und wartete auf ihn. „Ich habe Hunger und suche einen echten Gentleman, der mit mir essen geht."

Aber schon auf den ersten Metern musste sie ansprechen, was sie wirklich beschäftigte: „Das hätte ich von Nora nicht erwartet."

„Was?"

„Dass sie sich sofort an Lars heranmacht."

„Dass Nora schon immer ein gewaltiges Biest sein konnte, ist kein Geheimnis."

„Woher willst du das wissen?"

„Ich kenne Nora besser und länger, als mir gelegentlich lieb ist."

Die Geschichte wollte sie nun unbedingt hören. Dass auch andere mit Nora schlechte Erfahrungen gemacht hatten, schien ihr zu gefallen. Und deshalb behielt Kramer den Trost für sich, dass es erst gefährlich würde, wenn der göttliche Lars nicht mit Nora essen ging, sondern für sie kochte.

Nora von Welsen war vor Jahren in Kramers Büro gestürmt, weil ihre verwitwete Mutter sich einen neuen Freund und Liebhaber zugelegt hatte, den sie sogar zu ehelichen gedachte. Der hübschen Nora sträubten sich alle Haare bei dem Gedanken an einen Stiefvater – und, wie sie ehrlich gestand, an einen Miterben des nicht unbeträchtlichen mütterlichen Vermögens; also wollte Nora von Kramer wissen, ob Mutters Neuer wirklich – altmodisch formuliert – ein Ehrenmann sei. Das war er nicht, sondern nach sechs Jahren vor kurzem aus dem Knast entlassen, in dem er wegen mehrfachen Betrugs, Urkundenfälschung und räuberischer Erpressung gesessen hatte. Nora rettete ihre sexuell immer noch sehr aktive und attraktive, aber auch arg leichtgläubige Mutter vor einer Riesendummheit, Kramer kassierte ein prächtiges Honorar und erwarb, was sich freilich als zweifelhaftes Privileg herausstellen sollte, Noras ewige Freundschaft und Dankbarkeit. Was im Klartext hieß, Nora fühlte sich berechtigt, ihre Freunde gnadenlos auszunutzen. „Wozu sonst hat man Freunde?"

In der gut besuchten Marktschenke wurde gerade ein Tisch frei und Claudia langte sofort nach der Speisekarte. Sie mochte Kummer haben, aber der war ihr noch nicht auf den Appetit geschlagen. „Ich nehme Bratnudeln mit Frikadellen, Röstzwiebeln und Salat."

„Nehme ich auch. Dazu ein Bier?"

Claudia unterhielt ihn während des Essens mit Schulgeschichten, in denen sie nur eine kleine Rolle spielte, aber Nora ihre schurkischen Qualitäten voll auslebte. Nach dem zweiten Bier brachen sie auf, sie hatte angefangen zu gähnen und er wollte auch bald ins Bett.

Bevor er vom Hotel wieder losfuhr, nachdem er Claudia abgesetzt hatte, rief er Anielda an, die ihn sofort anknurrte: „Früher konntest du nicht anrufen?"

„Nein, hätte ich sollen?"

„Manchmal könnte ich dich erwürgen."

„Dann spürst du mal, wie es mir oft mit dir so geht."

„Heißen Dank."

„Bitte, bitte. Du könntest mir helfen, selbstverständlich gegen Honorar, dir aus meinem Büro die Piepser holen und morgen mitbringen, wenn du aus der Garage in der Haffstraße den Transporter ganz vorsichtig, wie ein rohes Ei, nach Betzlingen zum Hotel Kaulmann fährst."

„Gibt es auch Gefahrenzulage, mein Liebling?" schmalzte sie. In ihrer Kasse musste eine ungewöhnliche Ebbe herrschen.

„Nein, allenfalls eine Reinigungszulage, weil wir unter Umständen größere Strecken auf dem Bauch kriechen müssen. Pack also ein paar dunkle Sachen ein."

Kramer versteckte sein Auto an der alten Stelle neben dem letzten Stück der Zufahrt zum Zünderhof. Im Haus brannte jetzt Licht. Vorsichtshalber kroch er die letzten Meter auf dem Bauch und zog den Leinenbeutel mit dem Werkzeug hinter sich her. Auf dem kreisrunden Platz fehlte die Rostlaube mit dem Kennzeichen T – KL 453, da parkte nur noch der helle Simca. Die stählernen Jalousien vor den drei großen Fenstern waren nicht ganz heruntergelassen und die Fenster schienen einen Spalt weit geklappt. Auch in dem großen Saal brannte ein trübes Licht. Irgendwo liefen Menschen barfuß hin und her, die leisen Tippelschritte waren wohl klar zu hören, Kramer gab sich alle Mühe, konnte aber nicht feststellen, wo genau im Gebäude sich jemand bewegte. An der hinteren Schmalseite des Gebäudes stellte er sich auf die Füße und lief aufrecht bis zur nächsten Ecke, linste vorsichtig um sie herum. Nichts zu hören, nichts zu sehen. Nur aus einem Fenster fiel Licht auf den Hof. Deshalb robbte Kramer so dicht wie möglich an der Hauswand auf das beleuchtete Fenster zu. Wie ein gelernter Indianer schlängelte er sich nahe der Wand auf dem Boden entlang. Erst vor dem Rechteck, das von dem Licht im Zimmer auf dem Boden gebildet wurde, hielt er inne und wartete darauf, dass im Haus etwas geschah. Er richtete sich auf längeres Warten ein, setzte sich auf seine vier Buchstaben und lehnte sich an die Wand; wer immer sich in dem beleuchteten Zimmer aufhielt, verursachte nicht das leiseste Geräusch. Gut möglich, dass er Zeitung las, aber Kramer hörte auch kein Rascheln beim Umblättern. Vielleicht hatte jemand das Zimmer verlassen und nur vergessen, das Licht hinter sich auszuknipsen.

Dann zahlte sich seine Geduld doch aus, ein Handy klingelte und ein Mann sagte: „Ja? – Ach, du bist es, Hannes... Nein, ich habe keine Ahnung, was da passiert ist... Erzähl mal!" Nach einer langen Pause sagte der Mann begütigend: „Nein, du hast ganz Recht, das ist nicht mehr deine Sache... Mit wem?... Nein, damit habe ich nichts zu tun, das haben wir nicht gewusst. Mein Wort darauf. Ein saublöder Zufall. Helene hatte die Idee, ich glaube, sie wollte Martin was heimzahlen, hatte sich aber grauenhaft verrechnet, der Kerl ist erstens so gut wie pleite und zweitens völlig skrupellos... Na klar, schiefgegangen, außer Spesen nichts gewesen. Aber das holen wir uns wieder herein. Nein. später mal... Ja, natürlich, ich weiß von nichts und du auch nicht. Tschüss, bis die Tage."

Das Gespräch schien beendet. Der Mann raschelte jetzt mit seiner Zeitung und dann kehrte die vorherige Stille wieder ein. Zwei, drei Minuten später näherten sich im Haus Schritte dem stummen Zeitungsleser. Eine Frau schien ins Zimmer zu gukken und fragte: „War das achtundachtzig?"

„Ja."

„Was Besonderes?"

„Nein, nur der übliche Kummer mit der stummen Birke."

„Na, da kann ich auch nicht helfen. Die Walze hat wieder mal gequietscht. Kann ich dein Auto haben?"

„Meinetwegen."

Schritte entfernten sich; im Haus klappte eine Türe und dann hörte Kramer, dass auf dem runden Platz der Motor des hellen Simca ansprang. Die Frau fuhr fort.

Trotzdem riskierte Kramer nichts, sondern nahm den langen Umweg an der hinteren Schmalseite und unter den drei Fenstern mit den Stahljalousien in Kauf. Das heimlich-verstohlene Trippeln hatte aufgehört. Beide Autos waren jetzt weggefahren. Er schaute sich noch einmal die Brandruine des Wohnhauses an; der Zünderhof musste vor dem Feuer ein stattliches Anwesen gewesen sein.

Diesen Ausflug zum Zünderhof hätte er sich sparen können. Und als ihm kurz vor dem Hotel die Frage einfiel – wo hatte der Zünderbauer eigentlich sein Vieh untergestellt? – war es zu spät. Er lag trotzdem noch länger wach und versuchte, die Bruchstücke des Handy-Gesprächs, die er eben gehört hatte, zu einer vernünftigen Geschichte zusammenzusetzen. Dabei kam aber nichts Vernünftiges heraus. Also stand er auf, holte seinen Block und notierte alles, was er noch behalten hatte.

Zweiter Donnerstag

Claudia hatte bereits ein Tagesprogramm aufgestellt. Sie wollte unbedingt Schloss Boron besichtigen. Kramer weigerte sich mitzukommen und wartete lieber auf Anielda. Es gelang ihm, für die Seherin in die Zukunft noch ein Zimmer zu reservieren und sogar eine verschließbare Einzelgarage zu mieten.

Anielda traf gegen Mittag ein. Der altersschwache, reparaturanfällige Lieferwagen hatte die Fahrt heil überstanden, sie war nicht aufgefallen, nicht kontrolliert worden, und bei einer flüchtigen Prüfung des elektronischen Inventars konnte Kramer keine Defekte oder Verluste feststellen. Die neuen Batterien, die er vor vier Wochen gekauft hatte, waren bis obenhin aufgeladen. Anielda schwenkte ihre winzige Reisetasche und sah in Jeans und Lederjacke ausgesprochen unternehmungslustig aus, wenn auch nicht gerade damenhaft.

Den Nachmittag bummelte Kramer mit ihr durch Betzlingen. Sie quatschte ihm einen Vorschuss auf ihr Honorar ab, damit sie sich ein Sommerkleid kaufen konnte, das sogar dem Modemuffel an ihrer Seite gefiel und nach Anieldas fachkundiger Meinung ausgesprochen preiswert war. „Aber nicht, wenn du die angeblich so nötigen neuen Dessous dazurechnest."

„Die mussten auch mal sein. Ich kenne ja mittlerweile auch alle deine Krawatten." An dem mehrdeutigen Satz rätselte er lange herum, stellte aber vorsichtshalber keine Fragen. Nur wer dumm fragt, erhält auch dumme Antworten.

Aus dem uralten VW-Transporter holen sie spät nachmittags die Thermoskannen, ließen sie in einem Stehausschank bis obenhin mit Kaffee auffüllen, und Anielda kaufte in einer Metzgerei Stumm genug belegte halbe Brötchen, um eine Kompanie auf Tage durchzufüttern. Sie wurde von einer jungen Frau mit einem weißen Turban bedient. Während er neue Pappbecher, Plastiklöffel und Abfalltüten besorgte, zog sie sich im Wagen mit den Einwegsichtglasscheiben um und präsentierte sich stolz im hautengen, schwarzen Einbrecherlook. „Wenn ich Einbrecher wäre, würde ich auch den vollen Tresor vergessen und mich lieber intensiv mit dir beschäftigen", gestand Kramer mit schmachtendem Blick, doch das Kompliment behagte ihr irgendwie nicht so ganz. Sie fuhren so früh los, dass sie Claudia nicht mehr begegneten: Kramer hatte keine Lust, sie mitzunehmen und dann auf sie aufpassen zu müssen. Als es endlich dämmerte, standen sie neben der Zufahrt zum Zünderhof hinter dem schon erprobten dichten Buschwerk und warteten auf die nötige Dunkelheit, aßen dick mit Hausmacherwurst belegte Brötchen und tranken warmen Kaffee. Die Piepser hatten sie schon eingesteckt, die Antennen um die Körper gewickelt und die Geräte getestet. Jeder Piepser besaß als auffälligstes Teil einen großen Schalter mit einem Druckknopf, der im Sender einen Dauerton auslöste, der von dem Gerät des Partners mit einem Knopfhörer im Ohr empfangen wurde. Ein langer Ton hieß ›Vorsicht, fremde Person nähert sich‹, zwei kurze Töne schnell hintereinander signalisierten ›Gefahr im Verzug‹. Heute hatten sie die großen Piepser-Ausrüstungen angelegt, dazu wurde bei beiden Beteiligten zusätzlich ein Kehlkopf-Mikrofon angeschlossen, das über den Piepser-Sender auch kaum hörbare, gerade mal eben gehauchte Sprache mit invertiertem Sprachspektrum übertrug, das im Empfänger in verständliche Niederfrequenz zurückgedreht wurde. Kramer schnappte sich mehrere Wanzen, winzige Akku-Geräte mit hoch empfindlichen

Mikrofonen und Miniatursendern auf verschiedenen Frequenzen; was sie auffingen und sendeten, wurde im Lieferwagen auf mehreren digitalen Speichergeräten aufgezeichnet, die, um Strom zu sparen, erst ansprangen, wenn der dazu geschaltete Empfänger von ›seiner‹ Wanze etwas auffing. Eine Uhrenautomatik bezeichnete mit verschlüsselten Pfeiftönen jeweils den Beginn und das Ende jeden Empfangs. So ließ sich später rekonstruieren, wer wann in welchem Raum gewesen war. Einen Sender würde Kramer in das Telefon einbauen und so die Anrufe aus dem Festnetz aufzeichnen können. Handy-Gespräche konnte er nur einseitig erfassen, wenn die Betreffenden in der Nähe einer ›Raumwanze‹ laut und deutlich genug sprachen. Geräte zum Erfassen von Gesprächen auf Mobiltelefonen gab es zwar bereits ohne Schwierigkeiten käuflich zu erwerben, aber diese noch recht beträchtliche Geldausgabe hatte Kramer bisher gescheut, deswegen stand auch der Kauf eines Scanners, um die Impulse eines lokalen Funknetzes für Computer aufzufangen, noch auf der Wunschliste. Seine letzte Ausgabe hatte er für drei Sende- und Empfangsgeräte getätigt, die er auf Verfolgungsfahrten benutzte, an denen er, Anielda und die unternehmungslustige und ortskundige Rita Oppermann in drei Wagen teilnahmen. Jeder konnte hören, was auf den anderen Geräten gesprochen und empfangen wurde; jedes Gerät besaß eine Peilsendeanlage, die durch einen Impuls von außen eingeschaltet werden konnte. Anielda war bei einer Verfolgungsfahrt unvorsichtig gewesen und so gerammt worden, dass sie mit ihrem Auto einen hohen Damm hinunterrollte. Als sie sich trotz mehrfacher Aufforderungen nicht mehr meldete, hatte Kramer den Peilsender eingeschaltet und sie mit Hilfe seiner Peilanlage gefunden. Das Auto war schrottreif, aber Anielda war mit einem Oberarmbruch und einer Gehirnerschütterung noch glimpflich davon gekommen.

Es war beinahe ungeheuerlich, was im Moment alles entwickelt und auf dem Markt angeboten wurde. Früher brauchte ein Privatdetektiv ein gutes Auto, belastbares Sitzfleisch, Lupe und Sonnenbrille und für den Fall der Fälle eine Karate-Ausbildung im Nahkampf; ein gutes Fernglas zählte schon zu den Luxus-Ausstattungen. Heute musste er allmählich ein Studium der Elektronik und Informatik absolviert haben; früher hatte Kramer viele Geräte selbst gebaut, weil sie kleiner und billiger und leistungsfähiger waren, aber die Zeiten waren vorbei. Wer konnte schon mit einem Miniatur-Fernsehsender aus fernöstlicher Produktion wetteifern?

„Also dann!", sagte Kramer forsch. „Vergiss nicht, wenn ich geschnappt werde, geht dir dein Honorar durch die Lappen."

Anielda nickte nur lässig, diese Drohung kannte sie bereits, und das Kleid hatte sie gekauft, das konnte er ihr nicht mehr nehmen. Kramer machte sich mit einem prall gefüllten Leinenbeutel auf den Weg.

Die kleine Tür in dem früheren Scheunentor ließ sich wieder problemlos aufschließen. Er schloss von innen ab, obwohl das für den Fall einer Flucht ein hässliches, zeitraubendes Hindernis darstellte. Die erste Wanze versteckte er in einer Art Aufenthalts-Raum neben der Küche. Dort stand auch das Festnetz-Tastentelefon. Das Gehäuse abzuschrauben, die Wanze einzukleben und die Antennendrähte innen mit Klarsichtfilm zu befestigen, war für den geübten Abhörer eine Sache von Minuten. Die Telefonwanze verfügte über eine Besonderheit. Der Sender arbeitete erst, wenn der Hörer von der Gabel abgenommen wurde, das schonte den Akku und verlängerte die Abhörzeit. Eine Wanze legte er so auf den Schrank, dass das Mikro nicht sichtbar in den Raum ragte, und klebte sie dort mit Tesa fest. Eine zweite Wanze versteckte er unter der Tischplatte;

eigentlich sollten damit alle Gespräche sicher aufgenommen werden, die man in diesem Raum führte.

„Alles in Ordnung?", erkundigte sich Kramer zwischendurch und Anielda gähnte. „Stinklangweilig hier."

Der Einbau der nächsten Wanzen gestaltete sich etwas schwieriger. In dem Überwachungsraum mit dem Fernsehbildschirm, der zeigte, was sich in dem großen ›Gefängnissaal‹ abspielte, musste Kramer mehrere Geräte aufschrauben, um zwei Wanzen einzubauen, bei denen er die Mikrofone entfernte. Ein Gerät verband er mit dem Verstärkereingang, es würde nach draußen senden, was der Mann in das Mikrofon sprach, eine zweite Wanze übermittelte, was das Saal-Mikrofon neben der Lampe aufnahm. Wahrscheinlich um der Gefahr einer akustischen Rückkopplung mit dem scheußlichen Pfeifen zu entgehen, hörte der ›wachhabende Kontrolleur‹ das Saalmikro über Kopfhörer ab. Kramer dachte sich seinen Teil, als er die Geräte inspizierte und nach Einbau seiner Minisender und Antennen wieder zuschraubte. Keine Profianlage, aber sehr solide Amateurarbeit. Sozusagen ein Kollege im Geiste, wenn auch auf der anderen Seite des Grabens.

Viel mehr zu sehen gab es nicht. In der ehemaligen Futterküche waren stabile Regalbretter an die Wände geschraubt, die Bretter bogen sich unter der Last von Lebensmittelvorräten, Dosen, Schachteln, Kästen und Getränke-Kisten. Darunter eine bis oben hin gefüllte Tiefkühltruhe. Neben der Küche und dem Aufenthaltsraum lag ein Bad, daneben ein Schlafzimmer mit einem bequemen breiten Doppelbett. Dort montierte er seine letzte Wanze unter einem Abstell- oder Ablagebrett mit Töpfchen, Tuben und Tiegelchen für Salbe, Parfüm und Cremes unter einem Spiegel, vor dem ein einzelner Stuhl stand. Schränke existierten nicht, dafür waren mehrere Nischen mit

Garderobenstangen ausgestattet worden, vom Schlafraum mit dichten, undurchsichtigen Vorhängen abgetrennt, die bis auf den Fußboden reichten. Die Fenster auf dieser Seite des Gebäudes gingen alle auf den Hof. Einen Keller entdeckte er nicht, das wäre bei einer ehemaligen Scheune auch unwahrscheinlich gewesen. Allerdings vermisste Kramer auch den Aufgang zu einem Dachboden für Heu und Futter, und das verwunderte ihn. Wer hatte sich die Mühe gemacht, die Leitern oder Treppen zu entfernen und den entsprechenden Ausschnitt in der Decke respektive Fußboden zu schließen? Warum wurde der schöne große, regengeschützte Raum über dem ›Gefängnis‹ verschenkt?

Darüber grübelte Kramer noch nach, als der Piepser einmal summte. „Was ist los?", fragte er über das Mikro, und Anielda antwortete hastig: „Ein Auto fährt auf das Gebäude zu. Ein heller Personenwagen, zwei Personen."

„Okay, danke, ich weiß Bescheid."

Eine andere Frau hätte vielleicht ›Viel Glück‹ gewünscht oder gesagt: „Sei vorsichtig!". Anielda bevorzugte da direktere Wege: „Denk an mein Honorar!"

Das bekümmerte Kramer im Moment am wenigsten. Wo sollte er sich verstecken? Jetzt konnte er schon das Auto hören, das vor dem früheren Scheunentor bremste. Also auch keine Zeit mehr, das Gebäude heimlich zu verlassen. Schließlich entschied er sich für die Küche und ließ die Tür in die Diele einen Spalt offen. Von der Küche konnte er im Notfall durch den Aufenthaltsraum, vorbei am Bad und der früheren Futterküche in das Schlafzimmer flüchten und sich dort in einer der mit Vorhängen verhüllten Nischen verstecken. Sollte es zu einem Kampf kommen, besaß er zum Glück in seinem Leinenbeutel einen großen, schweren Schraubenzieher, der hervorragend als Schlag- und Stichwaffe taugte. Draußen klappten Autotüren. Jemand schloss die Haustür auf.

Eine helle, etwas atemlose Frauenstimme sagte anklagend: „Der blöde Hund hätte ruhig auch mal lüften können."

„Der hat zur Zeit andere Sorgen als frische Luft."

„Welche denn? Weißt du mehr?"

„Er hat mal wieder gespielt und natürlich verloren. Nun sitzen ihm seine Gläubiger im Nacken; deswegen versteckt er sich hier manchmal wochenlang. Er hatte natürlich fest mit einem ordentlichen Anteil aus dem Frenzen-Fall gerechnet."

„Manchmal tut er mir richtig leid. Das mit der Frenzen war mein Fehler."

„Keine Ursache, war ja kein Beinbruch. Heinz müsste sich wenigstens bemühen, mit dem verdammten Zocken aufzuhören. Aber daran denkt er nicht, weil er ja jederzeit die große Glückssträhne erwischen könnte."

„Das Aufhören ist wohl nicht so leicht, mein Lieber. Aber komm jetzt, sie muss ins Bett. Hilfst du mir beim Umziehen?"

„Aber gerne."

„Du alter Lüstling."

Kramer wagte nicht, aus der Küche herauszutreten. Er hörte, dass die klemmende Tür zur Versorgungsschleuse aufgezogen und danach wohl die Verbindungstür von der Schleuse zum Saal geöffnet wurde. Noch einmal wurden anschließend eine Autotür oder eine Heckklappe zugeschlagen, das Pärchen schleppte schwer atmend etwas ins Gebäude. Für fast eine Viertelstunde verschwanden beide in dem ›Gefängnissaal‹.

Als sie wieder zu hören waren, fragte der Mann: „Was soll ich mit ihren Sachen machen?"

„Leg sie auf die Eckbank, ich kümmere mich gleich morgen drum. Jetzt muss ich erst einmal schlafen, der Tag war schrecklich. Hast du Heinz den Armreif gegeben?"

„Aber sicher."

Danach stellten der Mann und die Frau mehrere Kisten oder Koffer in der Diele ab. Das war entweder für die Küche oder den Vorratsraum bestimmt. Notgedrungen zog sich Kramer noch weiter zurück und durfte im Schlafzimmer wählen, entweder unter das Bett zu kriechen oder sich in einer der Nischen zu verstecken. Er entschied sich für eine Nische, nicht direkt neben der Tür, sondern für die übernächste. Er hatte sich keinen Moment zu früh versteckt. Sein Herz stolperte vor Schreck, als er das Geräusch von Metallringen auf einer Metallstange hörte. In der Nische neben ihm wurde der Vorhang weggezogen, leere Kleiderbügel klapperten, die Frau hing ihre Sachen auf. Dann hörte Kramer, wie sie aufstöhnend ins Bett fiel und laut gähnte.

Drei, vier Minuten später ertönten andere Schritte, der Mann blieb unter der Tür stehen und fragte: „Legst du Wert auf zärtliche Nachbarschaft?"

„Sei mir nicht böse, Achim, aber ich muss erst mal ein paar Stunden schlafen. Die letzte Nacht war fürchterlich."

„Kann ich dich wirklich alleine lassen? Du weißt, ich bin noch mit Achtundachtzig verabredet."

„Ist was los?"

„Nein, nur das Übliche."

„Aha. Mach dir keine Sorgen. Sie schläft jetzt."

„Sag mal, mein Schatz, schläfst du eigentlich mit Hannes?"

„Nein. Er hat leider keine Freundin, die ihm treu ist."

„Er kann einem schon leid tun. Ach, und noch was. Wenn die Rede auf das neue Paket kommen sollte, würde ich ihm versprechen, dass es keinen Schaden nimmt."

„Ist das klug?"

„Vielleicht nein, aber er weiß ja jetzt, dass es im vorigen Fall auch möglich war."

„Na schön, einverstanden. Du hast ihm gegenüber ein verdammt schlechtes Gewissen, wie?"

„Stimmt."

„Na dann. Eine gute Stunde wird es aber schon dauern."

„Kein Problem. Viel Spaß und viel Erfolg." Sie drehte sich um und zog wohl das Deckbett heran. Wie auf Befehl begann die Frau leise zu schnarchen. Keine Minute später klingelte das Telefon im Aufenthaltsraum, was die Schläferin aber nicht weckte. Der Mann hatte wohl auf der Bettkante gesessen, er stand jetzt leise auf und tappte vorsichtig aus dem Schlafzimmer. Dabei stieß er mit einer Hand gegen den Vorhang, der Kramer verbarg und ihm bis vor die Nase pendelte. Um Haaresbreite hätte er wegen des Staubs geniest. Nach dem Schreck lauschte er angestrengt, hörte aber wenig und verstand gar nichts. Dann wurde das Telefon aufgelegt, der Mann tastete eine Nummer und sagte schnell. „Achim hier, wenn es dir passt, ich hätte jetzt Zeit... Fein, dann fahre ich sofort los." Minuten später wurde ein Motor angelassen und das Auto entfernte sich. Wenn Kramer den Mann richtig verstanden hatte, als der den Hörer abnahm, dann hieß der Unbekannte tatsächlich Achim. Immerhin etwas. Die Frau schlief bald tief und begann zu schnurgeln. Kramer schlich sich nach draußen und riskierte einen Blick in das Aufenthaltszimmer. Auf der Eckbank vor dem Esstisch lag ein Kleiderbündel. Licht wollte er nicht machen, deshalb tastete er die Sachen nur ab. Wenn er sich nicht irrte, Jeans mit einem breiten Ledergürtel und einer auffälligen Schnalle, eine Jeansjacke und eine helle, kurzärmelige Bluse. Dazu Slip, BH, Söckchen, und auf dem Boden vor der Bank ein Paar weicher, dunkler Stoffschuhe. Claudia hatte erzählt, dass sie in fremden Sachen aufgewacht war. Deshalb untersuchte Kramer flüchtig die Jeansjacke und ertastete in einer der aufgesetzten Brusttaschen eine Karte, die sich in Größe, Form und Material wie eine Scheckkarte anfühlte. Nun riskierte er doch, für einen Moment die Taschenlampe anzuknipsen. Es war keine Scheckkarte, sondern wahrscheinlich ein Betriebsausweis. Name, Lichtbild, Personalnummer und ein Magnetstreifen auf der Rückseite. Kramer steckte die Karte ein und legte die Sachen wieder zusammen; dabei spürte er in der Bluse, die eine ebenfalls aufgesetzte Brusttasche besaß, einen etwas festeren Gegenstand. Vielleicht eine Eintrittskarte, oder einen Hotelzimmerpass, den er ebenfalls einsteckte. Entwertete Eintrittskarten pflegte er auch in den Brusttaschen seiner Hemden aufzuheben, und dann vergaß er leider häufig, sie vor dem Waschen herauszunehmen.

Danach machte er, dass er aus dem Haus herauskam und zum Transporter laufen konnte. Anielda prustete erleichtert. Zwar würde sie sich lieber die Zunge abbeißen als zuzugeben, dass sie Angst um ihn gehabt hatte, doch als er ihr zuzwinkerte, sagte sie mitfühlend. „So was nennt man eine Falle, in die du gekrochen bist, wie?"

„Na ja, man kann es auch anders sehen. Drinnen schläft allein und erschöpft eine schöne Frau, gute Figur, nur leicht bekleidet."

„Du bist und bleibst ein sexistischer Maulheld." Merkwürdig, dass Anielda die Wahrheit nicht vertrug.

„Von wegen, nein, wirklich, die Dame existiert. Soll ich sie dir mal zeigen?"

„Der Teufel soll dich holen. Ich habe Durst und freue mich auf mein Bett. Und zwar allein, verstanden?"

„So schnell wollen wir diesen lauschigen Ort aber nicht verlassen. Gegen Müdigkeit gibt es noch viel Kaffee, wie du weißt."

Anielda knötterte und protestierte, aber Kramer blieb hart, jetzt standen sie hier einmal und er gedachte, die Chance zu nutzen. Mit der ›Scheckkarte‹ hatte er einen Super-Griff getan. Sie war ausgestellt auf eine Dipl. Ing. Brigitte Auler, und galt wohl als Betriebsausweis und Kantinenzahlkarte für die Mechanischen Werke Friedrichsburg (MWF) in Dohla. Wenn die

Höhe der Personalnummer 002 etwas über die Position in der Firmenhierarchie aussagte, stand Brigitte Auler ziemlich weit oben. Mit dem Zimmerpass hatte er völlig richtig gelegen. Das achtlos geknickte und gefaltete Stück Pappe stammte aus dem Hotel Boroner Brücke, für Zimmer 103 und auf den Namen Brigitte Auler ausgestellt. Wenigstens wusste Kramer jetzt, wer in dem ›Gefängnissaal‹ darauf wartete, aus der Betäubung aufzuwachen.

Anielda betrachtete das Bildchen der Frau auf dem Ausweis. „Keine Schönheit", urteilte sie bissig. Wahrscheinlich verärgerte sie der Diplomingenieur. Anielda hatte Psychologie studiert, aber nie ein Examen abgelegt, aus Gründen, die sie hartnäckig verschwieg, Kramer vermutete inzwischen, dass Anielda unter panischer, sie lähmender Prüfungsangst litt.

„Sie soll aber sehr tüchtig sein."

„Woher willst du das wissen?"

„Von Claudia Frenzen."

Jetzt hörte er nur ein heiseres Brummen. Anielda schätzte es gar nicht, wenn der Büronachbar hübsche Kundinnen an Land zog: „So, so."

„Diese Brigitte Auler ist die momentane Freundin von Claudias Stiefvater Martin Jörgel."

„Die Welt ist doch klein, wie?"

Das konnte sein, aber Kramer vermutete vielmehr, dass die Entführer sich an Jörgel rächen oder auf Nummer Sicher gehen wollten, dass, wenn ein Stiefvater für die ungeliebte Stieftochter nicht zahlen wollte, der Liebhaber wenigstens für seine Freundin löhnte.

Kramers Hartnäckigkeit zahlte sich aus. Vielleicht zwanzig Minuten, zwei Pappbecher Kaffee und zwei halbe Brötchen mit Zwiebelmett später summte der Alarmgeber, der alle elektronischen Geräte überwachte. Eine Wanze hatte angefangen, etwas aus dem Haus zu übertragen, was auf einem Digitalspeicher festgehalten wurde. Kramer schaltete die Mithöranlage ein. Eine Frau unterhielt sich am Telefon mit einem Mann… „und komm' hier nicht weg, das kannst du dir doch vorstellen." Der Mann klapperte mit den Zähnen, er schien in Panik zu sein oder zu frieren, was bei den Temperaturen unwahrscheinlich war.

„Wo bist du denn?", fragte die Frau und gab sich Mühe, ihre Stimme ruhig und sachlich klingen zu lassen.

„In dem Hochhaus-Neubau an der Ferdinandstraße. Im neunten Stock, im Verschlag des Poliers."

„Und wer ist hinter dir her?"

„Zwei Typen vom Karten-König. Der Boxer und der Schlitzer."

„Was wollen die denn von dir?"

„Ich schulde dem Kochta fünfzehn Riesen plus Zinsen. Heute war Zahltermin. Aber soviel Knete habe ich nicht."

„Ich auch nicht!", sagte die Frau trocken. „Hast du wenigstens noch das Auto weggebracht?"

„Jau, das steht bei mir sicher auf dem Platz. Die Nummernschilder sind im Safe versteckt. Die beiden haben mir vor der Firma aufgelauert. Holt mich um Gottes Willen hier raus, Helene."

„Ich kann und will hier auf keinen Fall weg. Du weißt doch, heute war Speditionstag. Achim ist noch unterwegs. Du musst dich gedulden, bis ich ihn erreichen kann. Bleib in dem Verschlag, mach bloß kein Licht oder Lärm und hör auf, in der Weltgeschichte herumzutelefonieren. Achim wird sich bei dir melden… Nein, ich denke nicht daran. Ich hab keine Lust, nach einem erfolgreichen Fischzug deinetwegen später eine Tote zu beerdigen – kapiert?! Manchmal glaube ich, eine ordentliche Tracht Prügel würde dir nicht schaden, damit du endlich mit dem verdammten Zocken aufhörst… Ja, ich weiß, was ich dir mal versprochen habe, aber da wusste ich noch nicht, dass ich es mit einem spielsüchtigen Schwachkopf zu tun habe. Ende."

Die Verbindung wurde unterbrochen. Die nachfolgenden Piepstöne waren nur schwach zu vernehmen. Offenbar tastete die Frau eine Nummer auf einem Handy. Was der oder die Angerufene sagte, konnte Kramer nicht verstehen, das Gespräch wurde für ihn etwas einseitig.

„Zwei Geldeintreiber des Kartenkönigs sind hinter ihm her, sagt er. Der Boxer und der Schlitzer, wer immer das sein soll. Heinz steckt in dem Hochhaus-Neubau an der Ferdinandstraße. Neunter Stock, da muss der Bauleiter so eine Art Büroverschlag eingerichtet haben. Ich habe ihm gesagt, er soll sich ruhig verhalten, kein Licht machen, nicht mehr in der Gegend herumtelefonieren und darauf warten, dass du ihn anrufst... Na klar, Achim, ich bin auch wild begeistert. Aber was sollen wir jetzt machen... Uschi?... Die rührt doch keinen Finger für Heinz. Oder für mich. Du, die ist so abgebrüht und so geldgierig, die kennt nur sich und sonst nichts... Täte ich auch nicht... Nein, ich werde schon allein mit ihr fertig. Sie schläft bestimmt noch fünf Stunden, und solange brauchst du doch nicht...? Klar, mache ich... Sonst alles in Ordnung? Waass? Das ist ja toll. Bis nachher also, und ruf den Unglücksraben an, sonst springt der noch aus lauter Verzweiflung vom neunten Stock. Tschüss. Ich drücke dir die Daumen." Die gelbe Leuchtdiode erlosch. Die Wanze sendete nicht mehr.

„Was machen wir jetzt?", fragte Anielda nervös.

„Wieso sollen wir etwas machen?"

„Die haben doch ein neues Opfer, das in dem großen Saal schläft – oder?"

„Wahrscheinlich", pflichtete Kramer mürrisch bei. Er ahnte, was jetzt kam.

„Wollen wir es nicht rausholen?"

Ihr mitleidiger Eifer gefiel ihm gar nicht. Kramer sah Anielda nachdenklich an. „Anielda, ich weiß nicht... nein, lass' mich ausreden. Die Frau hat gesagt, ihr neues Opfer, offenbar wieder eine Frau, werde sicher noch fünf Stunden schlafen. Und das klang so, als hätten sie ihr was gespritzt und als könne die Frau beurteilen, wie lange und wie stark das Mittel wirkt. Als

Claudia wach wurde, ging es ihr sauschlecht. Sie hatte massive Kreislaufbeschwerden und litt unter heftiger Übelkeit. Was passiert, wenn wir jetzt den Saal stürmen, das schlafende Entführungsopfer wecken und gewaltsam aus der Betäubung hochreißen? Lass sie ein schwaches Herz haben oder Rhythmusstörungen oder Bluthochdruck oder Diabetes oder so was in der Preislage, und bumms, klappt sie uns zusammen. Bis zum nächsten Krankenhaus brauchen wir von hier mindestens eine Stunde. Nein, das Risiko ist mir zu groß."

„Aber du kannst sie doch nicht einfach in dem Gefängnis schmoren lassen!"

„Nein, das will ich auch nicht, aber für unseren Samariter-Einsatz haben wir Zeit bis zur nächsten Woche. Die Entführer wollen ein Lösegeld, sie müssen sich mit den Eltern, dem Ehemann oder wem auch immer in Verbindung setzen, der oder die müssen das Geld organisieren, das braucht seine Zeit, bis dahin können wir immer noch die Polizei alarmieren. Und nach allem, was Claudia berichtet hat, sind die Kidnapper keine brutalen Idioten, sondern vorsichtige Gangster und umsichtige Planer. Die wollen Geld und keine Leiche."

Anielda maulte und schmollte noch einige Zeit – natürlich dachte sie in erster Linie an eine Belohnung, das musste Kramer gar nicht erst fragen, er kannte seine ewig abgebrannte Büronachbarin. Sie ließ sich aber zum Schluss von ihm überzeugen, dass es besser war, jetzt nicht aufzufallen, sondern später die Verantwortung der Polizei zu überlassen, die bei der Befreiungsaktion einen Notarztwagen mitbringen konnte. In Wahrheit wollte Kramer bei einem Besuch in dem großen Saal Anielda nicht dabei haben, sie war nicht so erfahren und vorsichtig, wie sie immer tat, und er hatte keine Lust, gleichzeitig auf seine Zukunftsseherin und eine kranke Frau aufpassen zu müssen.

Aber so wie Anielda gestrickt war, konnte er ihr die Wahrheit nicht sagen, sie würde ausrasten. Deshalb schlug er vor, erst einmal ins Hotel zurückzukehren. Er hatte sich auf der Kartenkopie, die er von Hogarth erhalten hatte, einen Kreis ausgemessen, bis zu dem sich die Reichweite seiner Wanzensender auf jeden Fall – auch bei sinkender Sendeleistung wegen abnehmender Akku-Spannung – erstrecken sollte und hoffte nun, dass es in dieser Entfernung auch genug Sträucher, Bäume, Büsche oder eine Senke gab, um den Transporter zu verstecken.

Bevor sie losfuhren, nahm er Anielda ein großes und kleines Ehrenwort ab, vor Claudia alles zu verschweigen, was sie heute abend getan und gehört hatten.

Sie fanden sogar auf Anhieb eine geeignete Stelle, ein paar alleinstehende Bäume, umgeben von viel verwildertem Buschwerk. Nicht weit davon war im schwachen Sternenlicht eine notdürftig eingezäunte Grube zu entdecken, und Kramer erinnerte sich an Hogarths Worte, dass man hier einen Ringwall ausgraben wollte. Hinter dieser grünen Wand, undurchsichtig für alle Autofahrer, die auf der tieferliegenden Straße vorbeifuhren, stand der Transporter so gut verborgen, dass Kramer ihn dort auch bis Samstag und Sonntag stehen lassen konnte.

Sie begegneten sogar noch Claudia, die ziemlich erschöpft an der Bar saß.

„Na, wie war Schloss Boron?"

„Toll, Rolf, aber die vielen Menschen. Ich bin fast verrückt geworden." Diese Krankheit kannte er, aber sie hatte ja unbedingt das Schloss besichtigen wollen. Anielda gähnte und wollte sich ihren Schlüssel holen, Kramer setzte sich noch zu Claudia und bestellte sich einen Schlummerwhisky, nachdem er Anielda vorgestellt hatte. „Meine Büronachbarin im Ruhlandhaus und gelegentliche Helferin bei schwierigen Fällen."

Anielda strahlte geschmeichelt und ließ sich von der neugierigen Claudia zu einem Glas einladen. Sie hatte versprochen, keine Silbe von dem zu erzählen, was sie heute abend getan hatten, und darauf konnte Kramer sich auch verlassen.

Dritter Freitag

♦
♦

Kramer kam als einer der ersten Gäste in den Frühstücksraum und ließ sich wieder von Rührei mit Kräutern zu frisch gebratenem Frühstücksspeck verführen. Den Reservepack Akkus hatte er über Nacht in seinem Zimmer aufgeladen. Strom, Spannung und digitale Speicherkapazität sollten über das Wochenende reichen, die paar Kilometer, die er spätestens am Montag zur Kontrolle seiner Geräte noch einmal nach Betzlingen fahren musste, konnte er verkraften.

Über Nacht hatte sich an seinem Transporter nichts getan. Die Wanzen hatten einige Male etwas aufgefangen und gesendet, aber er hatte keine Lust, die gespeicherten Ergebnisse jetzt abzuhören. Der Akku-Reservepack samt Entladeschutz war schnell parallel zur Hauptbatterie angeschlossen. Als Kramer ins Hotel Kaulmann zurückkam, saßen Claudia und Anielda noch friedlich beim Frühstück. Ihnen ging's hör- und sichtbar gut, die Bedienung räumte gerade auffällig-unauffällig zwei Pikkolos ab. Anielda verklickerte ihrer Tischnachbarin, wie man Zukunftsfragen auf wissenschaftlicher Basis beantwortete. Das hätte Kramer auch gern gewusst, aber sein Beitrag zum Thema war im Moment sichtlich nicht gewünscht. Viele Menschen, die zu ihr kamen, um etwas über die Zukunft zu hören, hatten in Wahrheit mit der Gegenwart Probleme, über die sie reden wollten. Aber es gab in ihrem Bekanntenkreis und ihrer Verwandtschaft, unter ihren Nachbarn und Kollegen niemanden, der bereit war, geduldig zuzuhören, und genau das suchten sie bei Anielda, die zudem noch den Vorteil besaß, eine Wildfremde zu sein, der man eher beichten oder etwas vorjammern konnte als engen Vertrauten oder Menschen, denen man morgen wieder begegnen würde.

Claudia staunte ungläubig, als Kramer und Anielda aus eigener Erfahrung von der alltäglichen Einsamkeit in Großstädten erzählten. Selbst in dem verhältnismäßig kleinen Terborn waren schon in Hochhäusern die mumifizierten Leichen älterer Mieter gefunden worden, die monatelang kein Mensch vermisst hatte, bis der Hausbriefkasten überquoll oder der Stromzählerableser nicht länger warten wollte.

„Das gibt es doch nicht", entsetzte sie sich.

„Doch, doch!", beteuerten Anielda und Kramer unisono, und Kramer erzählte, was ihm Rita Oppermann, die Taxifahrerin, von dem neuesten Service ihrer Funkzentrale berichtet hatte. Angehörige konnten bei Neutaxi Adressen älterer Verwandter abgeben; wann immer ein Fahrer in die Nähe einer solchen Adresse kam und im Moment keine Tour aufnehmen musste, klingelte er dort und ließ sich auf einer Liste mit Datum und eingetragener Uhrzeit von der Bewohnerin oder dem Bewohner durch Unterschrift bestätigen, dass Neutaxi auftragsgemäß sich von der Gesundheit und vor allem von der körperlichen Bewegungsfähigkeit der Mieterin oder des Mieters überzeugt hatte. Neutaxi-Mitarbeiter hatten auch schon Polizei und Notärzte alarmiert, die in verschlossenen Wohnungen Senioren auf dem Fußboden mit Beinbrüchen gefunden hatten, die nicht mehr in der Lage gewesen waren, 110 oder 112 anzurufen.

„Anrufen wäre doch billiger", meinte Claudia skeptisch.

„Kein Widerspruch. Aber dann müsste man täglich daran denken, und das sind viele alte Menschen ihrer Familie nicht mehr wert."

Als sie zahlten, sagte Kramer: „Wir nehmen den Umweg über Holtzbergen, und ich möchte über die Velsterbrücke fahren."

„Warum denn das?", protestierte Claudia, die es jetzt eilig hatte, ihren Lars aus den Fängen einer anscheinend skrupellosen Freundin zu befreien.

„Weil er noch bei ›Adam & Brettschneider‹ vorbeisehen will", antwortete Anielda an seiner Stelle.

Die Boroner Brücke überspannte den Stasenbach kurz vor der Einmündung in den Velstersee. Der Bach bildete bei normaler Wasserführung einen breiten, ruhigen Wasserlauf, bei Starkregen in den Bergen wurde er aber schnell zu einem Wildwasserflüsschen, bevor er sich in den Velstersee ergoss. Das Hotel ›Boroner Brücke‹ lag auf dem Ostufer weit genug von der Brücke und der Autobahn entfernt, so dass man von dem Verkehrslärm wenig hörte, und die Straße, die am Hotel vorbeiführte, endete in Scholten am See, wo es eine große Marina mit Slipanlagen, Werkstätten und kleinen Werften gab.

Claudia zitterte vor Ungeduld, als sie vor dem Hotel hielten und Kramer sich an Anielda wandte. „Traust du dir noch zu, mit einem fremden Zimmerpass den Schlüssel zu organisieren?"

„Wie heiße ich denn?"

„Brigitte Auler. Sie war wohl nicht alleine hier. Aber wenn sie ordnungsgemäß gezahlt hat, ist wohl ihre alte Schlüsselkarte umprogrammiert."

„Ich werd's versuchen, dann wissen wir's."

„Und ich?", maulte Claudia.

„Du musst auf uns hier warten. Und wenn geschossen wird, Kopf runter und nicht aussteigen!", flaxte Kramer.

„Dein Ernst?"

„Aber ja! Nicht aussteigen, sondern warten!"

Anielda drückte sich in der Lobby herum, bis sich an der Rezeption ein Menschenknubbel gebildet hatte, dann drängte sie sich durch die Gruppe, murmelte Verzeihung, und Sorry und

Excusez-moi, bekam anstandslos den Schlüssel für 103 ausgehändigt und verzog sich mit Kramer in den langen Flur, der am Ende auf eine Tür führte, über der ein Schild hing: ›Zum Bootsanleger des Hotels. Achtung; die Tür lässt sich von innen und von außen nur mit einem Hotelzimmerschlüssel öffnen‹. Zimmer 103 stellte sich als ein recht ordentliches Zimmer mit einem breiten Doppelbett heraus.

„Was suchst du denn hier?", knurrte Anielda. Sie hatte es nicht gerne, wenn Kramer sie, aus welchen Gründen auch immer, in ein Zimmer mit Doppelbett dirigierte.

„Ich möchte wissen, mit wem Brigitte Auler hier geschlafen hat."

Also durchstöberten sie Papierkorb, Abfalleimerchen im Bad, Kleiderschrank und Schubladen unter dem Fernseher. Vergeblich. Als sie gemeinsam die Köpfe unter das Bett steckten, meinte Anielda spöttisch: „Auf dem Bett ist es bequemer."

„Sag bloß, wir sollten es ausprobieren."

„Untersteh' dich", drohte sie. „Wer, glaubst du, hat denn hier mit dieser Brigitte Auler übernachtet?"

„Er heißt aller Wahrscheinlichkeit nach Martin Jörgel und ist der Stiefvater deiner neuen Freundin Claudia Frenzen."

„Freundin?"

„So intensiv, wie ihr euch unterhalten habt."

„Na ja. Du hast sie mächtig beeindruckt mit dem, was du über Neutaxi und die Senioren erzählt hast."

Die Putzmannschaft hatte gründlich gearbeitet, und das Bett war frisch bezogen und darunter gründlich gesaugt. Anielda und Kramer machten kehrt. „Du gehst raus und läßt Claudia nicht länger zappeln."

„Ach nee. Und welche Freundin besuchst du?"

„Ich kenne sie noch nicht, aber ich hoffe, sie arbeitet im Büro und hat Zugriff auf den Reservierungscomputer."

Beides traf zu, laut Schildchen am Revers ihrer Uniformjacke hieß sie Andrea Witte, war adrett, freundlich, hilfsbereit und noch zu jung, um das nötige Misstrauen bereits erworben zu haben. Nachdem Kramer sich als Andreas Jörgel vorgestellt hatte, der sich angeblich am Donnerstag Abend hier mit seinem Bruder Martin Jörgel treffen wollte, glaubte sie ihm jedes Wort.

„Martin Jörgel, einen Moment bitte. Der Computer lief und sie tippte eifrig. „Doch, der ist gekommen."

„Mit seiner Freundin Brigitte? Die segelten doch jede Woche einen Tag."

„Richtig. Aber am Donnerstag war der Wind nicht so günstig. Ziemlich heftige Böen. Da sind einige unserer Gäste, die sonst auch rausfahren, wenn es junge Katzen hagelt, im Hotel geblieben."

„Dann hätte der krumme Hund ruhig auf mich warten dürfen", beschimpfte er den nicht existierenden Verwandten.

„Ja", stimmte sie zu und schaute wieder auf den Bildschirm. „Ihr Bruder hat noch am Donnerstag ausgecheckt."

„Ich glaub's nicht! Zusammen mit Brigitte?"

„Das weiß ich nicht. Er hat mit Kreditkarte das bestellte Zimmer bezahlt; ob sie mit ihm fortgefahren ist, kann ich nicht sagen."

„War denn was los an dem Tag, ist was Ungewöhnliches oder Aufregendes passiert?"

„Nein, nichts."

Kramer beugte sich vor, um leise sprechen zu können. Sie benutzte ein sehr angenehmes, dezentes Parfüm. „Dann weiß ich, was vorgefallen ist, er wird sich erinnert haben, dass er mir noch siebentausend Euro schuldet, die ich an dem Abend eigentlich wiederhaben wollte."

„Bei der Summe würde ich auch flüchten", gab sie leise zurück und lachte vertraulich. „Hat Ihr Bruder viele Schulden?"

„Ich fürchte ja", log Kramer skrupellos und sah sie fest an.

„Am Donnerstag wollte noch ein Mann mit Martin Jörgel sprechen und ist ziemlich ausgerastet, als er hörte, dass Jörgel abgereist war."

„Hat er einen Namen oder eine Nachricht für meinen Bruder hinterlassen?"

„Moment", hauchte sie und tippte etwas in den Computer ein. „Nein, nur eine Nachricht, Herr Jörgel solle sofort im ›Alten Kornhof‹ anrufen. Verstehen Sie das?"

„Danke, sehr gut sogar. Hier ist also am Donnerstag nichts Ungewöhnliches passiert?"

„Nein, nichts."

„Dann herzlichen Dank, Frau Witte. Sie haben mir sehr geholfen."

Anielda und Claudia knurrten ihn im Chor an: „Länger konntest du nicht wegbleiben, wie?"

„Nein, ich musste noch eine junge Frau herumkriegen. In meinem Alter dauert das etwas."

Claudia wollte kräftig zurückzahlen, aber Anielda bremste sie: „Hör nicht auf ihn! Er ist nur ein halb seniler sexistischer Maulheld. In Natura völlig harmlos."

Auf der Fahrt ließen ihn die beiden Hübschen seinen Gedanken nachhängen. Jörgel hatte also von der Entführung seiner Freundin Brigitte Auler nichts bemerkt oder es – aus welchem Grund auch immer – nicht für nötig gehalten, Alarm zu schlagen. Und der Besucher, der ihn nicht angetroffen hatte und ausrastete, saß wohl im ›Alten Kornhof‹. Und dort war Claudia Frenzen bei einem Erich Hilbert beschäftigt. Etwas viel Zufall, fand Kramer. Dann erreichten sie Holtzbergen.

An dem unauffälligen zweistöckigen Bau stand nur schlicht ›Biologisches Laboratorium Adam & Brettschneider‹. Das war etwas irreführend, Adam & Brettschneider machten DNA-Analysen, Fingerabdruckvergleiche, Blutgruppen- und cytologische Untersuchungen, Maden- und Insektenbestimmungen, um das Alter von Kadavern und Leichen festzustellen, und massenspektographische Messungen stabiler Isotope. Weil Kramer ein eifriger Leser der Seiten ›Forschung und Technik‹ in der Neuen Zürcher Zeitung war, die er eigens deswegen abonniert hatte, wusste er seit kurzem, wie man damit unter anderem herausbekam, ob der angeblich echte Parmesankäse aus der Milch von Kühen stammte, die wirklich südlich des Alpenkamms gegrast hatten, ja, sogar die Höhe der Weiden ließ sich pi mal Daumen feststellen. Adam & Brettschneider wurden von vielen kleineren Importeuren beschäftigt, die sich eigene Labors nicht leisten konnten. Auch das Landeskriminalamt, Ordnungs- und Gesundheitsämter und Polizeipräsidien nutzten den Sachverstand der Mitarbeiter für histologische Gutachten zur Identifizierung von Erregern oder zur toxikologischen Messung und Suche nach Giften, zur Altersbestimmung von Leichen, die von Ameisen, Raupen und Würmern besiedelt wurden. Eine zeitlang hatten sie auch sehr gut an Vaterschaftsbestimmungen mittels DNA-Analyse verdient. Die Zahl der zweifelnden und damit zahlungsunwilligen Väter war enorm gewachsen; ob zu Recht oder Unrecht, hätte Kramer gerne gewusst; doch diese Auskunft hatte man ihm bei Adam & Brettschneider nicht geben wollen. Auf seinen langen und teils sehr ermüdenden Observierungstouren hörte Kramer viel Radio, unter anderem auch, um nicht einzuschlafen, und aus einer Sendung wusste er, dass die Firma Adam & Brettschneider seit neuestem Maden – oder waren es Egel? – züchtete, die aus vom Wundbrand bedrohten Verletzungen die gefährlichen Keime herausfraßen, das gesunde Fleisch aber nicht schädigten. Auch Kramers frühere Firma, bei der er gelernt und jahrelang gearbeitet hatte, ›Heumann & Weiden Import und Export‹, in der Branche spöttisch ›Heu und Gras‹ genannt, eine winzige Import- und Exportfirma, die auf landwirtschaftliche Produkte spezialisiert war, hatte regelmäßig die Dienste von Adam & Brettschneider in Anspruch genommen.

Iris Brettschneider grinste breit und ehrlich erfreut über das ganze Gesicht. Kramer hatte noch nie eine Frau mit so vielen Sommersprossen getroffen und jede einzelne leuchtete so rot, als würde sie jeden Morgen eigens geputzt und poliert. „Sieh mal an, unser Sherlock Holmes. Immer noch drogenfrei? Was können wir für dich tun?"

„Feststellen, ob sich auf diesen drei Büchern die Fingerabdrücke dieser jungen Dame neben mir befinden. Das Ergebnis muss gerichtsfest sein. Die anderen Fingerabdrücke auf den Buchumschlägen könnten helfen, Verbrecher zu identifizieren und zu überführen. Außerdem ein gerichtsfestes DNA-Gutachten, ob diese drei losen Haare mit Wurzeln vom hübschen Haupte dieser jungen Dame stammen."

„Alles klar. Wie geht es dir sonst?"

„Danke, gut, dir hoffentlich auch."

„Ich kann nicht klagen, Rolf."

Claudia murrte, weil ihr die Fingerabdrücke abgenommen wurden, was ihre zarten Fingerkuppen beschmutzte und sie danach etwas Speichel für ein Wattestäbchen hergeben musste. Es verlief alles sehr undramatisch.

Anielda hatte es vorgezogen, im Auto zu warten, sie mochte den rothaarigen und sommersprossigen Temperamentsbolzen Iris Brettschneider nicht leiden, der sie nicht verzeihen konnte, dass Kramer sie beruflich bedingt sehr viel länger kannte als seine Flurnachbarin. Anielda war halt eine Spur schwierig und nicht unbedingt logisch oder berechenbar. Immerhin zog es sie in ihr Büro, und Kramer konnte sie vor dem Ruhlandhaus absetzen, bevor er mit Claudia in die Kapuzinergasse fuhr. Claudia war noch etwas eingefallen, und das bedrückte sie regelrecht.

„Rolf, ich vermisse meinen Ring."

„In deinem Gefängnis war er wohl nicht mehr."

„Nein, er wäre mir beim Waschen und Duschen aufgefallen."

„Das tut mir leid."

„Es ist wirklich schade. Du würdest mir einen großen Gefallen tun, wenn du ihn wiederfinden könntest."

„Wann hast du ihn zuletzt getragen?"

„Als ich in meiner Wohnung vor dem Computer saß und dann den beiden Maskierten die Tür geöffnet habe."

„Ganz sicher?"

„Hundert pro."

„Dann lässt sich leicht erklären, Claudia, wo er geblieben ist. Die Kidnapper mussten deinem Stiefvater eine Art Erkennungszeichen oder Beweis präsentieren, damit er sehen konnte, dass sie dich tatsächlich in ihrer Gewalt hatten."

„Den Ring will ich wiederhaben", trotzte sie und schaute ihn finster von der Seite an. „Du meinst, Martin Jörgel hat ihn jetzt?"

„Wenn er klug war, hat er ihn sofort weggeworfen, damit man das Stück bei ihm nicht finden kann."

„Das wird der Schuft teuer bezahlen."

„Ich mache mich auf die Suche, wenn du mir auch hilfst."

„Und wie?"

„Ich würde gern zwei Dinge wissen: Wie bist du zu deinem Job bei Hilbert gekommen? Und kann es sein, dass sich Hilbert und Martin Jörgel kennen?"

Ihren Chef Hilbert wollte Claudia vierteilen, weil er behauptet hatte, ein junger Mann hole sie nachmittags vom ›Alten Kornhof‹ ab. Martin Jörgel musste um sein Leben bangen, und was hatte sie sich für den ungläubigen Lars und die untreue Freundin Nora ausgedacht?
„Wir sehen uns dann morgen bei mir im Büro."
„Alles klar."
Was immer Achim Starke und sein Kumpel Heinz in der Ferdinandstraße angestellt hatten, war für einen Bericht in einer Tageszeitung zu spät geschehen, und deshalb stellte Kramer im Autoradio das Stadtradio ein, einen privaten Sender mit unglaublich viel und dämlicher Werbung und noch scheußlicherer Pop-Musik. Die Ferdinandstraße lag im Nordosten nicht weit vom Kanalhafen, und als Kramer in Sichtweite des Hochhausgerippes einen Parkplatz hinter einem giftgelben, für jugendliche, noch im Wachsen begriffene Zwerge konstruierten Kleinstwagen, gefunden hatte, begann im Radio auch ein Magazinbeitrag zum nächtlichen Doppelmord in der Ferdinandstraße. Bauarbeiter hatten bei Arbeitsbeginn zwei männliche Leichen im achten Stockwerk gefunden. Beide Männer waren durch je zwei Schüsse in Brust und Herz aus nächster Nähe getötet worden, und jetzt, nach Auswertung der Fingerabdrücke, stand auch deren Identität fest. Bei der Polizei waren sie keine Unbekannten, beide vorbestraft wegen schwerer Körperverletzung, räuberischer Erpressung und Diebstahl. Wie es hieß, arbeiteten sie zur Zeit als Geldeintreiber für eine Unterweltgröße, die wegen ihrer Namensinitialen ›KK‹ als der ›Kartenkönig‹ bekannt war. Natürlich leugnete Karl Kochta vehement, den ›Schlitzer‹ und den ›Boxer‹ zu kennen, geschweige denn beauftragt zu haben, von einem säumigen Schuldner Geld einzutreiben. Die Namen Achim Starke und Heinz Dusiak fielen in

dem Beitrag nicht; der von einer sehr forschen Reporterin interviewte Polizeisprecher eierte ziemlich herum. Kramer hatte den Eindruck, dass die Kripo völlig im Dunkeln tappte. „Man muss jetzt abwarten, was die ballistische Untersuchung der Geschosse ergibt." Ein genial kluger Satz. Kramer stieg aus und sah sich den unfertigen Hochbau an, von dem erst ein Stahlgerippe stand. Die Kriminaltechnik war natürlich längst abgezogen.

Aus dem giftgelben Winzling vor seinem Wagen schlängelte sich geschickt und schnell eine junge, brünette, überschlanke Frau heraus. Kramer erschien es so, als müsse sie sich im Freien auseinanderfalten; auf der Fahrertür stand in schwarzer Schrift ›Stadtradio‹.

„Guten Tag", sagte er höflich. „Ich habe gerade Stadtradio gehört. Gibt es noch etwas Neues?"

„Nein", zischelte die Brünette. „Können Sie mir was erzählen?"

„Gern", knurrte Kramer, „ich habe hier ein Büro gemietet, weil ich aus meinem alten zum 30. September raus muss, und deswegen hoffe ich natürlich, dass dieser Doppelmord den Bau nicht verzögert."

Sie sah ihn neugierig an „Es gibt noch keine Spur von dem Täter?"

„War es ein Einzeltäter?"

„Da bin ich überfragt."

„Steht der Rohbau eigentlich immer offen?"

„Ja. Wollen Sie nach oben?"

„Danke, nein, danke. Ich habe heute schon meine Morgengymnastik absolviert." Er bemühte sich, von hier unten den Büroverschlag des Bauleiters zu erkennen, aber vergeblich, die Bude stand zu weit innen. Wenn sich Dusiak wirklich in der Kiste verborgen hatte, war kein Grund einzusehen, wie und warum Schlitzer und Boxer ihn von der Straße aus dort oben entdeckt haben sollten. Es sei denn, sie waren ihm unmittelbar auf den Fersen gewesen, als er in seiner Panik abbog, in den Rohbau stürmte und begann, die Treppen hochzuhasten. Wie hatte Starke die Geldeintreiber ein Stockwerk tiefer überrumpelt?

Die Überschlanke faltete und klappte sich wieder zusammen und verstaute sich in dem giftgelben Winzling. Schon bei der Vorstellung, er müsse sich auf den Beifahrersitz klemmen, überschwemmte Kramer ein massiver Anfall von Klaustrophobie.

Die Wolterstraße war eine breite, häßliche Straße, die vor dem Bau der Mingenbacher Umgehung als Zubringer zur Autobahnauffahrt Nord gedient hatte. Dafür hatte man alle alten Bäume gefällt, und jetzt wieder junge Bäume angepflanzt, die vor sich hinmickerten. Das Haus Nummer 44 hatte drei Stockwerke und unter dem Dach eine Wohnung. A. Starke wohnte in der ersten Etage. Wenn bei dieser Entführung alles so ablief wie bei Claudias Kidnapping, dann hockte Starke zur Zeit im Zünderhof vor dem Fensehschirm und beobachtete den Gefängnissaal und ihr allmählich aufwachendes Opfer. Deswegen riskierte Kramer, Parterre bei der Familie Gottlieb zu klingeln und sich nach Achim Starke zu erkundigen, den er „unbedingt sofort sprechen müsse". Die mittelalterliche Frau Gottlieb, in eine geblümte Kittelschürze gehüllt, betrachtete Kramer wenig erfreut. Immerhin ließ sie sich zu einer Auskunft herab. „Tut mir leid, soviel ich weiß, ist Herr Starke verreist."

„Sie wissen nicht zufällig, wohin? Und wann er zurückkommen wird?"

Wie erwartet, schüttelte sie nur den Kopf. „Das ist ja wirklich zu blöd. Ausgerechnet jetzt. Frau Gottlieb, kennen Sie zufällig Starkes Freundin, damit ich die mal aufsuchen kann?"

„Nein. Was ist denn so eilig, dass es nicht bis zu seiner Rückkehr warten kann?"

Ja, das war eine gute, aber auch gefährliche Frage. Kramer holte eine seiner Fantasie-Visitenkarten heraus: ›Benedikt Arndt, Neustadt an der Ulitz, Grundstücke und Immobilien‹. „Herr Starke war einmal bei mir in Neustadt und hat sich ein Grundstück angesehen."

„Will er bauen?"

„Ja, ich glaube, er hat große Pläne."

„Die hat er immer", unterbrach ihn die Frau resolut. „Große Pläne und mageres Konto. Fallen Sie bloß nicht auf ihn herein. Erst Geld, dann Ware. Wir haben so unsere Erfahrungen mit Herrn Starke. Der und ein Grundstück kaufen? Vergessen Sie's lieber. Auf Wiedersehen." Die Tür wurde Kramer vor der Nase energisch zugeschlagen. Na, man konnte nicht immer Glück haben. Er stieg zwei Treppen hoch und schellte bei Elvira Eichholz. Ein sehr melodisches Gebimmel. „Komme schon!", flötete drinnen eine erotisch klingende und viel versprechende Frauenstimme, und als die Tür aufgerissen wurde, staunte Kramer mit offenem Mund. Vor ihm stand eine blondgelockte Pin-Up-Schönheit in einem sehr durchsichtigen Hausmantel, präsentierte blutrot lackierte Fuß- und Fingernägel, außerdem eingehüllt in eine Parfümwolke, die er umgehend als Veilchen und Patschuli identifizierte, auf dem Busen die beiden eingestickten Buchstaben ›E. E.‹ Die Blondine staunte ihn mit offenem Mund an – ihre Zähne waren so perfekt wie der Rest der Dame – und flüsterte gekonnt in Bühnenlautstärke. „Oh, dich habe ich nicht erwartet."

„Ich bin auch gleich wieder weg, wenn ich störe", antwortete Kramer laut. „Ich suche nur Achim Starke."

„Der ist verreist."

„Das habe ich befürchtet, es ist aber sehr dringend. Wissen Sie zufällig, ob er eine Freundin hat, die mir weiterhelfen kann?

Ich müsste ihn unbedingt heute noch sprechen." Dass sie mit ›Sie‹ angeredet wurde, amüsierte sie sichtlich. Sie schüttelte heftig den Kopf, und Kramer kämpfte erfolgreich gegen den Versuch an, ihn mittels Veilchen und Patschuli zu betäuben.

Dann ging alles rasend schnell. Er hörte hinter sich ein merkwürdiges schnaufendes-knisterndes Geräusch, das er sich nicht erklären konnte, wollte sich noch umdrehen, aber erhielt vorher einen fürchterlichen Schlag über den Rücken, als wolle ihm jemand beide Schulterblätter zertrümmern. Es warf ihn nach vorn, er versuchte noch, sich am Türrahmen festzuhalten, rutschte aber mit beiden Händen ab und kippte nach vorn, direkt auf die E.E.-Blondine zu, die zwar noch ihren Mund wie zu einem Warnschrei aufgerissen hatte, aber keinen Ton mehr herausbrachte. Das war dann auch nicht mehr nötig, Kramer knallte so heftig gegen sie, dass auch sie prompt das Gleichgewicht verlor und nach rückwärts in ihre Wohnungsdiele fiel. Kramer folgte unfreiwillig ihrer Bewegung, an ihrem prachtvollen Busen wie festgekettet, und als sie mit einem schauerlichen Platsch auf dem Fußboden landete, legte er sich prompt auf sie, was seinen Aufprall spürbar abmilderte. Sie stieß einen kurzen Schrei aus, als würde ihr die letzte Luft aus dem Brustkasten gepresst. Vielleicht war sie Bodenturnerin oder Ringerin oder Catcherin und hatte Stürze trainiert, sie brach sich jedenfalls nichts, gut möglich, dass der obere Teil ihres Skeletts aus Hartgummi bestand, was ihr in ihrem Job das Leben erleichterte. Sie wurde auch nicht ohnmächtig, als ihr Hinterkopf lautstark auf den Teppichboden klopfte, sondern rollte sich so geschickt zur Seite, dass Kramer von ihr herunterrutschte und sich dabei auch auf den Rücken drehte. Erst jetzt konnte er seinen Angreifer sehen, der in der Tür stand und die großen gelben Zähne fletschte wie ein gereizter Gorilla, wodurch er ausgesprochen albern aussah, so sehr, dass Kramer trotz des Un- respektive Umfalls laut lachen musste; was den Gorilla anscheinend mächtig ergrimmte. Er grunzte und hob elegant den Fuß, um zuzutreten, womit er die Geduld der Blonden restlos erschöpfte. Sie trat ihm mit einem Fuß zielsicher gegen das Schienbein, Kramer hätte ihr soviel Kraft in dieser ungünstigen Lage gar nicht zugetraut, der Gorilla wankte und verlor, weil sich ein Fuß in der Luft befand, das Gleichgewicht und stürzte ebenfalls halb in die Diele, halb ins Treppenhaus. Nun war Kramer, der sich im Ernstfall auf seine Reflexe verlassen durfte, schon zur Seite gerollt, sie krabbelte mit einer einzigen Bewegung auf ihn und machte Platz für den umstürzenden Riesen, der, wie sich herausstellte, selbst für diese Wohnung etwas zu groß ausgefallen war. Mit einem mitleiderregenden Bummser sauste seine Stirn gegen eine Dielenwand, der größere Rest des Körpers blieb zuckend im Treppenhaus liegen. Und dann kehrte Ruhe ein. Sie presste sich an Kramer, was bis auf das Patschuli ganz angenehm war, und murmelte: „Jetzt haben wir viel Zeit."

„Wer ist das denn?"

„Ach, der. Um den musst du dich nicht kümmern. Der wohnt über mir und möchte gern mein Zuhälter werden. Aber was nutzt mir ein Beschützer, den ich mit einer Hand k.o. schlagen kann. Oder der immer im falschen Moment auftaucht. Was meinst du, wieviel zahlungskräftige Kunden der mir schon vergrault hat." Dabei ging ihr Atem so ruhig und gleichmäßig, dass Kramer ihr jedes Wort glaubte.

„Hör mal!", sagte er eilig. „Damit es keine Missverständnisse gibt. Ich suche wirklich nur Achim Starke oder jemanden, der weiß, wie und wo ich ihn ganz schnell erreichen kann. Er schuldet mir eine Menge Geld und könnte jetzt auf die Schnelle ein sehr gutes Geschäft machen."

157

„Und du könntest kassieren, wie?"

„Wenigstens einen großen Teil, ja."

„Seine Freundin heißt Schlüter, Helene Schlüter. Nein, wo sie wohnt, weiß ich nicht. Sie ist meine Kosmetikerin."

„Dann verrate mir doch bitte noch, wo sie arbeitet."

„Im ›Salon Miranda‹, Potsdamer Platz neben der Galerie Schaumann."

„Wie lange hat der Salon heute auf, weißt du das zufällig?"

„Für angemeldete Kunden bis 20 Uhr. Willst du noch schöner werden?"

„Geht das überhaupt noch? Aber so, wie du aussiehst, brauchst du doch auch keine Kosmetikerin."

„Danke für die Blumen. Aber wie sagt der Autobesitzer? Lackpflege erspart Rostflecken."

„Ich muss mich für deine Hilfe bedanken."

Sie rappelte sich auf, der nur von einem Stoffgürtel gehaltene Hausmantel bot erfreuliche Einblicke, und Kramer ließ sich gerne hochziehen. Er war verblüfft über ihre Kräfte, ihre Geschicklichkeit und Gelenkigkeit. Sein Rücken und sein Knochengerüst hätten einen solchen Sturz nicht ohne Brüche oder schwere Prellungen überstanden.

Nur für alle Fälle versuchte er es noch in der Nachbarwohnung. Doch da wurde die Tür nicht geöffnet, sondern nur einen Spalt weit aufgezogen, durch zwei Sperrketten gesichert. Ein dunkles Gesicht schaute ihn an und nachdem er mit vier Sprachen keine Verständigung hatte herstellen können, verließ er das Haus.

Den Potsdamer Platz und den ›Salon Miranda‹ schenkte er sich für heute.

Dritter Samstag

Auf dem Weg ins Büro kaufte er die drei örtlichen Tageszeitungen. Der Doppelmord in der Ferdinandstraße machte Schlagzeilen, wie nicht anders zu erwarten, aber die Artikel waren dünn und dürftig. Die Identität der beiden Opfer stand zweifelsfrei fest. Der Kartenkönig bestritt weiterhin hartnäckig, die beiden Toten gekannt zu haben. Erst recht hatte er sie nicht auf einen säumigen Zahler angesetzt. Das Morgenecho, der lokale Konkurrent der BILD-Zeitung, hatte es wieder einmal geschafft, sich Fotos zu besorgen und war dann doch vorsichtig genug gewesen, über die Gesichter der beiden am Boden liegenden Männer schwarze Balken zu drucken. Kramer schnitt das Bild aus und suchte sich aus den Zeitungsüberschriften passende Wörter heraus, die er zu einem kleinen Text neben den Bildern zusammenklebte: „Gute Arbeit, Achim. Heinz bedankt sich." Das Kunstwerk steckte er in einen Umschlag und adressierte ihn in großen, krakelig gemalten Druckbuchstaben an Frau Hauptkommissarin Caroline Heynen, Referat 111, Polizeipräsidium, Postfach. Es reichte natürlich nicht, Starke zu überführen, aber es sollte ja auch nur für die Kripo ein Hinweis darauf sein, dass es Zeugen gab. Und auf diese Weise verhinderte er, dass Caro ihn erkannte, vorlud und er dann die Wahrheit sagen musste. Die Reste entsorgte er sorgfältig. Anielda besaß Schlüssel zu seinem Büro und musste nicht über verdächtiges Material stolpern. Auch seine nächste Besucherin nicht.

Claudia erschien pünktlich um 10 Uhr in Kramers Büro und schwenkte einen großen Briefumschlag. „Ich war noch fleißig gestern."

„Was ist das?"

„Schau selber nach."

Sie hatte gestern am Computer ein ausführliches Tagebuch ihrer Entführungshaft mit erstaunlich vielen Details und Dialogen verfasst, vor allem genau beschrieben, wie sie mit Hilfe eines Medikamentenschildchens und der Geräusche von Flugzeugen den möglichen Standort ihres Gefängnisses herausgefunden hatte, und hatte dann aus ihrer Sicht in allen Einzelheiten beschrieben, wie sie und Rolf Kramer den Zünderhof entdeckt und ›inspiziert‹ hatten, bis hin zur Ablieferung von Fingerabdrücken, Büchern, Haaren und Speichelprobe in Holtzbergen bei der Firma Adam & Brettschneider. „Prima, das verkürzt das Verfahren." Kramer war ehrlich begeistert und schaltete seine Maschine an, überspielte den Stick und schrieb dann in Kursiv seine Version und Ergänzungen in ihren Text hinein, druckte aus und trank genussvoll seinen Kaffee. Als nette Kundin hatte sie sich angeboten Kaffee zu kochen, während er tippte, und der Henker mochte wissen, wie sie das gemacht hatte, ihr Kaffee schmeckte eindeutig besser als das schwarze, zwar heiße, aber meist muffig oder bitter schmeckende Gebräu, das ihm so gelang. Der Drucker spuckte alles brav aus, sie las das fertige Produkt gespannt, weil sie manche Episoden auch noch nicht kannte. Kramer hatte in seinen Ergänzungen verschwiegen, dass er Wanzen im Zünderhof versteckt hatte, hatte auch nicht erwähnt, dass er Zeuge geworden war, wie ein weiteres Entführungsopfer in den Gefängnissaal gebracht worden war und hatte vor allem mit keinem Buchstaben angedeutet, wer das war. Zusammen mit den Bildern, die er gestern hergestellt hatte, war es ein richtiges kleines Dossier geworden, das bei einer Anzeige eigentlich den Polizeiapparat unverzüglich in Bewegung setzen musste.

„Kennst du einen Achim Starke?"

„Nein."

„Aber eine Helene Schlüter?"

„Ja. Sie war Arzthelferin bei unserem Hausarzt Dr. Maxeiner."

„Und warum ist sie das nicht mehr."

„Maxeiner hat aus Altersgründen aufgehört und seine Praxis an einen jungen Kollegen verkauft, der sich eine Helferin nicht leisten konnte; seine Frau hat die Arbeit übernommen. Die schöne Helene hatte wohl gehofft, Jörgel würde ihr helfen oder sie sogar heiraten, schließlich lag sie mit ihm im Bett, als meine Mutter starb. Aber Jörgel hat sie eiskalt abserviert."

„Sagst du mir auch noch, wie du an den Job bei Hilbert gekommen bist?"

„Über das Arbeitsamt. Ich brauchte eine Halbtagsstelle, weil ich Zeit für's Schreiben behalten wollte, und er suchte eine Hilfskraft für seine Post. Wir haben uns auf Anhieb gut verstanden."

„Wusste Hilbert, dass du einen Stiefvater namens Martin Jörgel hast?"

„Ich hab's ihm später mal erzählt, als er mich nach meinen Eltern fragte."

„Kannte er Jörgel?"

Claudia zupfte an einer Haarsträhne. „Komisch, dass du mich das fragst."

„Wieso komisch."

„Ich habe ihn auch gefragt: Kennen Sie zufälig meinen Stiefvater?, und er hat verneint, dabei aber ein ganz merkwürdiges Gesicht gemacht. Heute denke ich, er kannte Jörgel zu der Zeit nicht, aber er hatte von ihm und ›Frenzen Filtertechnik‹ gehört."

Das konnte gut hinkommen.

Nach Lars Urban und Nora fragte Kramer vorsichtshalber nicht. Natürlich würde Claudia versuchen, mit diesem Material ihren Lars von ihrer Treue und Wahrheitsliebe zu überzeugen, aber sie versprach, erst zur Polizei zu gehen, wenn er – Kramer – grünes Licht dazu gab. Hoch zufrieden zog sie ab, voller Vorfreude auf eine Versöhnung, die auch eine Nora von Welsen nicht stören sollte.

Die Autobahn war fast leer. Er bummelte bis Betzlingen, stieg am Markt aus und schaute wegen eines nun vertrauten Geräusches zum Himmel. Eine feuerrote Maschine schleppte ein schneeweißes Segelflugzeug mit fast unglaublicher Spannweite über ihn hinweg.

Er überlegte, ob er noch einmal zum Flughafen fahren und sich nach der netten Annegret von der Birke umsehen sollte. Aber dann erinnerte er sich daran, warum er nach Betzlingen gefahren war.

Die Akkus in den Wanzen waren auf etwa 40 Stunden Betriebszeit ausgelegt. Und die Batterie im Transporter sollte mit dem Verstärkungsakku 72 Stunden durchhalten.

Der Transporter stand unberührt in seinem Versteck, und als Kramer die Tür öffnete, brannte das orangenfarbene Kontroll-Lämpchen: Mindestens eine Wanze sendete gerade. Er setzte sich vor die Schalttafel und nahm das Mithörgerät in Betrieb. Ein Mann sagte gerade mit ruhiger Stimme: „… alles wunderbar. Die Geldübergabe findet aller Voraussicht nach am Donnerstag statt. Am Donnerstag und am Freitag brauchen wir einige Stunden, um die Scheine zu prüfen. Sie verstehen sicher: Wir wollen kein Falschgeld und keine markierten oder chemisch präparierten Scheine kassieren. Dass die Bank oder Ihre Eltern die Seriennummern notiert haben, obwohl sie uns das Gegenteil versichern werden, wissen wir. Das stört uns auch nicht. Wenn alles glatt über die Bühne geht, wird für Sie spätestens am Samstag Ihr Gastspiel bei uns zu Ende sein."

„Warum sollte nicht alles glatt über die Bühne gehen. Mein Eltern werden sich an alles halten, was Sie fordern." Kramer kaute beunruhigt auf seinen Lippen. Eine Frau, deren bis zum Überschlagen angespannte Stimme panische Angst verriet. Kramer schätzte die Sprecherin auf Mitte dreißig. Eine leicht kratzige, etwas heisere und belegte Altstimme, die nicht sehr schön klang. Aber die Geräte waren nicht auf Hi-Fi-Wiedergabe ausgelegt und verfälschten vor allem durch die zweimalige Invertierung der Sprach-Seitenbänder Timbre, Klang und Stimmhöhe.

„Hoffentlich. Aber man weiß ja nie. Wir hatten einmal einen weiblichen ›Gast‹, eine hübsche junge Frau, für die ein Stiefvater Lösegeld zahlen sollte. Wissen Sie, was der Arsch getan hat? Er hat einfach nicht reagiert und später dreist behauptet, er habe von uns nie eine Geldforderung erhalten." Woher wollte der Mann das wissen?

„Was haben Sie mit dieser Frau angestellt?", erkundigte sich die Entführte.

„Unwichtig." Kramer nickte, diese Antwort kannte er durch Claudia. Bevor er den Transporter verließ, wechselte er die digitalen Speicherbausteine gegen neue ICs aus. Zwar hatten alle noch viel freie Speicherkapazität, aber wenn der Teufel wollte, interessierte sich ein Schwachkopf für diese Schrottkiste auf Rädern, versteckt am Rand eines Ausgrabungsgebietes und entführte sie. Dann hatte er wenigstens einen Teil gerettet.

In seiner Brust klopften wieder einmal zwei Herzen. Der liberal gesonnene und steuerehrliche Staatsbürger Rolf Kramer war an sich gegen den Großen Lauschangriff und die Möglichkeit, ihn in seiner Wohnung akustisch oder optisch zu überwachen oder seine Festplatte unbemerkt von außen zu lesen. Der allein arbeitende Privatdetektiv konnte nicht leugnen, dass Wanzen und Miniatur-Fernsehkameras hilfreiche Erfindungen waren. Wie er diesen Zwiespalt auflösen sollte, wusste er nicht, und quasi zur Strafe oder Selbstgeißelung begann er nach der Rückkehr seine Wohnung aufzuräumen und zu putzen. Nach einer Viertelstunde war genug der Buße getan. Für ihn war der Fall noch lange nicht abgeschlossen, aber Claudias Auftrag war erfüllt, Lars Urban würde ihr sicherlich jetzt glauben, der Nachbarschaftssegen hing bald wieder gerade, für weitere Recherchen musste sie nicht löhnen. Es würde ohnehin schon eine stattliche Summe zusammenkommen.

Den restlichen Nachmittag verbrachte Kramer in seinem Bastelzimmer, überspielte die digital gespeicherten Aufzeichnungen auf ein analoges Kassettenband, entschlüsselte die Zeitangaben und erklärte vor jedem Aufzeichnungsstück, wo und wann es im Zünderhof aufgenommen worden war. Er wusste, was er damit riskierte, er hatte schon einmal, um einen Mörder zu überführen, der Kripo und der Staatsanwaltschaft offenbart, mit welchen illegalen Methoden und Mitteln er manchmal arbeitete, und die Staatsanwältin Heike Saling, ein sehr flottes, aber leider auch sehr paragrafengläubiges Weib, das sich von Kramers Charme partout nicht einwickeln ließ, hatte ihm klipp und klar erklärt, dass sie diesmal noch ein Auge zudrücken werde, dass ihre Geduld damit aber erschöpft sei. Für alle Fälle kopierte er die fertige Kassette und den gemeinsamen Claudia/Kramer-Bericht. Anielda murrte, als er sie anrief und fragte, ob sie die Unterlagen sofort bei ihrer neuen Freundin Claudia vorbeibringen könne: „Zur Belohnung darfst du auch meinen Kaktus umtopfen. Klar, ich gehe sofort los und besorge frische Erde." Was jede normale Frau empört ablehnen würde, nämlich einen sehr stacheligen Riesenkaktus umzutopfen, machte der verhinderten Gärtnerin Anielda riesigen Spaß, und wenn Kramer nicht aufpasste, erwischte es den armen Mesquita Mexicano an seinem Wohnzimmerfenster alle drei, vier Wochen. Zum Schluss bot er Anielda an, am Montag das Angenehme mit dem Nützlichen zu verbinden. Wie versprochen zog er noch einmal los, warf den Brief an Caro ein, besorgte frische Erde, Dünger und in seiner Lieblingsmetzgerei Zwiebelmett und nebenan frische Brötchen. Wein gab es immer genug im Keller. Seit Wochen lagen neben dem CD-Spieler noch nicht ausgepackte CD's mit Violinkonzerten von Josef Myslivecek. Es wurde ein sehr angenehmer, wenn auch etwas feuchter Abend.

Dritter Sonntag

Das Telefonverzeichnis enthielt nur einmal H. Schlüter in der Steigerwaldstraße 88, und weil Kramer nichts Besseres zu tun wusste, setzte er alles auf eine Karte, besorgte im Hauptbahnhof einen großen, unverschämt überteuerten Strauß Blumen und fuhr in die Steigerwaldstraße. Nummer 88 war ein zehnstöckiges Hochhaus, wahrscheinlich nur Einraum- und winzige Zweiraumwohnungen. An der Haustür zählte er 51 Schildchen und Klingelknöpfe. Im sechsten Stock gab es eine oder einen H. Schlüter. Er klingelte mehrfach Sturm, aber niemand meldete sich. Also drückte er auf gut Glück einen danebenliegenden Klingelknopf, und zwei Minuten später geschah ein Wunder. Der Öffner schnarrte, die Gegensprechanlage blieb stumm. Kramer fuhr mit dem Aufzug in den sechsten Stock und klingelte vorsichtshalber noch einmal bei H. Schlüter, dann bei den Nachbarn. Ein junge Dame machte auf, Kramer schätzte sie auf höchstens achtzehn, ein hübsches, aber viel zu vertrauensseliges Kind in einem Sportdress.

„Frau Schlüter – nein, die ist nicht da."

„So ein Pech aber auch. Jetzt habe ich einmal an ihren Geburtstag gedacht und prompt werde ich meine Blumen nicht los." Sie kicherte schadenfroh, Kramer fand, ein so junges und so proper aussehendes Mädchen sollte nicht eine so schrille Stimme haben. Außerdem schien sie boshaft und tückisch zu sein: „Wenn Sie in einer Stunde wiederkommen, ist der Herr Dusiak vielleicht da."

„Wer?", fragte er verdutzt.

„Frau Schlüters Freund, Herr Dusiak, er wohnt zur Zeit hier in ihrer Wohnung."

„Woher kennst du – Entschuldigung – kennen Sie Herrn Dusiak?"

„Ich habe in seiner Firma an der Automeile meinen ersten Wagen gekauft. Leider nur ein gebrauchtes Auto." Es zerriss ihr fast das Herz. Ein gebrauchtes Auto, sie volljährig, und kein neuer Schlitten vor der Haustür. Kramer litt mit ihr und drückte ihr zum Trost die Blumen in die Hand. „Da, nimm. Sie verwelken sonst, bis Helene zurückkommt. Wissen Sie zufällig, wohin meine Bekannte gefahren ist?"

Die Gebrauchtwagenfahrerin schüttelte nur den Kopf, nahm die Blumen mit einem kaum verständlichen „Danke" ab und schmetterte Kramer die Wohnungstür vor der Nase zu. Na ja: ein römischer Cäsar hatte mal über seine Gegner gesagt. „Sie mögen mich hassen, solange sie mich nur fürchten." Ähnliches galt ja auch für ihn: „Sie mögen über mich lachen, solange sie mir sagen, was ich wissen will." Dusiak tat gut daran, den Kassierern des Kartenkönigs nicht in die Finger zu laufen, erst recht nicht nach dem Doppelmord in der Ferdinandstraße. Sich in der Wohnung einer Komplizin zu verstecken, war nicht so schlecht. Kramer rief Claudia an und wunderte sich nicht, dass eine verschlafene Männerstimme „Ja?", gurgelte.

„Herr Urban? Rolf Kramer hier. Schreiben Sie bitte noch etwas auf in dem Dossier, das die Zukunftsseherin Ihrer Freundin gebracht hat? Es ist ein Entführungstrio. Achim Starke, Wolterstraße 44. Helene Schlüter, Steigerwaldstraße 88 und Heinz Dusiak, Kalter Weg 19. Vorsicht, einer von ihnen ist bewaffnet und schießt auch sehr gut."

Urban ließ sich die Namen und Anschriften noch einmal diktieren und versprach, gut auf Cleaudia aufzupassen. „Ja, der Riegel ist vorgeschoben. Im Moment wischt sie das Bad auf. Wir hatten eine kleine Überschwemmung, nein, keine Sorge, nichts Ernstes."

Im Auto rief Kramer bei Martin Jörgel in der Karanderstraße an. Eine der Stimme nach zu urteilen schon ältere Frau nahm ab: „Bei Jörgel."

„Guten Tag, Frau Klein, mein Name ist Kramer, Rolf Kramer. Claudia Frenzen hat mich beauftragt, bei Ihnen ihren Ring abzuholen. Sie wissen schon, den silbernen Ring mit dem flachen schwarzen Stein, den Karin Frenzen ihrer Tochter geschenkt hat."

Am anderen Ende blieb es lange Zeit still, bis Kramer sich energisch räusperte. „Wie kommen Sie darauf, dass ich den Ring habe?", fragte die Haushälterin mit zittriger Stimme.

„Ich vermute es mal. Sie wissen, dass Claudia sehr an dem Ring hängt, und deshalb haben Sie den Ring aufbewahrt, als sie ihn im Abfalleimer oder im Papierkorb gefunden haben."

„Warum holt Claudia den Ring nicht selber ab? Ich würde mich sehr freuen, das Kind wieder einmal zu sehen. Richten Sie ihr das doch bitte aus."

„Mache ich. Claudia möchte weder Martin Jörgel noch Brigitte Auler begegnen. Das verstehen Sie doch?"

Sie blubberte bekümmert.

„Außerdem hat sie im Moment wenig Zeit, sie ist mit ihrem Patenonkel Walther Lytgang bei einem befreundeten Notar, um ein neues Testament aufzusetzen." So, jetzt hatte Kramer seine ganze Namens- und Beziehungs-Munition verschossen. Hoffentlich sträubte sich Martha Klein nicht länger; zu seiner Erleichterung holte sie tief Luft, als er aufhörte: Sie gab nach. „Wann können Sie vorbeikommen, Herr Kramer?"

„Ich sitze gerade im Auto, wenn es Ihnen passt, komme ich sofort!?"

„Ja, das passt mir."

Die Karanderstraße zählte wirklich zu den besten Adressen der Stadt. Louis Melchior Karander, ein aus dem Baltikum stammender ›Privatgelehrter‹ hatte Anfang des 19. Jahrhunderts den Herzögen als Berater gedient und das Zeitalter der Industrialisierung eingeleitet. Die nach ihm benannte Straße führte am Rande des Stadtparks vorbei, der auf sein Betreiben angelegt worden war, weil die herzogliche Familie nicht wünschte, dass ihr von Linné entworfener Park neben dem Stadtschloss vom ›Pöbel‹ überlaufen werde.

Die Villen an der Karanderstraße waren riesig und standen auf riesigen Grundstücken. Mit der Pflege der Gärten waren sicher Kohorten von Gärtnern beschäftigt. Als Kramer auf die Haustür zuschritt, öffnete bereits eine grauhaarige Frau in einem weißen Kittel.

„Herr Kramer?"

„Ja, der bin ich. Guten Tag, Frau Klein."

Martha Klein zog ihn so eilig in die Diele, dass er vermutete, kein Nachbar sollte sehen, dass sie Besuch bekommen hatte. Sie musterte Kramer einige Augenblicke prüfend, griff dann in die Tasche des Kittels und holte einen Ring heraus. „Das erste Schmuckstück, das die gnädige Frau ihrer Tochter geschenkt hat."

Wertvoll sah der Ring wirklich nicht aus, recht schmal, aus mittlerweile angelaufenem Silber, mit einem flachen, schwarzen Stein, in den die Buchstaben C und F geschnitten waren.

„Wann und wo haben Sie den Ring gefunden, Frau Klein? Können Sie sich daran noch erinnern?"

„Das bleibt doch alles unter uns?" Er nickte hastig. „In einem Papierkorb in seinem Zimmer. Und wann? An einem Freitagabend, das Datum weiß ich leider nicht mehr. Ich hatte schon alles für das Wochenende zusammengeräumt, da fiel mir auf dem Teppich vor dem Schreibtisch ein zerrissener Briefumschlag auf. Herr Jörgel ist nicht sehr ordentlich, aber wehe, man leert seinen Papierkorb nicht rechtzeitig, dann gibt's Ärger. Und im Papierkorb oben auf dem Brief lag der Ring, ich habe ihn sofort wiedererkannt und eingesteckt. Doch Claudia hat sich die ganze Woche danach nicht gemeldet. Zuhause ist sie nicht ans Telefon gegangen, und im Büro war sie nicht."

„Haben Sie Martin Jörgel gefragt, wie der Ring in den Papierkorb geraten ist?"

„Nein, das habe ich nicht. Wenn er den Namen Claudia Frenzen hört, geht er an die Decke. Und ganz ehrlich gesagt, Herr Kramer, ich traue mir in meinem Alter nicht mehr zu, eine neue Stelle zu finden. Und für die Rente reicht es noch nicht."

„Wie ist der Ring eigentlich in den Papierkorb gekommen, Frau Klein?"

Sie schaute ihn beunruhigt an. „Warum wollen Sie das wissen?"

„Es ist doch ungewöhnlich, dass ein Ring, der einer aus dem Haus weggezogenen Stieftochter gehört, im Papierkorb des Stiefvaters landet, finden Sie nicht auch?"

„Ach, was heißt in diesem Haus schon ungewöhnlich, seit Frau Frenzen gestorben ist. Hier geht doch seitdem alles drunter und drüber. Erst dieses geile und freche Stück von Helene…"

„Wer bitte?", unterbrach Kramer sie resolut.

„Helene Schlüter, die Freundin des Chefs, als seine Frau starb."

Kramer glaubte, ihn trete das berühmte Pferd mit voller Wucht erst vor das Knie, dann in den Magen und zum Schluss vor den Kopf. „Meinen Sie die Frau, mit der Jörgel in einem Hotel war, als die ganze Familie im Krankenhaus von Karin Frenzen Abschied nahm?"

„Ja, genau die", bestätigte Martha Klein und schien sich keine Sekunde darüber zu wundern, dass er von diesem Skandal wusste.

„Wer ist diese Helene Schlüter eigentlich?"

„Sie müssen fragen, wer sie war", berichtigte Martha nachdrücklich.

„Okay, wer war sie? Bitte!"

„Sie war Arzthelferin bei Dr. Maxeiner, und der war Hausarzt bei den Frenzens. Kurz nach Frau Frenzens Tod hat Dr. Maxeiner sich zur Ruhe gesetzt und die Praxis wurde an einen jüngeren Arzt verkauft und der hat Helene Schlüter nicht übernommen."

„Dann kannte Helene Schlüter die Tochter Claudia?"

„Natürlich, alle Frenzens sind zu Dr. Maxeiner gegangen. Ich übrigens auch. Ich hatte damals den Eindruck, dass diese Helene die kleine Claudia ehrlich leiden mochte."

„Und Martin Jörgel hat ein Verhältnis mit Helene Schlüter angefangen?"

„Ja, hat er, dieser... dieser..." Mit Mühe verschluckte sie das Schimpfwort, das ihr auf der Zunge lag. Kramer kam eine Idee. „Frau Klein, kennt Ihres Wissens Martin Jörgel einen Hannes Hogarth?"

„Und ob. Schon lange. Sie telefonieren viel miteinander. Und manchmal fährt Jörgel nach – ich habe den Namen vergessen – in den Ort, in dem Hogarth heute wohnt."

„In Betzlingen in den Boroner Bergen."

„Genau", bestätigte sie eifrig.

„Und jetzt hat Jörgel eine neue Freundin, Brigitte Auler, nicht wahr?"

„Klar. Wenn die Firma Frenzen pleite geht und an die Aulers verkauft wird, will er sich einen Job gesichert haben."

Kramer musterte sie verblüfft. Das war so logisch und so naheliegend, dass er sich wunderte, nicht selbst darauf gekommen zu sein.

„Kennen Sie Brigitte Auler?"

„Ja, ich kenne sie schon, aber ich kann sie nicht ausstehen – sie mich übrigens auch nicht. Und deswegen treffen sich die beiden auch nicht mehr hier, sondern ..."

„... im Hotel ›Boroner Brücke‹ am Velstersee."

„Sie sind ja gut informiert", lobte Martha Klein und hörte sich zum ersten Mal ausgesprochen misstrauisch an.

„Notgedrungen. Ich habe von Martin Jörgel noch eine Menge Geld zu bekommen, und er tut so, als könne er nicht zahlen."

„Kann er wahrscheinlich auch nicht", beschwichtigte Martha. „Mir ist er zum Beispiel noch den Lohn für zwei Monate schuldig."

„Das erklärt manches. Ich danke Ihnen vielmals", verabschiedete Kramer sich eilig. „Sie haben mir sehr geholfen. Eine Frage bitte noch: wo hatte Dr. Maxeiner seine Praxis?"

„Am Leuschnerplatz in dem Haus direkt neben der Martin-Kirche."

„Großartig, Frau Klein. Und jetzt muss ich weiter. Ich bin mit Claudia zum Essen verabredet und kann ihr dabei den Ring übergeben."

„Aber nicht vergessen!"

„Nein, wo denken Sie hin!"

In der Kapuzinergasse musste er mehrfach klingeln, bis die Gegensprechanlage knackte. „Ja, bitte?"

„Claudia! Rolf hier. Ich habe was für dich."

„Dann komm mal hoch."

In der Wohnung hielt sich auch ein junger Mann auf, der zur Begrüßung etwas Unverständliches murmelte. Es konnte „Urban" heißen. Er streckte die Hand aus und sagte: „Claudia hat mir erzählt, wie Sie ihr geholfen haben. Ich möchte mich aufrichtig bei Ihnen bedanken, dass Sie einen scheußlichen Verdacht von meiner schönen und geliebten Nachbarin genommen haben." Kramer war etwas verblüfft über die eigenartige und zugleich selbstbewusste Art des Dankes.

Claudia traute ihren Augen nicht, als Kramer ihren Ring auf den Schreibtisch legte, und dann fiel sie Kramer um den Hals, was der junge Mann äußerst misstrauisch, aber doch beherrscht beobachtete. „Wo hast du den gefunden?"

„Martha Klein hat ihn aus dem Papierkorb deines Stiefvaters geholt. Ich soll dich schön von ihr grüßen und sie würde sich freuen, dich wieder einmal zu sehen."

„Und wie ist Martin an den Ring gekommen?" Bei Claudia stand im Moment jemand auf der Leitung.

„Die Entführer haben ihn dir noch hier abgezogen und als Beweis an deinen Stiefvater geschickt. Wahrscheinlich mit der ersten Lösegeldforderung noch am Freitagabend."

„Und er hat behauptet, niemand habe sich je bei ihm gemeldet und Lösegeld für mich gefordert."

„Nein, er war sofort entschlossen, keinen Finger für dich zu rühren. Wahrscheinlich war er schrecklich enttäuscht, dass die Kidnapper dich nicht ermordet haben."

„Ich bring' ihn um!", knirschte sie mit den Zähnen, die für alle hörbar noch gesund genug waren, Knochen zu zermalmen.

„Das lass mal schön bleiben. Es gibt keine Doppelzellen für Liebes- oder Ehepaare." Urban nickte zustimmend. „Claudia träumt noch von Selbstjustiz und Sippenhaft."

„Okay. Ich beherrsche mich. Aber das musst du unbedingt Onkel Walther erzählen. Dem wird schon einfallen, wie man Jörgel dafür bestraft."

Sie tastete schon das Telefon.

„Guten Tag, Onkel Walther. Hier ist Claudia. Hast du morgen vormittag Zeit für ein Gespräch mit Rolf Kramer? Ja, das ist der Mann, der mir geholfen hat, mein Gefängnis zu finden. Er muss dir was ganz Schreckliches erzählen. Danke, ich richte es ihm aus." Damit legte sie auf und meinte gelassen: „Er hat morgen den ganzen Tag Zeit für dich. Sein Büro ist im Burgmannhaus, Schwarzes Tor 33."

Urban hatte die ganze Zeit über geschwiegen und Kramer aufmerksam gemustert. Jetzt fragte er höflich: „Hätten Sie Lust, mit uns essen zu gehen?"

„Herzlichen Dank für das Angebot, aber ich möchte nicht stören."

„Stell dir mal vor: Lars hat mich in die ›Gondel‹ eingeladen und dort einen Tisch bestellt."

„Dann viel Spaß." Den Namen Ulla erwähnte Kramer lieber nicht. Man sollte auch das junge Glück nicht überstrapazieren.

Dritter Montag

◊
◊

In der Nacht hatte er wild geträumt: Er musste unbedingt einen Sack voller Geld bei der Polizei abliefern und eine Meute von Räubern war hinter ihm her, bewaffnet mit Messern, Keule und schussbereiten Pistolen. In letzter Sekunde schaffte er es noch, einem Streifenwagen zuzuwinken, der auch anhielt und ihn einlud. Die Räuber schwangen drohend ihre Fäuste, blieben aber zurück. Beim Frühstück beschloss er, den Traum als Zeichen zu nehmen und schnappte sich sein Handy. Mit der Familie Bargmann in Millsen verbunden zu werden, war kein Problem, aber dann musste Kramer mit Engelszungen reden, bis er Vater Bargmanns Zustimmung erhielt, mit ihm über die Entführung seiner Tochter Susi zu reden.

„Nein, Herr Bargmann, ich bin kein Journalist, ich bin Privatdetektiv. Nein, in unserem Job gibt es keine amtlichen Ausweise, aber wenn Sie sich erkundigen möchten, habe ich zwei Namen für Sie. Der eine lautet Heike Saling, sie ist Staatsanwältin und kann mich auf den Tod nicht ausstehen, die andere heißt Caroline Heynen, ist Erste Hauptkommissarin im Referat 111 und eine alte Freundin von mir."

„So, so!", knurrte Bargmann. „Rufen Sie mich in einer Viertelstunde wieder an?"

„In Ordnung." Bei Rita Oppermann ging es schneller. „Heute abend, ja, das geht. Okay, mein Auto ist dann vollgetankt und das Funkgerät bis oben hin geladen, mein Handy auch. Übliches Honorar?"

„Ja. Auch dann wenn es heute abend nicht klappen sollte."

„Prima. Ich brauche unbedingt neue Schuhe."

Bargmann hatte sich erkundigt: „Die Staatsanwältin liebt Sie wahrhaftig nicht."

„Beruht auf Gegenseitigkeit."

„Na, dann tanzen Sie mal an. Millsen, Mittlerer Weg 22. Ich hole Susi gegen zwölf Uhr von der Schule ab. Woher wissen Sie überhaupt, dass meine Tochter entführt worden ist?"

„Von einem Journalisten, der wie viele Kollegen der Meinung ist, man solle keine schlafenden Hunde wecken."

Den Vormittag konnte Kramer vertrödeln, einkaufen gehen und gemütlich Zeitung lesen. Um halb zwölf klingelte er an der Tür der Villa Bargmann, ausgesprochen unfreundlich begrüßt von einem Dobermann, der ihn nicht leiden mochte. Die Frauenstimme in der Gegensprechanlage riet ihm, vor dem Tor auf sie zu warten, was er gerne befolgte. Frau Bargmann war eine sportliche Brünette mit einer typischen Reiterfigur. Der Dobermann gehorchte ihr auf's Wort.

„Mein Mann und ich haben uns Ihretwegen schon heftig gezankt. Was wollen Sie eigentlich von Susi?"

„Ich weiß, dass die Kripo Susi nicht geglaubt, sie für ein zu fantasiereiches Mädchen gehalten hat, das zum Übertreiben und Ausschmücken neigt."

„Stimmt."

„Ich bin vor kurzem von einer jungen Frau engagiert worden, die ebenfalls entführt worden war und der auch keiner glauben wollte, was sie erzählte. Weil sie aber eine intelligente und aktive junge Dame ist, haben wir gemeinsam ihr ›Gefängnis‹ gefunden und beweisen können, dass ihre unglaubliche Geschichte stimmt."

„Und Sie denken, dass auch Susi die Wahrheit gesagt hat?"

„Ja, das vermute ich, und deswegen möchte ich, dass mir Susi soviele Einzelheiten erzählt, wie sie aus der Zeit behalten hat."

„Sind Sie verheiratet, Herr Kramer?"

„Nein, nicht einmal verlobt."

„Dann bekommen Sie zwei ganz dicke Küsse von Tochter und Mutter. Was glauben Sie, wie diese Geschichte unser Familienleben belastet. Die Tochter fühlt sich bestraft, weil Vater und Mutter ihr nicht glauben wollen, die Mutter ist enttäuscht, dass die Tochter in einer so ernsten Situation meint, übertreiben zu müsssen, und der Vater wirft seiner Frau vor, dass sie das Kind verzogen habe."

Kramer blieb ernst. „Dann wollen wir mal hoffen, dass ich möglichst viele Scherben kitten kann."

Susanne Bargmann sah ihrer Mutter sehr ähnlich, sie ritt auch, schwamm sehr viel und sie würde einmal ein reizender Teenager werden. Kramer baute sein Cassettengerät auf und ließ Susi frisch von der Leber weg erzählen. Die Zehnjährige war nach dem Sportunterricht am frühen Abend von ›Freunden‹ ihrer Eltern an der Turnhalle abgeholt worden. Das kleine Mädchen übertrieb, was die Größe der beiden Männer anging, die sie mitnahmen, sie übertrieb die Länge der Strecke, die sie gefahren war. Sie konnte sich leider an Einzelheiten der Straßen nicht mehr erinnnern. Sie schätzte die Größe des ›Gefängnissaales‹ falsch ein, aber sie beschrieb die Turn- und Sportgeräte, die Einrichtung des Bades, die Fernsehkamera, die Versorgungsschleuse und die drei bis zum Boden reichenden Fenster, ärgerte sich jetzt noch über das dämliche ›Unwichtig‹, wenn der Mann nicht antworten wollte. Für Kramer gab es keinen Zweifel: Susi war im Zünderhof gewesen. Und als Kramer das den draußen wartenden Eltern sagte, löste er eine Reaktion aus, die er nicht erwartet hatte: Alle drei begannen vor Erleichterung zu weinen; Kramer bekam seine beiden dicken Küsse und Bargmann nahm ihn zur Seite: „Wie können wir Ihnen danken?"

„Indem Sie mir zeigen, wie und wo Sie das Lösegeld übergeben haben. Und mir verraten, was als Erkennungszeichen dem ersten Erpresserbrief beigelegen hat."

Die Familie hatte 200 000 Euro bezahlt, bar natürlich, in einem festen Metallkoffer, mit dem Bargmann nach telefonischer Anweisung bei Dunkelheit losgefahren war, und zwar zum Echternplatz im Stadtteil Altenbrück, dort sagte ihm der Mann am Handy, er solle mit dem Handy auf Empfang bleiben und die Riegener Straße zum Lohmer Berg fahren. Als Erkennungszeichen hatte dem Brief ein goldenes Kettchen mit einem Medaillon beigelegen, in dem Susi ein Bild ihres Lieblingspferdes aufhob.

„Immer an dem Zaum des Landgutes Clausen entlang, nicht wahr?"

„Ja, genau", sagte Bargmann verwundert.

„Und an einer bestimmten Stelle hat der Mann Sie angewiesen, anzuhalten und den Koffer über den Zaun zu werfen."

„Stimmt."

„Und wo haben Sie Susi aufgelesen?"

„Als ich hier in Millsen von der Hauptstraße in den Mittleren Weg eingebogen bin. Da saß sie auf einem Baumstamm und hat auf mich gewartet."

„Herr Bargmann, würden Sie mit mir noch einmal die Strecke fahren und an der Stelle anhalten, an der Sie den Koffer über den Zaun werfen sollten."

„Wenn es Ihnen hilft, sofort."

Rita war startbereit. „Die Idee ist nicht schlecht", meinte sie anerkennend. „Er fährt links am Zaun vorbei, der Kidnapper auf dem Clausen-Gelände rechts und wenn er den Koffer aufgegeben hat, muss der edle Spender fünf, sechs Kilomter fahren, bis er auf das Gutsgelände kommen kann."

Der hohe Zaun um das Landgut Clausen war ein allgemeines kommunalpolitisches Ärgernis, weil durch ihn mehrere Wanderwege abgeschnitten wurden. Aber für eine Geldübergabe war er hervorragend geeignet. Bargmann staunte, als er mitbekam, wie sich Rita und Kramer über Funk unterhielten. „So Rita, wir sind jetzt am Echternplatz."

„Gebt mir zwei Minuten, diesen Arsch am Tor zu überzeugen, dass ich auf das Gutsgelände muss."

„Aber brich ihm keine Knochen."

„Wenn er vernünftig ist, nein."

„Junge, die Dame scheint im wahrsten Sinne des Wortes tatkräftig."

„Rita ist zweimal überfallen worden, sie ist im Hauptberuf Taxifahrerin, und nach dem zweiten Mal hat sie sich vorgenommen, das passiert mir nicht wieder."

„Und? Hat es geklappt?

„Nur zum Teil, nach dem nächsten Ärger mit einem Fahrgast musste sie wegen schwerer Körperverletzung ins Gefängnis."

„Hm."

Nach zwei Minuten meldete sich Rita. „Er schläft jetzt für längere Zeit. Wir können losfahren."

Die beiden Straßen verliefen nicht immer direkt am Zaun. Rita hatte es mit einem nur notdürftig befestigten Wirtschaftsweg zu tun, aber wenn sie sich einmal notgedrungen voneinander entfernen mussten, kamen sie über Funk immer wieder zusammen. Endlich sagte Bargmann: „Langsamer, Herr Kramer. Gleich da vorne, wo sich dieser Baum so schief über den Zaun lehnt."

„Rita, hier ist es. du müsstest einen Baum sehen, der mit der Krone über den Zaun reicht."

„Hab ihn!" jubelte sie. „Leicht wiederzufinden. Und jetzt?"

„Kannst du warten? Ich müsste Herrn Bargmann nach Hause, nach Millsen bringen."

„Nein", wehrte Bargmann ab, wenn Sie mich zum Echternplatz zurückbringen, kann ich mir von dort ein Taxi nehmen."

Rita hatte zugehört. „Prima. Dann warte bitte in der Nähe des alten Denkmals. Ich hole dich dort ab, dann muss ich nicht ein zweites Mal durch das Tor fahren."

Kramer wartete eine Viertelstunde neben dem Denkmal des Grafen Echtern, dem mal das ganze Gebiet gehört hatte, bis er an den Herzog verkaufen musste. Das Geld floss in seine Kasse und wie es im Volksmund hieß, in den riesigen Ausschnitt der Freifrau von Clausen, die für ihren Sohn, den Graf Echtern nie anerkannte, das Landgut kaufte, das heute das Naherholungsgebiet ›Lohmer Berg‹ zerschnitt.

Rita, die Unersetzliche, kannte natürlich eine Lücke in dem Zaun, durch die man bequem auf das an sich abgesperrte Privatgelände des Landgutes Clausen kommen konnte. Ritas Auto stand so weit entfernt, dass die Torwache das Motorengeräusch nicht hören konnte. Bis zu dem schräg gewachsenen Baum brauchten sie sechs oder sieben Minuten.

„Und jetzt?"

„Wenn du dich auskennst, steigen wir aus. Gibt es hier in der Nähe ein Gebäude, ein Haus, einen Schuppen oder so, in dem sich ein Mensch verstecken kann."

„Aber ja. Geradeaus keine vier Minuten, das sogenannte Jägerhaus. Da sollen mal die Jäger und Wildhüter der Clausens gehaust haben."

Sie fuhren ohne Licht und stellten den Wagen einige hundert Meter vor dem kompakten Schatten ab.

Es war ein zweistöckiges Gebäude. Unten Ställe, Remisen, Garagen, eine Art Scheune, oben eine Reihe von Fenstern, die zu Wohnungen gehörten. Bis auf ein Fenster lagen alle anderen im Dunkeln.

„Bist du auch so neugierig?" flüsterte Rita ihm ins Ohr. Er wusste sofort, was sie meinte. Unter der Fensterreihe ragte ein recht breiter Sims aus der Mauer, links führte ein stabil aussehendes Fallrohr hoch in den ersten Stock und dort wuchs kräftiger wilder Wein. Rita wollte hoch und in das beleuchtete Zimmer schauen. Leise seufzend stieß er sie an: „Dann mal los!" Er kletterte nicht gerne, im Dunkeln schon gar nicht und hätte lieber bis zum nächsten Tag gewartet, um an der Haustür festzustellen, wer hier wohnte und möglicherweise einen Koffer mit Lösegeld versteckt hatte. Aber Rita hatte wenig Geduld, und ehe er sich noch mit ihr besprechen konnte, kletterte sie fix wie eine Artistin am Fallrohr hoch, angelte nach einem dickeren Strunk und trat auf den Sims. Es war hell genug, sie zu beobachten, und sie schob sich schnell an den dunklen Fenstern vorbei, stockte vor dem erleuchteten Fenster und streckte vorsichtig den Kopf vor. Dann machte sie eine obszöne Handbewegung zu ihm herunter, aber was immer dort praktiziert wurde, so groß war sein Voyeurbedarf nicht, ihr auf der Klettertour zu folgen. Nach einer Weile erlosch das Licht in dem Zimmer und Rita musste sich auf den Rückweg machen, kam auch heil unten an und meinte: „Da hast du was versäumt."

„Und was?"

„Zwei nackte Frauen haben sich mit Bodypaintingfarben bemalt und die eine hat der anderen Kontaktfolien auf den Rücken und die Pobacken geklebt, die sie dann wieder abgezogen hat, so dass auf dem Rücken und dem Po bunte Schmetterlingsbilder zurückgeblieben sind. Sah dann aus wie ein Tattoo."

„Kriegt man diese Bildchen und Muster auch wieder runter?"

„Ja, überhaupt kein Problem. Ist der letzte Schrei auf Kostümfesten und Sexparties. Ein Tattoo für immer ist doch sterbenslangweilig."

„Wie du meinst. Ich habe was gegen Tätowierungen."

„Das liegt nur daran, dass dir die richtige Frau fehlt, solche Kunstwerke auf ihrem Körper vorzuführen."

„Kann auch sein. Sollte ich mal Anielda fragen?"

„Mach' das! Ich verspreche dir auch, dass ich zu deiner Beerdigung komme." Rita war auf Anielda nicht allzugut zu sprechen, aber bevor sie das Thema weiter ausspinnen konnten, wurde lautstark ein Garagentor von innen geöffnet. Ein Motor sprang an, Scheinwerfer leuchteten auf und dann kam ein Auto herausgefahren, besetzt mit zwei Frauen. Kramer trat rasch zur Seite und konnte das hintere Kennzeichen noch lesen: K – AW 4477.

„Hinterher?" fragte Rita aufgeregt.

„Nein, warum. Wenn du richtig gesehen hast, sind zwei Frauen auf dem Weg zu einem Kostümfest oder einer Sexparty. Beides privat – oder?"

Rita knötterte, aber diesmal ließ er sich nicht erweichen. Sie steuerte jetzt mit Licht zum Ausgang, die Schranke hob sich automatisch, keiner wollte was von ihnen wissen, und als er in seinen Wagen umstieg, hatte sich Ritas Jagdfieber schon wieder gelegt.

Otto Kuhfus beschwerte sich, dass sein Schönheitsschlaf unterbrochen wurde, aber als Kramer am Telefon versprach, für den Namen des Halters von K – AW 4477 und dessen Anschrift wieder einen Fünfziger zu berappen, hob sich Ottos Laune umgehend. „Sprichst du mir es bitte im Büro auf Band?"

„Wird gemacht, Rolf."

Dritter Dienstag

♦
♦

Bevor er den Patenonkel Walther Lytgang aufsuchte, wollte sich Kramer doch einmal im Kalten Weg bei Dusiak umsehen. Noch fehlte ihm der dritte aus dem Entführer-Trio. Der Kalte Weg lag im Südosten, fast schon am Rand der Stadt, und hatte seinen Namen wahrscheinlich von den unangenehmen Nordostwinden, die im Winter hier von den Bergen des Ulitztales aufgehalten und gestaut wurden. Die Siedlung bestand aus kleinen einstöckigen Häusern, in den Gärten ringsherum wuchsen weniger Blumen als Gemüse, Kartoffeln und Obststräucher. Nr. 19 unterschied sich in nichts von seinen Nachbarn. Im Moment war nichts los, kein Mensch, kein Tier auf der Straße. Alle Häuser schienen zwar leer zu sein, so, als wären alle Mieter zur Arbeit gefahren, aber Kramer wagte nicht, in das Häuschen Nr. 19 einzusteigen, der Henker mochte wissen, wer gerade hinter einer Gardine am Fenster stand und ihn, den Fremden, beobachtete. Also hieß es wieder: Geduld. Er holte aus dem Kofferraum das Fernglas; um ohne dauerhafte Hals- und Genickverrenkung die Haustür beobachten zu können, rangierte er das Auto ein Stück weiter weg an den Bordstein.

Viel Deckung gab es nicht, aber es reichte für seine berufliche Hauptbeschäftigung ›Warten‹. Er rief zweimal bei Dusiak an; einmal meldete sich die Sprachbox, er könne nach dem Signalton eine Botschaft hinterlassen. Verbiestert und ob des Wartens gehässig, wie er sein konnte, sagte er: „Rufen Sie sofort die Lottogesellschaft an, Sie haben einen Haupttreffer erzielt." Um nicht einzudösen, schaltete er das Radio an und hörte mit großem Interesse ein Rundfunkfeature über die Flößerei aus dem

Schwarzwald in die Niederlande. In Amsterdam bewegte man sich sozusagen auf heimischem Grund, nämlich auf zur Pfahlgründung verwendeten Schwarzwald-Eichen. Man lernte doch nie aus, und der Teufel mochte wissen, wofür man solche Einzelheiten einmal gebrauchen mochte. Kramer hatte kurz nach Einrichtung seiner Detektei, als er aus Geldnot noch so ziemlich jeden Auftrag annehmen musste, eine junge, recht attraktive Ehefrau beschattet, die laut Ehemann regelmäßig tagsüber fremd ging, für Stunden die Wohnung verließ und, wenn sie zurückkam, nach Parfüm roch und nicht sagen wollte, wo und wie sie die Zeit verbracht hatte. In seiner Eifersucht hatte der Ehemann mehrmals das Portemonnaie seiner Angetrauten kontrolliert und immer Geld gefunden, dessen Herkunft sie nicht erklären konnte oder wollte. Für ein Fremdgehen registrierte Kramer keinen Beweis, vielmehr betrat sie regelmäßig gegen 12^{30} Uhr das Gebäude des Rundfunks (OLR) in der Kastanienallee, und abends ein Haus neben St. Martin am Leuschnerplatz, in dem sich eine Arztpraxis befand. Als Kramer ihr in den Rundfunk zu folgen versuchte, wurde er noch vor der Tür von zwei eifrigen, hübschen, aber pausenlos schnatternden jungen Damen abgefangen, ob er nicht Interesse hätte, als Kandidat an der täglichen regionalen Fernsehquizshow ›Was weiß ich?‹ teilzunehmen. Auf die Schnelle fiel ihm damals keine vernünftige Ausrede ein, was ihn zum Rundfunkgebäude geführt hatte, also improvisierte er freudig, um dem akustischen Stimmen-Terror zu entgehen, er sei Vertreter und habe natürlich große Lust, zusätzlich ein paar hundert Märker zu verdienen. Ehe er es sich versah, saß er in der Maske und kriegte den Mund nicht mehr zu. Die junge Frau, die er verfolgt hatte, kam mit Puderdose und Quaste auf ihn zu und verpasste ihm eine korrekte Fernseh-Bräunung und eine nicht mehr so glänzende Nase für die

Aufzeichnung. Zum Glück litt Kramer schon damals nicht mehr an Lampenfieber. Mit viel Brimborium zog ein junges Mädchen eine Karte mit dem Thema der Fragen. Es ging angeblich um ›Kriminalistik‹, und während er noch grübelte, wie das mit der DNA-Analyse eigentlich funktionierte, wurden ihm die ersten Fragen gestellt: Welches Musikinstrument spielte Sherlock Holmes? (Geige); wo hatte Dr. Watson seine ärztliche Kunst ausgeübt, bevor er mit Holmes in die Baker Street zog? (Afghanistan); aus welchem Land stammte der Privatdetektiv, der auf seine kleinen grauen Zellen so stolz war? (Hercule Poirot aus Belgien); wie hieß der Autor, der ebenfalls aus diesem Land stammte, aber seine Geschichten meist in Paris spielen ließ? (Simenon); welche berühmte Schriftstellerin hatte diesem Mann geraten, einfache, klare Sätze ohne Schnörkel und ohne ›Metaphysik‹ zu schreiben? (Colette); welcher Vertreter aus dem britischen Hochadel agierte als Detektiv? (Lord Peter Wimsey). Für jede richtige Antwort bekam er von der Hübschen einen noch knisternden Hunderter in die Hand gedrückt, seinetwegen hätte es noch lange so weitergehen können, aber nach zehn Hundertern musste er seinen Stuhl räumen. Die meisten Kramerschen Kenntnisse stammten aus einer Rundfunksendung vier Tage zuvor, als er Schwarzarbeiter beobachtete. Die Sendung befasste sich mit Kriminalromanen und deren Autoren. Beim Abschminken in der Maske gratulierte ihm die junge Frau mit den großen, braunen Kulleraugen und gestand, dass sie ihn anfangs für einen Privatdetektiv gehalten habe, beauftragt von ihrem argwöhnischen und unerträglich eifersüchtigen Ehemann, der ernsthaft glaubte, er habe sein langjähriges Verhältnis mit seiner Bürokollegin geheimgehalten. Wieso Privatdetektiv? Weil er ihr gestern und heute so hartnäckig nachgelaufen sei. Kramer, dunkelrot vor Verlegenheit, setzte alles auf eine Karte – nein, sie sei ihm auf der Straße aufgefallen und er habe sich in der Hoffnung an ihre Fersen geheftet, sie zu einem Rendezvous zu überreden. „Warum nicht?", murmelte sie. Gemeinsam hauten Christa Möller und er seinen schönen Gewinn auf den Kopf, den Rest für ein Doppelzimmer im Hotel ›Herzog Ludwig‹. Kramer gab den Auftrag zurück, weil er nicht berichten wollte, dass er die nette Ehefrau nur bei einem einzigen Seitensprung ›ertappt‹ hatte. Ihr Verhältnis dauerte knapp zwei Monate. Danach hatte er Christa Möller aus den Augen verloren. Er war so in seine Erinnerungen versunken, dass er fast übersehen hätte, wie eine Frau das Haus Nummer 19 verließ. In einer Hand trug sie eine kleine grüne Plastikgießkanne, in der anderen einen Putzeimer, aus dem die Griffe einer Schaufel und eines Handfegers ragten, über den Rand des Eimers hatte sie mehrere ausgewrungene feuchte Putzlappen gelegt, und den Schrubber schulterte sie wie ein Gewehr. Sie setzte die Gießkanne ab, verschloss die Haustür von Nr. 19 und steckte den Schlüsselbund in eine der Kitteltaschen. Dann stieg sie über den niedrigen Zaun, der die beiden Grundstücke trennte, ging direkt auf das Nachbarhaus Nr. 21 zu und öffnete es mit einem Schlüssel, den sie aus der anderen Kitteltasche holte.

Danach ging alles so schnell, dass Kramer seinen Augen nicht traute. Die Haustür war noch nicht hinter der Frau zugefallen, als zwei schwarze Schatten um die Hausecke huschten und sich durch den verbliebenen Spalt hinter der Frau ins Haus zwängten. Kramer stieg rasch aus und lief geduckt auf das Haus Nummer 21 zu. Die Tür war jetzt ins Schloss gefallen, durch die konnte er nicht ins Haus, und die beiden kleinen Fenster neben der Tür saßen so hoch in der Wand, dass er nicht in die Diele schauen konnte. Also ging er zum Auto zurück und holte aus dem Kofferraum seinen Schlagring. Die beiden schwarzen

Schatten hatten nichts Gutes bedeutet. Zur Grundausstattung des Kofferraums gehörte unter anderem auch ein metallenes Klemmbrett, bestückt mit bedrucktem Papier, das auf den ersten Blick nach amtlichen Formularen aussah. Er bevorzugte das nicht existierende ›Kommunale Amt für Sozialstatistik‹, hatte aber mit Posipils Hilfe nicht das Stadtwappen auf die frei erfundenen Formulare gedruckt, sondern den leicht abgewandelten und verschlankten Bundesadler oder, wie Posipil zu lästern pflegte, das Bundessuppenhuhn. Über dem Klingelknopf gab es ein kleines Namensschildchen. ›H. Grothe‹. Er klingelte und machte sich auf alles Mögliche gefasst. Nach dem zweiten langen Schellen brüllte drinnen eine Männerstimme. „Verdammt noch mal, was ist los?"

„Eine amtliche Mitteilung für Frau Grothe."

„Schieb's unter der Tür durch!"

„Nein, sie muss persönlich quittieren."

„Verfluchte Inzucht. Wenn man euch braucht, seid ihr nie da, aber stören könnt ihr perfekt."

Trotzdem rasselte ein Schlüssel, und wenig später zog die Frau die Tür einen Spalt auf. Sie starrte Kramer aus weit aufgerissenen Augen ängstlich an und bewegte sich so unnatürlich steif, als würde ihr ein Pistolenlauf in die Nieren gedrückt. Jede Wette, dass da was nicht stimmte. „Geben Sie her!", flüsterte sie und versuchte, mit dem Kopf nach hinten zu deuten. Tatsächlich, schräg hinter ihr stand ein Mann, einen Arm angewinkelt, so dass seine Hand auf den Rücken der Frau deutete. Er sah aus wie eine misslungene Kreuzung aus Pavian und Gorilla. „Geben Sie her", wiederholte sie kaum verständlich, und Kramer nestelte ungeschickt das oberste Blatt aus dem Klemmhalter seines Metallbretts. Der Mann hatte die Geduld nicht erfunden: „Beeil dich, du Arschgeige. Wir arbeiten nicht bei der

Behörde, wir müssen für unser Geld was tun." Die Behördenbeleidigung hätte Kramer klaglos hingenommen, aber die ›Arschgeige‹ überstieg seine Toleranzgrenze. Er stieß das Metallbrett nach vorn, die Frau schrie vor Schmerzen oder Schreck auf und kippte zur Seite. Der Mann wurde davon so überrumpelt, dass er zwar noch den Zeigefinger krümmte, der Schuss verfehlte die Frau und den hereinstürmenden Kramer, die Kugel bohrte sich in den hölzernen Türrahmen. Der Schütze ging auch zu Boden und als er sich wieder aufrichten wollte, stand Kramer günstig genug, ihm das Metallbrett mit voller Wucht ins Gesicht zu schlagen. Welche Schäden er damit anrichtete, bekam er nicht mehr mit. Der Getroffene gab zwar sofort Ruhe und legte sich auf den Rücken, doch der zweite Mann hatte günstiger gestanden und holte nun mit einem hölzernen Gegenstand aus, der ein Stuhlbein oder eine alte Zaunlatte sein mochte. Auf jeden Fall war er härter als Kramers Brustkorb, ihm war, als würde ein wütender Elefant auf ihn trampeln; er stürzte zur Seite und rührte sich nicht mehr, weil ihm schwarz vor den Augen wurde. Irgendwo, weit entfernt, knallte etwas laut und scharf und dann senkte sich gnädige Dunkelheit über ihn.

Wie lange er auf den Dielenfliesen ohne Besinnung gelegen hatte, wusste er nicht. Er wachte auf, weil er zu frieren begann und Mund und Zunge vor Trockenheit schmerzhaft kratzten. Nicht weit von ihm röchelte jemand schwer, und das so laut und ausdauernd, dass er beschloss, dieses an den Nerven kratzende Geräusch abzustellen. Er schlug die Augen auf und brauchte eine gute Minute, um sich an die Vorgänge zu erinnern. Die beiden schwarzen Schatten. Sein Versuch mit dem Klemmbrett, die Frau wegzustoßen, der Schuss, der andere Mann, der ihm etwas vor die Brust gehauen hatte. Richtig, schließlich noch dieser

ferne, trockene Knall. Dann erreichte er die Geräuschquelle, ja, das war ein Körper, der dort vor der nicht vollständig geschlossenen Haustür lag. Er kroch hin und hörte das schwere Atmen und Stöhnen der Frau, deren Kittel auf der Brust von Blut dunkel-rot verfärbt war. Sein Handy hatte Schlag und Sturz überlebt. Er konnte den Notarzt und dann die Polizei verständigen. Seine Rippen schmerzten teuflisch, aber er konnte sich bewegen. Erst jetzt fiel ihm ein, warum er überhaupt in diese Straße gekommen war. Die Frau war aus dem Haus Nummer 19 gekommen, zu dem sie Schlüssel besaß, und als sie mit ihrem Putzzeug herauskam, hatte sie abgeschlossen und die Schlüssel in ihrer Kitteltasche versenkt.

Richtig: Da waren sie. Er steckte beide kleinen Bunde ein, setzte sich mit dem Rücken an die Dielenwand und wartete, bis er die Martinshörner von Notarzt und Polizei hörte. Während die Sanitäter die Frau, die wahrscheinlich H. Grothe hieß, auf die Trage legten, telefonierte der Arzt schon mit dem Bethanienkrankenhaus. Er schien sein Fach zu verstehen, obwohl seine Audrucksweise etwas drastisch war. „Wenn wir sie noch lebend in den OP kriegen, muss sie sofort operiert werden. Eine Kugel in der Lunge ... Weiß ich nicht, ich bin kein Hellseher und ein Röntgengerät habe ich in meinem NOW noch nicht. Scheint aber ein zähes Luder zu sein, die halbe Diele schwimmt von ihrem Blut, aber sie atmet noch."

Die Streifen-Polizisten machten auch keine großen Umstände, sondern verständigten sofort den Kriminaldauerdienst. Fünfzehn Minuten später lächelte Kramer, als er eine vertraute Stimme hörte: „Na, wen hast du jetzt schon wieder umgelegt?"

Die Erste Kriminalhauptkommissarin Caroline Heynen meinte das nicht so ernst, aber ehrlich erfreut war sie auch nicht, ihn wieder an einem Tatort anzutreffen. Er übrigens auch nicht; denn er musste ihr jetzt eine Menge verschweigen, und eigentlich zog er es vor, bei seiner Freundin Caro ehrlich und offen zu sein. Deswegen blieb er bei der Wahrheit, verschwieg nur, warum er den Bewohner des Hauses Nr. 19 hatte sprechen wollen. Caro zwinkerte ihm zu: „Er hat was mit einem Fall zu tun, an dem du arbeitest?"

„Ja, Caro."

„Wann bekomme ich einen vollständigen Bericht?"

„Anfang nächster Woche spätestens."

„Und wer waren diese beiden schwarzen Schatten?"

„Das weiß ich nicht. Ich habe sie vorher nie gesehen."

„So, so. Hast du ein Glück, dass ich eine so leichtgläubige Frau bin. Trotzdem ein guter Rat, Rolf, wenn du mit der Saling sprichst, solltest du verschweigen, welch merkwürdige Formulare auf deinem Klemmbrett befestigt sind. Und sorge bei der nächsten Druckauflage dafür, dass dein Bundesadler etwas abmagert, im Moment sieht er wie ein fettes Suppenhuhn aus."

„Du meinst, junge Staatsanwältinnen kennen den Bundesadler nicht mehr?"

„Das kann dir passieren."

Mit der Staatsanwältin Heike Saling stand Kramer auf Kriegsfuß, und er hatte noch Glück, dass auch die Hauptkommissarin Heynen mit der Weisungsbefugten Saling nicht so recht klarkam. Immerhin durfte er gehen, nachdem er versprochen hatte, im Laufe der Woche bei Caro Heynen vorbeizuschauen und ein formelles Protokoll anzufertigen.

Kramer wartete in seinem Wagen, bis die Polizeimeute außer Sicht war und ging dann auf das Haus Nr. 19 zu. Eigentlich war er ziemlich überzeugt, dass die beiden schwarzen Schatten vom Kartenkönig Karl Kochta geschickt worden waren, um den säumigen Schuldner Heinz Dusiak aufzutreiben, und die beiden hatten die nicht unkluge Idee gehabt, eine Frau, die beim Nachbarn die Blumen goss und das Haus putzte, könne auch wissen, wo sich Heinz Dusiak herumtrieb.

Den Vorgängern, ›Boxer‹ und ›Schlitzer‹ genannt, war die Suche nicht gut bekommen, was Kochta & Co. bestimmt nicht sanfter gestimmt hatte.

Kramer zog Plastik-Fingerhandschuhe an und ging seelenruhig in das Haus, durchstöberte das Erdgeschoss und das Schlafzimmer im ersten Stock. Ohne Erfolg, abgesehen von einer großen gerahmten Farbfotografie. Zwei ansehnliche und unbekleidete Damen lächelten in das Objektiv. Eine trug eine aufgemalte Krawatte auf der blanken Haut, das Kunstwerk reichte ihr bis zu den Schamhaaren, die andere hatte sich einen durchsichtigen Bikini auf die Haut malen lassen. Er sah sich die Krawattenträgerin genauer an und hätte geschworen, sie in bekleidetem Zustand mit dem Namensschildchen ›U. Paschke‹ im Büro des Dusiakschen Gebrauchtwagenhandels schon gesprochen zu haben. Madame Bikini kam ihm auch bekannt vor, aber in ihrem Fall wollte sein visuelles Gedächtnis nicht schalten. Auf den Dachboden stieg er nicht, weil die Falttreppenleiter so heftig klemmte, dass kein Mensch sie in den letzten Monaten benutzt haben konnte. Also stiefelte er in den Keller. Er stoppte schon auf der Treppe, weil von unten ein undefinierbares Geräusch ertönte. Rhythmisch und dumpf. Vorsichtig schob er an den geschlossenen Türen vorbei und presste überall ein Ohr gegen das Holz. Endlich unterschied er noch ein anderes Geräusch, als ob jemand gurgelte. Das Metallklemmbrett wollte er nicht mehr benutzen, aber den Totschläger streifte er für alle Fälle über. Die Tür quietschte erbärmlich, und während er nach dem Lichtschalter tastete, wurde das rhythmische Schlagen schneller. Dann leuchtete das Licht auf und Kramer fuhr zusammen, als sei er seinem Geist begegnet. Vor ihm auf dem Boden lag ein gefesselter Mann, dem man einen festen Knebel in den Mund geschoben hatte. Irgendwann hatte er sich so weit herumgewälzt, dass er mit den Füßen gegen ein Regal stoßen konnte, auf dem mehrere gefüllte Einmachgläser und einige Blechkästen standen. Durch die Erschütterung der Regalbretter klopften Gläser an die Blechbehälter.

„Moment", sagte Kramer und löste zuerst einmal den Knebel. Der Mann sog schmerzhaft tief Luft ein. „Gut, dass Sie gekommen sind, vielen Dank", sagte er höflich und begann, seine Fußfessel mit einem Taschenmesser aufzuschneiden, nachdem Kramer seine Handfessel aufgeknotet hatte.

„Was ist passiert?"

„Ich wollte mich hier unten mal in Ruhe umsehen – nach Sachen, die meiner Versicherung als gestohlen gemeldet worden sind. Dabei habe ich nicht aufgepasst. Mit einem Mal stand eine Walküre vor mir und hat mir eine Blechschaufel vor die Stirn geknallt. Als ich wieder wach wurde, befand ich mich in dieser wenig komfortablen Lage."

„Dann halten Sie Heinz Dusiak für einen Hehler?"

„Aber ja. An der Automeile handelt er auch mit gestohlenen Autos und geklauten und gefälschten Ersatzteilen zu Original-Neupreisen; irgendwo bunkert er noch anderes Diebesgut. Vielleicht weiß diese Walküre mehr."

„Fraglich. Wenn sie die Operation überlebt hat, liegt sie jetzt auf einer Intensivstation. Und das Haus dieser Walküre nebenan ist von der Kripo versiegelt."

„Na, dann erzählen Sie mal!"

Weil Kramer zögerte, lächelte der Mann verständnisvoll und holte eine Visitenkarte heraus. ›Arno Dornberg, Ermittler, Ausaner Versicherung von 1898‹. Als höflicher Mensch bedankte sich Kramer mit seiner Karte.

„Was? Sie sind Rolf Kramer. Ich kenne Victor Seyboldt vom Allgemeinen Versicherungsverein ganz gut, und er hat schon tolle Dinge von Ihnen erzählt."

„Victor übertreibt gerne", wehrte Kramer bescheiden ab.

„Nur, wenn er von der Jagd kommt!" Victor hatte eine tüchtige und sehr ansehnliche Sekretärin, und mit deren Ehemann ging er gelegentlich auf die Jagd. Kramer kannte die Geschichten, mit denen Victor auch ihn beglücken wollte: Ein Wunder, wenn nicht irgendwelche Neandertaler ihnen das Wild in letzter Sekunde vergrämt hatten.

Trotz dieser unerwarteten Verbindung hütete er sich, etwas von Claudia Frenzen oder der Schießerei in der Ferdinandstraße zu erzählen.

Dornberg war gesprächiger. Nach allem, was sie wussten, arbeitete Dusiak mit einer Frau zusammen, die sich als Callgirl bezeichnete und – wenn Jugend gewünscht – einen flotten Teenager, angeblich ihre Nichte, mit ins Haus brachte. Eine der Frauen praktizierte dem Hausherrn, der sich gerade mit der anderen beschäftigte, ein Pülverchen in den Drink, und wenn der Mann am nächsten Morgen wieder erwachte, war seine Wohnung oder sein Haus ziemlich leergeräumt, auf jeden Fall aber seine Brieftasche.

„Und wie ist Ihre Versicherung auf Dusiak gekommen?"

„Durch einen saublöden Zufall. In einem Haus auf der anderen Straßenseite konnte ein Mann nicht schlafen und stand im dunklen Schlafzimmer am Fenster, als er einen Mann und zwei Frauen aus dem Haus gegenüber kommen sah; den Mann kannte er, weil er wenige Tage zuvor bei Heinz Dusiak ein gebrauchtes Auto gekauft hatte. Als bekannt wurde, dass sein Gegenüber ausgeraubt worden war, hatte der Mann der Kripo erzählt, was er beobachtet hatte. Die Ausaner Versicherung hat davon gehört und ihre Detektive in Marsch gesetzt. Die Geschichte entwickelte sich etwas komplizierter als erhofft. Zwar gaben mehrere Männer, nachträglich befragt, schließlich zu, dass sie ein Callgirl im Haus hatten, als sie betäubt und beraubt wurden, aber ihre Beschreibungen wichen mächtig von einander ab. Groß und dünn, mittel und füllig, schwarze, brünette, blonde, rote Haare, glatt und lockig, Brillenträgerin und ohne Sehhilfe, die jüngere Frau tätowiert und nicht. Es war klar, sie hatten es mit zwei höchst geschickten Verwandlungskünstlerinnen zu tun; die junge Frau schien dem Callgirl in puncto Geschicklichkeit nicht nachzustehn. Dusiak schien als Täter festzustehen, Polizei und Versicherung haben aber immer noch keine Ahnung, wer die Frauen sein mochten. Die Versicherung hat über ihre Informanten und Kontaktleute gehört, dass Dusiak ein Zocker mit gewaltigen Schulden ist. Und ein Großteil der Beute ist noch nicht wieder aufgetaucht."

Kramer setzte Dornberg am Hauptbahnhof ab und fuhr dann in die Haffstraße. Sein Kopf brummte unangenehm hartnäckig und schmerzhaft. Der Mensch durfte sich auch einmal schonen, also schluckte er zwei Kopfschmerztabletten und ging für seine Verhältnisse unglaublich früh zu Bett.

Dritter Mittwoch

◊
◊

Am nächsten Morgen waren die Schmerzen bis auf einen erträglichen Rest verschwunden. Nach fast elf Stunden Schlaf fühlte er sich topfit und bereit, auch größere Bäume auszureißen. Er rief Walther Lytgang an und entschuldigte sich, dass ihm vorgestern etwas dazwischen gekommen sei und er den Termin versäumt habe. Lytgang reagierte verständnisvoll: „Macht gar nichts. Wenn es Ihnen passt, kommen Sie doch jetzt gleich vorbei. In der Zwischenzeit kann ich Ihren und Claudias Bericht über die Suche nach dem Gefängnis in aller Ruhe studieren."

Im Burgmannhaus neben dem schwarzen Tor befanden sich nur Büros, deren Eigentümer oder Mieter über sechzig Jahre alt waren. Jede Mauerfuge verströmte Solidität und die Fliesen waren mit kaufmännischem Anstand getränkt. Lytgangs Büro sah aus, als habe man es Ende des 19. Jahrhunderts möbliert und danach nichts mehr verändert. Der Computer auf dem kleinen Tischchen neben dem wuchtigen Nussbaumholz-Schreibtisch nahm sich irgendwie anachronistisch aus. Ein echter Täbris auf dem Boden, an den Wänden Ölbilder, die ebenfalls echt und sehr wertvoll zu sein schienen. Kramer durfte gar nicht daran denken, wie schäbig sich sein Büro neben dieser Demonstration von altem Geld und unerschütterlicher Sicherheit ausnehmen würde.

Lytgang war ein imposanter Mann, groß, breitschultrig, weißhaarig und kräftig. Wie Claudia gesagt hatte, roch er mächtig nach Havanna-Zigarren und Sandelholz. Obwohl er Besuchern freundlich und scheinbar offen begegnete, würde man ihn nicht so leicht übers Ohr hauen können. Er besaß einen wohltönenden, vollen Bass und praktizierte einen Händedruck wie ein kanadischer Holzfäller am Ende der Saison. Kramer nahm dankbar einen Cognac an und musste dann eine Menge Fragen beantworten. Lytgang hatte den Bericht genau gelesen und bis in Einzelheiten behalten.

„Wenn es Ihnen und Claudia nicht schwer gefallen ist, das Gefängnis zu entdecken, warum ist das anderen nicht vor meinem Patenkind gelungen?"

„Weil die entweder nicht auf die Flugzeuggeräusche geachtet haben oder daraus nicht den Schluss ziehen konnten, dass es einen Sportflughafen in der Nähe gibt, auf dem Segelflugzeuge geschleppt werden."

Lytgang nickte zufrieden. Noch traute er Kramer nicht vorbehaltlos. Auf der anderen Seite scheute er sich nicht zuzugeben, dass er seinem Patenkind Unrecht getan hatte, und er hatte sofort den entscheidenden Punkt in Kramers Bericht entdeckt.

„Sie arbeiten doch weiter daran? – Herr Kramer, wenn es Finanzprobleme geben sollte, denken Sie daran, ich bin Claudias Patenonkel und habe an dem Kind jetzt etwas gut zu machen. Natürlich zahle ich Claudias Rechnung."

„Vielen Dank, Herr Lytgang."

So einen Patenonkel hatte sich Kramer auch immer gewünscht. Seiner war ein netter, patenter Kerl, aber ein armer Schlucker gewesen.

Doch es kam noch besser. Nachdem Kramer den Wasserturm in Betzlingen und die Rolle des Bewohners Hannes Hogarth bei der Suche nach dem Zünderhof erwähnt hatte, musterte Lytgang seinen Besucher eine lange Minute sehr nachdenklich, stand dann plötzlich auf und befahl, fast barsch: „Kommen Sie, Herr Kramer."

Sie gingen über einen kurzen Flur und blieben vor einer schalldichten Tür stehen. Auf dem Schildchen stand ›Konferenzzimmer I‹. Der kleine Raum war spärlich möbliert, mit einem ovalen Tisch und sechs bequemen Polsterstühlen. Mit dem Rücken zum Fenster saß ein älterer Mann mit eisengrauen Haaren und einem zerfurchten Gesicht, der Lytgang und Kramer intensiv musterte.

„Darf ich Ihnen meinen alten Freund Franz Auler vorstellen? Das ist Rolf Kramer, der Privatdetektiv, von dem ich dir erzählt habe."

Auler stand auf und reichte Kramer eine Hand. Er hatte einen festen Händedruck, sah aber im Moment aus, als habe er Kummer.

„Guten Tag, Herr Kramer. Hat mein Freund Walther Ihnen schon berichtet…?"

„Nein", warf Lytgang rasch ein. „Er weiß noch nichts."

„Aber du meinst, ich sollte ihn einweihen?"

„Ja, das solltest du tun. Ich vertraue ihm; denn im Fall Claudia hat er sehr gute und sehr diskrete Arbeit geleistet."

Kramer ahnte, um was es jetzt ging, aber er schwieg, weil er keine Lust hatte, sich den Mund zu verbrennen. Über diese Hürde musste Auler aus eigenem Antrieb springen.

„Ich habe meinen Freund Walther um Rat gefragt. Meine Tochter Brigitte ist entführt worden. Als ich ihm das erzählte, hat er mir von Claudia berichtet. Auch, dass er seinem Patenkind anfangs nicht geglaubt hat, bis Sie und Claudia die Beweise für eine unglaubliche Geschichte gesammelt hatten. Herr Kramer, ich biete Ihnen einhunderttausend Euro, wenn Sie meine Tochter Brigitte heil und gesund zurückbringen.

„Einhunderttausend…?", stammelte Kramer ungläubig. Lytgang und Auler lachten leise. „Die Entführer haben eine Million gefordert. Wenn Sie Brigitte für hunderttausend finden, habe ich sogar noch ein Geschäft gemacht." Auler schluckte und sagte bedrückt: „Denn natürlich würde ich für mein einziges Kind auch eine Million zahlen."

„Sind Sie bei der Polizei gewesen, Herr Auler?"
„Ja. Die ist nicht weitergekommen."
„Wie steht es mit der Presse und Ihren Freunden und Bekannten?"
„Bis jetzt weiß nur Walther Lytgang davon."
„Dann würde ich Sie bitten, es auch keinem anderen Menschen anzuvertrauen."

Auler richtete sich kerzengerade auf. „Sie nehmen also den Auftrag an?"

„Ja. Mit einer Einschränkung, Herr Auler. Ich werde vielleicht herausfinden, wo Ihre Tochter ist und von wem sie gefangen gehalten wird. Aber ich werde möglicherweise nicht versuchen, sie aus dem Gefängnis zu befreien. Kidnapper neigen zur Gewalttätigkeit, und ich möchte nicht, dass Ihre Tochter bei einem dilettantischen Befreiungsversuch verletzt oder gar getötet wird. Das Risiko ist mir zu groß."

„Nehmen Sie denn an, dass mir die Polizei glauben wird, wenn ich ihr das Gefängnis meiner Tochter nenne?"

„Welcher Kommissar ist für Sie zuständig?"

„Ein Oberkommissar Friedhelm Evers."

„Er wird auf Sie hören. Das kann ich Ihnen versprechen. Erzählen Sie mir etwas über die Entführung?"

„Es gibt nur einen möglichen Zeugen, aber der hat angeblich nichts gesehen. Brigittes Freund Martin Jörgel."

„Ach du meine Güte", sagte Kramer unwillkürlich.

„Kennen Sie ihn?"

„Eigentlich nur aus Erzählungen seiner Stieftochter Claudia Frenzen."

„Ein unangenehmer Mensch", sagte Auler bedrückt. „Sehr schade, dass sich Brigitte einen solchen Lumpen aussuchen musste." Auler wandte sich an Lytgang. „Kennst du sein letztes Meisterstück?"

„Nein, welches meinst du?", Kramer lächelte verstohlen. Auler war nur zu froh, vom Thema Entführung abschweifen zu dürfen. Der Henker mochte wissen, was die Kidnapper für den Fall angedroht hatten, dass er nicht vor allen Menschen schwieg.

„Er hat mich einem obskuren Iraner empfohlen, für den MWF ein Dutzend Abluftfilter bauen sollte. Heute hat der Mensch angerufen und wollte mit mir einen Termin vereinbaren."

„Was ist daran so obskur?"

„Er will Baupläne mitbringen. Nach denen ›Frenzen Filtertechnik‹ schon eine Musteranlage erbaut und erprobt hat."

„Warum baut Frenzen dann nicht das restliche Dutzend?"

„Siehst du?! Das habe ich ihn nicht gefragt, aber wir beide kennen doch Jörgel. Wenn der sich so ein Geschäft entgehen lässt, ist daran doch irgendwas faul."

„Nein!", verbesserte Lytgang ruhig. „Oberfaul. Illegal oder lebensgefährlich. Mitten in der Endmontage erscheint der Staatsanwalt mit einer Beschlagnahmeverfügung. Und einem Durchsuchungsbeschluss. Und dann stellt sich heraus, dass diese Filter für die Urananreicherung oder die Wiederaufarbeitung des iranischen Atomprogramms gedacht sind. Vorsicht, Franz. Vielleicht glaubt Jörgel, mit dieser eleganten Methode könne er seinen Konkurrenten erst einmal lahmlegen."

Auler grinste: „Ganz recht, dem ist so was zuzutrauen, aber weißt du, wer die Filter angeblich entworfen hat."

„Nein. Kenne ich ihn?"

„Ja, du wolltest ihn mir mal unbedingt abwerben."

„Johannes Hogarth."

„Exakt."

Kramer hätte noch gerne weiter zugehört, aber die Zeit drängte, auch wenn er nicht zugeben durfte, dass er wusste: Donnerstag war Zahltag. Die Tage waren einfach nicht lang genug. „Herr Auler. Würden Sie mir bitte eine Adresse nennen, an der ich Sie noch heute abend erreichen kann?"

„Rothenbogen 16. Wenn man Sie nicht hereinlassen will, sagen Sie dem Polizisten, Walther Lytgang habe Sie geschickt."

„Polizist?"

„Natürlich, Herr Kramer, mein Telefon wird abgehört und für alle Fälle kampiert bei mir im Haus ein halbes SEK-Kommando."

„Bis wann müssen Sie zahlen, Herr Auler?"

„Am kommenden Donnerstag, also morgen, soll Zahltermin sein." Aber Einzelheiten will man mir noch mitteilen."

„Gut zu wissen, bis dann einmal, Herr Auler, vielen Dank für Ihre Hilfe, Herr Lytgang. Darf ich Ihnen in diesem Zusammenhang noch zwei Fragen stellen?"

Die beiden Freunde nickten verwundert. „Kennen Sie einen Achim Starke?"

„Ja", sagte Auler erstaunt. „Der war mal Leiter der Buchhaltung in meiner Firma. Er hat dann freiwillig gekündigt, als bei einer Buchprüfung massive Unregelmäßigkeiten festgestellt wurden." Kramer wollte etwas einwenden, aber Auler hob rasch eine Hand. „Nein, Herr Kramer, Unterschlagungen oder Untreue haben wir ihm nicht nachweisen können, nur eine fehlerhafte Buchführung und schlechte Kostenkontrolle."

„Na ja. Und was sagen Sie zu dem Namen Hannes Hogarth?"

„Auweia", stöhnte Auler. „Hogarth war Leiter der Konstruktion, ein begnadeter Konstrukteur, ein Genie, wie wir es nie wieder gefunden haben."

„Und warum ist er gegangen?"

„Er war mal mit meiner Tochter Brigitte fest liiert, die beiden redeten schon von Heirat, was mir – offen gesagt – sogar sehr recht gewesen wäre. Aber Hogarth hatte ein etwas riskantes Hobby, er war Bergsteiger. Und in seinem Urlaub flog er regelmäßig nach Südamerika und kraxelte in den Anden herum. Übrigens in Begleitung dieses Achim Starke, die beiden waren eng befreundet. Dann ist Hogarth abgestürzt – später wurde gemunkelt, weil Starke ihn nicht ausreichend gesichert habe – aber das ist nie bewiesen worden. Starke hat jedenfalls alles getan, um Hogarth so schnell wie möglich in eine Klinik zu bringen, aber Hogarth ist seitdem teilweise gelähmt und körperbehindert. Und als echter Ehrenmann und Kavalier" – Auler schniefte heftig – „hat er meine Tochter freigegeben, wie man das so nennt, sie sollte ihr Leben nicht an einen halben Krüppel binden. Also" – Auler brüllte fast vor Wut – „lieber ein Leben mit einem behinderten Hannes Hogarth als mit einem Sportsmann und Betrüger wie Martin Jörgel. Aber was kann man als Vater schon machen, wenn sich die Kinder was in den Kopf gesetzt haben?" Lytgang nickte kummervoll, als ob er das sehr gut verstünde. Dabei hatte er doch nur eine Patentochter.

Danach verzog sich Kramer so rasch wie möglich aus dem Burgmannhaus. Wenn man die richtigen Leute fragte, lösten sich die meisten Unklarheiten sofort auf. Hunderttausend Euro. Es war nicht zu glauben; soviel Geld hatte er bisher mühsam in einem Jahr verdient, damit die Steuer zuschlagen durfte. Das Handy schnitt seine Wunschfantasien rigoros ab. Die Hauptkommissarin Caro Heynen schien nur mäßig gute Laune zu haben. „Ich möchte dich bald bei mir im Zimmer sehen!"

„Du meinst dein Dienstzimmer?"

„Zu schlechten Witzen bin ich im Moment nicht aufgelegt, Rolf."

„Okay. Der Termin ist gebucht, aber etwas Zeit musst du mir bitte noch geben."

Für alle Fälle holte er zusätzliches Werkzeug aus dem Büro. Bei solchen Aktionen vermisste er einen zuverlässigen Partner, der auch einmal selbst entscheiden und eine brenzlige Situation bereinigen konnte. Anielda war da überfordert, weil sie zwar eine große Klappe besaß, aber auch große Angst vor körperlichen Auseinandersetzungen hatte, ganz anders als Rita Oppermann, die sich sogar – so war Kramers Eindruck – gerne prügelte und auch genug fiese Tricks und Kniffs beherrschte, um selbst mit größeren Männern fertig zu werden. Sie war, wie Kramer wusste, wegen schwerer Körperverletzung vorbestraft, und als im Prozess das Opfer in den Zeugenstand trat, ein Riese mit wenig Haaren auf dem Kopf und wahrscheinlich einem Pelz auf der Brust, musste auch der Vorsitzende nach einem Blick auf die Angeklagte lachen. Nur kurz und leise, die Würde des Gerichts wahrend.

Also gondelte Kramer allein über die Autobahn nach Norden und überlegte krampfhaft, ob er nicht einen Fehler beging. Achim Starke und Helene Schlüter bewachten das Entführungsopfer im Zünderhof, während Dusiak in der Stadt die Erpressernachrichten besorgte, wobei er sich zur Zeit in Helenes Wohnung vor den Geldeintreibern des Kartenkönigs Karl Kochta versteckte. Es half nichts, er musste Starke aus dem Haus locken. Mit Helene wurde er schon fertig, vorausgesetzt, sie hatte keine Schusswaffe. Aber womit ließ sich Starke aus dem Haus locken? Ein paar Minuten dachte er daran, Starke anzurufen und im vorzulügen, sein alter Bekannter Hannes Hogarth sei schwer verletzt und verlange nach ihm. Kramer hätte an Starkes Stelle erst einmal versucht, Hogarth anzurufen, bevor er Helene mit dem wertvollen Entführungsopfer allein ließ, und

Starke schien kaltblütig genug zu sein, nicht sofort den Kopf zu verlieren.

Apropos verlieren: das war's doch! Was beide, Achim Starke und Helene Schlüter, nicht verlieren durften, waren ihre Autos; sie mussten im schlimmsten Fall aus dem Zünderhof fliehen können. Sollte er eines der Autos klauen? Oder vielleicht besser noch: In Brand stecken? Dann konnte er Starke überrumpeln, wenn der aus dem Haus stürzte? Bis zum Ortseingang Betzlingen kam ihm keine bessere Idee, er fuhr zum Markt, auf dem noch immer Rummel herrschte. Nicht weit von der Aurelien-Apotheke fand er einen korrekten Parkplatz und kaufte in der nächsten Drogerie einen Behälter mit Waschbenzin. Die junge Frau sagte besorgt: „Wollen Sie es nicht lieber zur Reinigung bringen?"

„Um Himmelswillen! Was meinen Sie, was mir meine Frau erzählt, wenn sie sieht, welche Schweinerei ich wieder mal angerichtet habe."

Die Rolle des Pantoffelhelden spielte er, wie er aus Erfahrung wusste, immer sehr überzeugend, die junge Frau lächelte auch sofort mitleidig, ein wirklicher Casanova hätte sie mit Erfolg eingeladen, ihm doch zu helfen, aber soweit hatte er es noch nicht gebracht. Als er aus der Drogerie trat, fiel ihm ein weißer Kopfverband auf, es war tatsächlich Annegret von der Birke. Sie erkannte ihn auch wieder: „Na, hast du dich entschlossen? Schulgleiter zu zweit?"

„Ich weiß nicht, Annegret. Wahrscheinlich entscheide ich mich doch für Motorflug."

„Das ist aber teurer."

„Ich weiß. Meine Freundin hat mich schon gewarnt. Aber da oben so einfach herumzugurken, ohne Antrieb, sich nur auf den Wind verlassen müssen…"

„Thermik oder Aufwind", verbesserte sie rasch.

„Wie auch immer, wir werden uns bestimmt noch einmal im ›Letzten Fallschirm‹ treffen."

„Das will ich hoffen, übermorgen gibt es wieder Erbsensuppe und mein Vater hat mich gewarnt, wenn ich noch einmal alle seine schönen Würste platzen lasse, streicht er mir die Aussteuer und ich muss meine Hochzeit selbst bezahlen."

„Rauhe Sitten herrschen in den Boroner Bergen. Hast du denn schon jemanden, mit dem du zum Standesamt gehen möchtest?"

„Zwei", sagte sie kläglich, „und ich kann mich nicht entscheiden, wer von den beiden nur Trauzeuge sein soll."

„Das ist bitter."

Als sie sich trennten, bekam er einen flüchtigen Kuss auf die Backe, was ihr beinahe den Turban vom Kopf gestoßen hätte. Wahrscheinlich brauchte sie noch einen zweiten Trauzeugen. Das weiße Ungetüm diente jetzt wohl mehr dekorativen als medizinischen Zwecken.

Auf dem Jahrmarkt gab es auch Stände mit vernünftigen Dingen, er konnte mehrere Wischlappen erstehen, die sich so anfühlten, als ließen sie sich gut mit viel Benzin tränken. Er entdeckte auch den unvermeidlichen Öko-Stand mit selbstgesponnener Wolle. Viel mehr wusste er auf die Schnelle nicht zu improvisieren. Mit seinen Einkäufen fuhr er zu seinem Transporter, der immer noch unberührt in seinem Versteck stand, und als er einstieg, leuchtete die orangefarbene Kontrollleuchte auf. Eine der Wanzen sendete. Und zwar aus dem Aufenthaltsraum. Ein Mann und eine Frau unterhielten sich.

„Weißt du schon, was du mit dem Geld machst?"

„Ich spare ja schon wie verrückt, ich will einen eigenen Kosmetiksalon aufmachen. Von Miranda und der hochnäsigen

Gans habe ich langsam die Schnauze voll. Ich weiß, dass mehrere Kundinnen mitgehen würden, wenn ich mit meinem Laden in der Innenstadt oder am Rand der Innenstadt bleibe. Ich habe mir auch schon was angesehen, ein Ecklokal Knochenmühlenweg/Nicolaigasse. Es müsste umgebaut werden, aber nicht sehr, die Miete wäre erschwinglich und die Lage nicht schlecht."

„Du willst also weiterarbeiten?"

„Auf jeden Fall, schon, um nicht aufzufallen. Und was planst du?"

„Ein früherer Kollege hat mich angesprochen. Er will eine Beratungsagentur aufmachen, in der man für eine kleine Gebühr seine Versicherungspolicen überprüfen lassen kann. Das soll besonders ALG 2- und Hartz 4- Empfänger anziehen."

„Warum steigst du nicht als Partner bei Heinz ein?"

„Von Autos verstehe ich nichts. Und mit Zockern komme ich schlecht klar. Was willst du mit deinem Haus machen?"

„Das ist meine Altersversorgung, und die Wohnung verkaufe ich, sobald ich anfangen kann, meinen Salon einzurichten."

„Und das andere Geschäft?"

„Das gebe ich auf. Das ist mir ohnehin zu riskant geworden."

„Was sagt denn deine Partnerin dazu?"

„Von Uschi lasse ich mir nichts sagen. Die wird sowieso von Mal zu Mal unverschämter und habgieriger. Wenn sie auf das Geld scharf ist, soll sie sich einen anderen Lockvogel suchen. Oder soll Heinz fragen, der kennt sich in dem Milieu doch aus. So schön ist das nämlich nicht, sich vor wildfremden Männern auszuziehen und sich von alten Knackern betatschen zu lassen. Außerdem bekomme ich langsam Angst mit diesen Rezeptfälschungen. Eines Tages wird ein Apotheker nachschlagen, wer dieser Dr. Maxeiner eigentlich ist."

„Das verstehe ich. Aber das Geschäft hat sich für dich doch gelohnt?"

„Schon, aber ich würde auch gerne mal wieder eine Nacht ungestört und ohne Angst durchschlafen."

Kramer schaltete die Mithöranlage aus. Viel Neues hatte er wohl nicht mehr zu erwarten.

Vor dem Transporter tränkte er die Wischtücher mit dem Waschbenzin und steckte die feuchten Tücher in einen Plastikbeutel. Das restliche Benzin verteilte er sorgfältig auf der Naturwolle, es ergab eine unzuverlässige Zündschnur, aber ihm blieb keine Zeit, etwas Besseres herzustellen. Als Schlagwaffe steckte er einen großen Schraubenschlüssel ein. Feuerzeug, Streichhölzer und sein Werkzeug, um die Wanzen abzubauen. Dazu eine Rolle durchsichtiges Klebeband, Schere, Pflaster, Plastikfingerhandschuhe. Er kontrollierte mehrfach den Inhalt seines Leinenbeutels und fuhr dann zum Zünderhof. Das Versteck hinter den Büschen neben der Zufahrt war ihm nun schon richtig vertraut. Er hatte sich nicht verrechnet. Auf dem kleinen runden Platz vor dem früheren Scheunentor stand nur ein Auto, der helle, auch schon in die Jahre gekommene Simca mit dem Kennzeichen T – WE 1213, den Achim Starke fuhr. Kramer seufzte. Wenn er ehrlich war, hatte er ziemlich Schiss vor dem, was jetzt passieren sollte. Aber das würde sich nicht ändern, wenn er es hinausschob. Also schnappte er sich die drei Plastiktüten, den Schraubenschlüssel und den Leinenbeutel mit seinem Werkzeug. Der Simca war verschlossen, wie auch der Tankdeckel. Doch der wackelte so heftig und saß so lose, dass Kramer ihn mit dem Schraubenschlüssel mühelos aufhebeln konnte. Danach stopfte er eines der benzingetränkten Wischtücher in das Zuleitungsrohr, drückte ein Ende seiner Zündschnur in das Tuchbündel und verstaute das zweite Wischtuch ebenfalls in der Tankzuleitung so, dass es die Zündschnur festhielt, und zog sich zur Scheune zurück. Der Boden war nicht so trokken, wie er sich das gewünscht hätte, aber als er ein Ende seines Wollfadens angezündet hatte, lief ein kleines unruhiges Flämmchen brav zum Benzintank des Simca, kletterte dort an der Karosserie hoch, schien eine Weile vor dem Tuch, das die Zuleitung verstopfte, zu verharren und bewirkte dann doch eine größere Flamme, die sich über dem Tankstutzen erhob. Eine Minute drückte sich Kramer die Daumen, wenn Starke bis zum Anschlag vollgetankt hatte, konnte es passieren, dass die Flamme wegen Sauerstoffmangels erstickte, doch das Glück des Geschickten blieb ihm treu, der Benzinspiegel war so weit abgesunken, dass die Oberfläche Feuer fing. Das untere Tuch wurde in schwarze Flocken zerlegt, die aus dem Tankstutzen heraussegelten. Die Physik sprach dagegen, dass der Tank explodierte, dazu hätte ein anderes Luft-Benzin-Gemisch entstehen müssen, aber das Feuer breitete sich wie gewünscht aus, ergriff das Innere des Autos, Scheiben zersprangen. An Sauerstoff herrschte jetzt kein Mangel mehr, und nun entstanden auch die ersten lauten Geräusche, ein helles Prasseln, untermischt gelegentlich mit einem scharfen Knacken und bösartigen Knattern. Kramer hatte den Schraubenschlüssel bereits aus dem Leinenbeutel geholt und lehnte an der Wand neben der Tür, durch die Starke herauskommen musste. Wenn er überhaupt mitbekam, dass sein Auto abbrannte. Aber wenn Kramer ihn jetzt anrief, wurde Starke vorgewarnt, dass sich jemand in der Nähe der Scheune aufhielt, und Kramers einzige Chance bestand darin, Starke zu überrumpeln.

Es dauerte unglaubliche fünfzehn Minuten, bis der Feuerschein und die Brandgeräusche die Bewohner alarmierten, und wenn die Frau drinnen nicht hysterisch geschrien hätte, wäre Kramers schöner Plan gescheitert, weil er Starkes Schritte nicht gehört hätte. Als die Tür aufgerissen wurde, brach das Geschrei schlagartig ab, Kramer hatte den Schraubenschlüssel hochgehoben, als die Tür aufflog und Starke herausstürmte. Etwas zu schnell, er stolperte, hatte Mühe, sich auf den Füßen zu halten, und die Momente, in denen er seine Aufmerksamkeit ganz auf sein Gleichgewicht richtete, boten Kramer die Gelegenheit, einen Schritt vorzutreten und dem Mann mit dem Schraubenschlüssel heftig ins Genick zu schlagen. Starke stürzte ohne einen Laut nach vorn und blieb regungslos auf dem Bauch liegen. Kramer beeilte sich, holte das Klebeband aus dem Beutel und begann, Starkes Arme und Beine zu fesseln. Das Band klebte wie der Teufel, Kramer hatte große Mühe, die Teile von der Rolle abzuschneiden. Hinterher fragte er sich, wie er die Frau so total vergessen konnte.

„Aufhören!", befahl eine Frauenstimme zornig, und als er hochschaute, blickte er in den Lauf einer Pistole, der ohne Zittern auf seine Brust zielte. Dreißig, vierzig Sekunden rührte sich keiner von ihnen.

„Los! „Schneid' die Fesseln auf." Kramer überlegte, was er tun sollte. Er traute ihr zu, ohne Bedenken abzudrücken, und so, wie sie die Waffe hielt, besaß sie wohl genug Erfahrung, eine Pistole durchzuladen und zu entsichern. Auf diese kurze Entfernung konnte sie ihn nicht verfehlen.

„Aufschneiden! „Los! wird's bald?! Mach keine Dummheiten, ich mein' es ernst." Kramer ließ die Schere fallen, es klang metallisch, als sie auf den Schraubenschlüssel traf. Das Geräusch irritierte sie für den Bruchteil einer Sekunde. „Was war das?" In dem Moment bewegte sich Starke, stöhnte laut auf und bemühte sich, sich herumzuwälzen. Sie war einen Moment abgelenkt. „Was hast du mit ihm gemacht?"

Kramer sah, dass sie besorgt auf ihren Komplizen hinunterschaute. Mit einer Hand bekam er den Schraubenschlüssel zu fassen und schleuderte ihn in ihre Richtung. Natürlich hatte sie im flackernden Widerschein des Feuers seine Bewegung erkannt und unwillkürlich den Zeigefinger gekrümmt. Der Schuss dröhnte wie eine Kanone, aber die Kugel flog an Kramer vorbei und traf mit einem zirpenden Kreischen wohl den immer noch brennenden Simca; dagegen traf sein Schraubenschlüssel besser und kräftiger, als er gewollt hatte. Eines der schweren, zackigen Endteile schlug ihr genau in den Magen. Sie schrie auf, ließ die Pistole fallen und klappte wie ein Taschenmesser zusammen. Dann brach sie jaulend in die Knie und brüllte wie am Spieß.

Doch sie fing sich rascher, als er gedacht hatte. Keine zwei Sekunden später tastete sie nach der Waffe. Kramer schnellte vor und stellte ihr einen Schuh auf die Hand. Sie schrie noch einmal auf, aber er bekam die Pistole zu fassen und als er ihre eine Hand freigab, stellte sie sich sofort auf die Füße. Er stieß sie nach rückwärts in die Diele. Dort stolperte sie und knallte auf den Rücken, für ein paar Augenblicke gab sie Ruhe. Er zeigte ihr die Pistole.

Sie stotterte: „Wer bist du Arschloch?"

„Ein Freund von Claudia Frenzen."

Darauf prustete und spuckte sie vor Wut. Hier in der halb dämmrigen Diele sah sie wie eine vor Zorn und Rache glühende Meduse aus. Als er sich nach Schere und Klebeband bückte, versuchte sie noch einmal zu entkommen. Kramer hatte noch keinen verletzten Menschen erlebt, der so rasch und zielstrebig vom Boden aufsprang und davonsausen wollte. Ohne große Überlegung schoß er hinter ihr her, und es wurde ein unerwarteter Erfolgstreffer. Die Kugel schlug direkt über ihrem Kopf in die Wand. Größere Mengen Putz sprühten heraus, offenbar bekam sie Teile direkt in die Augen – und plötzlich halbblind verpaßte sie die offene Tür und knallte mit voller Wucht gegen den Rahmen. Wieder schrie sie gellend auf und stürzte der Länge nach hin. Doch noch immer gab sie nicht auf. Als Kramer begann, ihr Klebeband um die Handgelenke zu schlingen, trat und strampelte sie wie eine Verrückte. Soviel Kräfte und soviel Ausdauer hätte er ihr nie zugetraut. Ihm blieb nichts anders übrig, als sie herumzuwälzen und sich fest auf ihre Oberschenkel zu knien. In dieser Stellung gelang es, ihre Arme zu fesseln; um ihre Fußgelenke mit dem Klebeband einzuwickeln, musste er sie auf den Rücken drehen und sich rücksichtslos auf ihren Leib knien. Dann gab sie Ruhe. Aber wenn Blicke töten könnten, wäre er am Ende dieser Prozedur pulverisiert gewesen. Starke ließ nichts von sich hören. Draußen brannte das Auto aus. Kramer suchte nach dem Lichtschalter. Im Licht der Neonröhren über der Tür konnte er Starke fesseln, bis der sich keinen Millimeter mehr zu rühren vermochte. Danach ging Kramer in den ›Kontrollraum‹ und schaltete den Fernseher ein. Am anderen Ende des langen Saales lag eine Frau auf dem Bett und starrte ängstlich zur Kamera hoch. Er setzte sich die Kopfhörer auf und suchte nach dem Schalter für den Mikrofonverstärker.

„Frau Auler, erschrecken Sie nicht, mein Name ist Rolf Kramer. Ihr Vater hat mich geschickt, um Sie hier herauszuholen. Bitte kommen Sie in die Versorgungsschleuse, ich brauche Ihre Hilfe."

Die Frau richtete sich ungläubig auf; dann fand Kramer die richtigen Schalter für die Verriegelungen, und das Geräusch kannte sie augenscheinlich. Sie stellte sich auf die Füße und kam auf Kamera zu, bis sie unter ihr hindurchging und die Schleusentür auf ihrer Seite öffnete. Kramer stand schon vor der anderen Tür und zog sie auf. Fassungslos schaute sie ihn an.

„Wer ... wer ... sind Sie ...?"

„Ich bin Privatdetektiv und heiße Rolf Kramer. Ihr Vater hat mich engagiert. Aber kommen Sie jetzt bitte. Ich habe eine Frau verletzt und möchte sie auf das Bett legen ... Keine Angst, der Mann, der immer mit Ihnen gesprochen hat, liegt gefesselt vor der Scheune."

Sie schnarchte vor Angst, als er die Pistole hochnahm, um sie zu sichern, bevor er sie in seinen Gürtel steckte. Wenn auch nur ein Geschoss in den Körpern von Boxer und Schlitzer gesteckt hatte, wusste er, was mit der Pistole geschehen würde.

„Hier, fassen Sie bitte mit an, wir legen die Frau auf das Bett in dem Saal."

„Was ist mit ihr passiert?"

„Ich habe ihr einen Schraubenschlüssel in den Magen geschleudert, damit sie die Pistole fallen ließ."

„Wir brauchen einen Notarzt."

„Gleich, erst muss ich noch etwas aus dem Haus entfernen."

Brigitte Auler staunte nicht schlecht, als er die Verstärkerkästen aufschraubte und seine Wanzen entfernte.

„Was ... was ist das?"

„Laienhaft nennt man das ›Wanzen‹. Abhörmikrofone mit Miniatursendern."

„Hast du die hier montiert?"

„Ja."

Bei dem Telefon und den Wanzen im Aufenthaltsraum half sie ihm geschickt. Danach schickte er sie los, ihre Sachen zusammenzusuchen. Dabei entdeckte sie das Schlafzimmer und dort fand sie ihre Kleidung, ordentlich auf einem Bügel hängend. Als sie umgezogen wieder herauskam, gab er ihr den Werksausweis, und sie riss vor Verblüffung erneut die Augen weit auf.

„Keine Fragen jetzt. Sag mir lieber die Telefonnummer deiner Eltern." Ein Duzen war das andere wert. Sie pfiff einen Moment verärgert, diktierte dann aber brav die Nummer ihrer Eltern.

„Auler." Die Stimme des Seniors zitterte.

„Guten Abend, Herr Auler. Hier ist Rolf Kramer, ich habe gerade Ihre Tochter unverletzt befreien können und bringe sie zu Ihnen. Und hoffentlich hört die Polizei jetzt aufmerksam mit und benachrichtigt sofort Oberkommissar Friedhelm Evers. Wir befinden uns im Zünderhof in Betzlingen im Boroner Land. Zwei der Entführer liegen gefesselt im respektive vor dem Haus. Ach, und noch etwas, liebe Polizei, Brigitte Auler und ich werden hier nicht warten, bis alle Beteiligten eingetroffen sind. Sie finden mich, Rolf Kramer, morgen ab neun Uhr in meinem Büro, Ruhlandhaus, Ringstraße 6, Eingang ML, erster Stock rechter Gang, und Brigitte Auler bei ihren Eltern."

„Warum willst du nicht warten?" Brigitte Auler verstand die Welt nicht mehr.

„Ich muss jetzt mit deiner Hilfe etwas beseitigen, was weder die Kripo noch die Staatsanwaltschaft entdecken darf."

Ihr misstrauischer Blick war Gold wert, doch als Kramer ihr ein Auge zukniff, lächelte sie offen, was ihr besser stand als die gespannte, leicht verkniffene Vorsicht.

„Sag mal, Brigitte, hast du während deiner Gefangeschaft über dir Marder auf dem Dachboden gehört?"

„Jaaa, habe ich. Woher weißt du?"

„Ein gutes Holzauge sieht und hört fast alles."

Sie wollte ihm das Handy wegnehmen, doch er musste erst noch mit Dornberg telefonieren.

„Hier ist Rolf Kramer, ich habe jetzt eine schwache Ahnung, wo sich die Sachen befinden, die nicht im Keller des Hauses Nr. 19 aufbewahrt wurden."

„Wirklich?"

„Auf dem Dach – respektive Heuboden des Zünderhofes in Betzlingen. Das liegt im Boroner Land. Allerdings ist gerade die Kripo unterwegs, weil auf diesem Hof ein Entführungsopfer befreit und zwei Kidnapper geschnappt wurden. Eile ist also angesagt. Und noch eines. Es gibt keinen direkten Zugang mehr zu diesem Heuboden. Der ist irgendwo verborgen und verdeckt."

„Danke, danke für den Tip, verehrter, geschätzter Kollege. Bin schon unterwegs."

Die nächste Nummer hatte er als Kurzwahl gespeichert. Claudia stellte sich ziemlich unwirsch ein: „Frenzen."

„Meine Schöne, gib mir bitte mal den Mann, der neben dir liegt." Sie schnaufte entrüstet, aber gehorchte.

„Urban."

„Hier ist Rolf Kramer. Es wäre schön, wenn ihr morgen vormittag zur Kripo gehen und offiziell Anzeige erstatten würdet. Der zuständige Kripobeamte heißt Oberkommissar Friedhelm Evers."

Brigitte Auler knurrte. Er fasste ihren Arm und führte sie in das Schlafzimmer. „He, was soll das?!", protestierte sie aufgebracht, kicherte dann aber, als er das Bett keines Blickes würdigte, sondern die dunklen Vorhänge vor den Nischen zurückschlug, bis er die leeren Abteilungen kontrollieren konnte.

Danach riss sie ihm energisch das Handy aus der Hand und sprach lange mit ihren Eltern, während er sie zu seinem versteckten Auto führte, nachdem er alle seine Wanzen wieder eingesammelt hatte. Auf der Fahrt zu seinem Transporter flossen reichlich Freuden- und Erleichterungstränen, und als sie ihm das Handy zurückgab, sagte sie leise: „Ich habe mich noch gar nicht bei dir bedankt."

„Schon gut. Willst du nicht deinen Martin Jörgel anrufen?"

„Nein, danke." Als sie seinen Transporter im Licht der Autoscheinwerfer sah, begann sie zu lachen: „Geht es dir finanziell so schlecht, dass du eine solche Rostlaube fahren musst?"

„Was für eine Ingenieurin bist du?"

„Maschinenbau."

„Verstehst du auch etwas von Elektronik?"

„Etwas."

„Dann zeig ich dir mal, was der Wagen enthält und warum ich nicht möchte, dass er irgendeinen Autodieb ernsthaft interessiert."

Sie staunte nicht schlecht. „Soll das heißen, dass der Zünderhof die ganze Zeit über abgehört wurde?"

„Die meisten Gespräche musste ich speichern. Ich arbeite allein und kann nicht ganze Tage vor dem Lautsprecher hocken."

Sie war keine Illustrierten-Schönheit, da hatte Anielda schon Recht, aber eine intelligente Frau. „Das heißt also, Claudia Frenzen war wirklich entführt?"

„Ja."

„Und die Kidnapper haben Jörgel tatsächlich eine Lösegeldforderung geschickt?"

„Oder überbracht. Davon bin ich überzeugt, ja."

„Dieses Schwein."

„Wie meinst du das?"

„Nicht jetzt. Ich würde gerne zu meinen Eltern fahren."

„Einverstanden. Ich bin auch hundemüde. Du fährst bitte meinen Wagen zur Haffstraße. Kennst du die?"

Sie wurde verlegen. „Dem Namen nach. Wohnst du da etwa?"

„Ja", sagte er scharf, „und viele der Nutten kennen meinen Namen. Kein Fremder kann an meinem Auto herumbasteln oder montieren."

„Und wo in der Haffstraße?"

„Es ist eine Doppelgarage neben der Hausnummer neun. Bitte warte dort auf mich. Diese schöne alte Möhre schafft nicht viel mehr als 80 km/h. Außerdem wäre es sehr nett, wenn du vor jedermann verschweigen könntest, wo ich wohne."

„Du legst also doch Wert auf einen guten Ruf?"

„Weniger, mehr auf meine Sicherheit und ungestörte Nachtruhe." Das beeindruckte sie so, wie er sich das erhofft hatte.

Sie war nett und fuhr mit konstantem Tempo 80 vor ihm her. Es wurde höchste Zeit, sich einen neuen Lieferwagen anzuschaffen und auszurüsten. Aber allein die schusssicheren Einwegsichtglasscheiben an der Seite hatten über 5 000 Mark gekostet. Doch wenn Auler Senior tatsächlich sein Angebot wahrmachen sollte, bekam er viel finanziellen Spielraum. Sie trafen im Abstand von zwei Minuten vor der Garage ein, er steuerte den Klapperkasten in eine Garage und versperrte das nachträglich eingebaute, einbruchsichere Stahltor.

Auf der Fahrt zum Rothenbogen begann er pausenlos zu gähnen; ein Polizist wollte ihn nicht passieren lassen, bis sie scharf sagte: „Machen Sie keinen Blödsinn, ich heiße Brigitte Auler und wohne hier."

„Bri . git . te ... Au . ler ...?" Er stotterte bühnenreif.

„Genau so."

Franz und Hermine Auler setzten zu großen Dankeshymnen an, Kramer entschuldigte sich höflich und entschieden. „Wir müssen jetzt unbedingt ins Bett."

„Aber natürlich", sagte Hermine Auler und trat ihrem Mann auf den Fuß. „Wir würden uns jederzeit sehr freuen, wenn Sie zu einem Dankesschluck bei uns vorbeikommen würden, sobald es Ihnen Ihre Zeit erlaubt." Als Kramer ging, hatte er von der SEK- oder MEK-Truppe keinen Mann gesehen. In seiner Wohnung hörte er noch den Anrufbeantworter im Büro ab. Otto Kuhfus hatte geliefert: „K – AW 4477 ist zugelassen auf Herta Aschenbrenner, Chlodwigplatz 25 in Köln."

So müde war er noch nicht. Also rief er Dornberg auf dem Handy an: „Toll, lieber Kollege, wir haben den Zugang zum Heuboden gefunden und dort einen Teil der Beute."

„Es besteht die Möglichkeit, dass eine der beiden Frauen, die mit Dusiak zusammen die Männer ausnehmen, Herta

Aschenbrenner heißt und in Köln am Chlodwigplatz 25 wohnt. Das Kennzeichen ihres Autos ist : Köln – Anton Werner, Doppel Vier, Doppel Sieben. Ich vermute, sie hält sich vor und nach den Coups mit ihrer Komplizin im Jägerhaus auf dem Gelände des Landgutes Clauen auf."

„Unglaublich, Herr Kollege. Sie wissen, dass wir eine größere Belohnung ausgesetzt haben?"

„Nein, aber ich nehme alles, viel Erfolg."

Dritter Donnerstag

Am nächsten Morgen hatte Kramer kaum sein Büro betreten und die Post abgelegt, die er von unten hochgebracht hatte, als das Telefon klingelte. Als seine Gesprächspartnerin sich vorstellte, durchzuckte ihn ein heißer Schreck. „Heike Saling hier, guten Morgen, Herr Kramer. Ich habe gestern Abend und heute früh viel von Ihnen gehört."

„Hoffentlich nur Gutes, Frau Staatsanwältin."

„Das weiß man bei Ihnen ja nie. Aber das Lob überwog, wenn Sie das beruhigt."

Die Post enthielt viel Werbung, einige Bettelbriefe für mildtätige Organisationen und ein kleines Päckchen von der Firma Adam & Brettschneider. Claudias Fingerabdrücke auf den Buchumschlägen, die Haare aus dem Kamm im ›Gefängnisbad‹ gehörten ihr. Dazu eine Menge fremder Abdrücke auf den Bucheinbänden, Oberkommissar Evers würde sich freuen.

Bevor Evers die freudige Botschaft erhielt, meldete sich Caro.

„Wir wollten uns doch bald aussprechen, nicht wahr? Außerdem liegt so ein blöder anonymer Brief vor mir und irgendwas flüstert mir zu, dass du mehr darüber weißt."

Danach setzte sich Kramer an den Computer und tippte ein umfangreiches Protokoll seiner gestrigen Befreiungsaktion im Zünderhof, einschließlich seiner fast professionellen Brandstiftung vor der Scheune, seinen körperlichen Attacken gegen Helene Schlüter und Achim Starke. Seine Wanzen verschwieg er. Es wurde ein langes Konvolut voller Selbstbezichtigungen und noch mehr Tippfehlern. Er war noch mit der Korrektur beschäftigt, als das Telefon wieder klingelte. Ein sehr höflicher

Oberkommissar Evers fragte, ob Kramer sofort ins Präsidium kommen könne. Es klang so höflich, dass Kramer umgehend misstrauisch wurde und sich erkundigte, welcher Staatsanwalt sich mit den beiden Entführungen befasse.

„Der Leitende persönlich", sagte Evers völlig neutral, lachte aber mitfühlend, als Kramer aufstöhnte. Der Leitende Oberstaatsanwalt Albert Hornvogel war weder in seiner Behörde noch bei der Kripo beliebt und auch Kramer ging dem unfreundlichen Rechthaber gerne aus dem Weg.

„Keine Sorge, Herr Kramer."

„Ich denke, aus der Waffe, die ich Helene Schlüter abgenommen habe, sind die Schüsse abgefeuert worden, die den ›Schlitzer‹ und den ›Boxer‹ in der Ferdinandstraße getötet haben."

„Ich weiß. Claudia Frenzen und ihr Freund Lars Urban waren schon bei mir."

„Adam & Brettschneider haben auf den Schutzumschlägen dreier Bücher Fingerabdrücke gesichert, die entweder zu den Entführern gehören oder zu bis jetzt noch nicht bekannten Opfern."

„Hervorragend", Evers bot Kramer eine Tasse Kaffee an, während er in aller Ruhe das Protokoll studierte und sich in die Unterlagen von Adam & Brettschneider vertiefte. Zum Schluss grinste er fröhlich: „Sie nehmen mir eine Menge Schreibarbeit ab. Und diese wundervollen Ergebnisse von Adam & Brettschneider. Das erleichtert die Prozedur. Glauben Sie, dass die wirklich schon mehrere ›Gäste‹ in diesem Saal hatten?"

„Warum nicht? Für eine einzelne Entführung wären die Investitionen wirklich zu umfangreich gewesen."

„Claudia Frenzen behauptet, ihr Stiefvater habe schlicht und einfach geleugnet, dass er eine Lösegeldforderung erhalten habe."

„Hat er wohl doch, Herr Evers." Kramer erzählte seine Ringparabel mit dem flachen Achat und einer aufmerksamen Haushälterin. „Ich denke mir, ihm wäre es nur recht gewesen, wenn die Entführer seine Stieftochter Claudia umgebracht hätten."

„Hätte er dann ihren Anteil an der Firma geerbt?"

„Das weiß ich nicht. Darüber könnte Ihnen Claudias Patenonkel Walther Lytgang Auskunft geben. Burgmannhaus, Schwarzes Tor 33. Natürlich werden Sie sich jetzt fragen, warum man Claudia Frenzen nichts angetan hat."

Evers nickte gespannt.

„Ich vermute mal, um nach einer fehlgeschlagenen oder meinetwegen auch erfolgreichen Erpressung nicht aus Sicherheitsgründen einen Mord sozusagen begehen zu müssen, haben die Kidnapper diesen technisch-organisatorischen Aufwand getrieben. Sicher auch, um in Ruhe die Früchte einer geglückten Erpressung zu genießen. Auf die Idee, dass ein Opfer das Gefängnis finden könne, sind sie wohl nicht gekommen. Wie geht es übrigens den beiden?"

„Das wissen wir nicht, Herr Kramer, als wir den Zünderhof erreichten, war er leer. Vor der Tür lagen zerschnittene Fesseln aus Klarfolie, und drinnen vor dem Bett in einem großen Saal Klebebandreste. Die Schlüterin und ihr Kumpan sind von einem Unbekannten befreit worden, bevor die Kollegen dort eintrafen. Von beiden keine Spur."

Kramer schaute ihn völlig konsterniert an, doch Evers nickte grimmig. „Sehr schade. Es wäre die Krönung gewesen, auch die beiden Täter vorzufinden."

„Und was ist mit Nummer drei, mit Heinz Dusiak?"

„Den haben wir noch nicht."

„Den kriegen Sie aber sicher wegen Hehlerei dran."

„Vielleicht. Die Kollegen haben gestern abend in Betzlingen noch Besuch bekommen von einem Arno Dornberg, der uns eine aufregende Geschichte von einem Treffen mit Ihnen im Keller des Hauses Kalter Weg 19 erzählt hat. Danach habe ich mit Caro Heynen gesprochen, die mich gewarnt hat: Sie neigten dazu, sehr gründlich aufzuräumen, und zwar um so gründlicher, je entschiedener man Sie davon abhalten wolle."

„Da ist was dran", grummelte Kramer zustimmend. „Die Hauptkommissarin kennt mich inzwischen ganz gut."

„Passen Sie nur auf, dass Sie dem Leitenden Oberstaatsanwalt nicht in die Quere kommen. Hornvogel mag es überhaupt nicht, wenn sich Laien in irgendwelche Ermittlungen einmischen. Er hat die Saling angewiesen, gegenüber dem ›Herrn Kramer‹ in der nächsten Woche andere Saiten aufzuziehen."

„Ich zittere vor Angst."

„Geben Sie mir die Waffe und gönnen Sie sich ein anständiges Mittagessen. Wenn Sie mich nicht in die Pfanne hauen, halte ich Sie auf dem Laufenden."

„Vielen Dank, Herr Evers. Ich lasse auch von mir hören, sobald ich was Neues erfahren habe… Nein, keine ungesetzlichen Alleingänge, das verspreche ich Ihnen. Und Sie versuchen mal, die Fingerabdrücke, die Adam & Brettschneider gesichert haben, mit den Abdrücken zu vergleichen, die Sie von den Personen haben, die in letzter Zeit entführt worden sind, ohne dass die Angehörigen sofort die Polizei verständigt haben."

„Was soll denn das heißen?", wehrte sich Evers.

„Mir ist da zum Beispiel ein Name untergekommen, Susanne Bargmann, von der die Kripo meinte, das Mädchen habe zuviel Fantasie und wolle wohl nur Aufmerksamkeit erregen. Wenn Sie in der Scheune, im Zünderhof gefangen gehalten worden ist, müssten Sie dort Spuren von dem Mädchen finden, ich kann mir nicht vorstellen, dass die Entführer so gründlich geputzt haben, dass alle Spuren vernichtet sind. Erst recht nicht, wenn Sie noch andere Kandidaten und Kandidatinnen haben, denen man eine Entführung nicht geglaubt hat."

Evers zog den Kopf ein und stöhnte. „Kratzen Sie die Kurve, Herr Kramer, ich bewundere Caro Heynen maßlos, dass die Kollegin Sie noch keinen Kopf kürzer gemacht hat."

Mit seiner Empfehlung über das anständige Mittagessen hatte Evers ihn auf eine Idee gebracht. Er rief im Referat 111 an und bekam auch tatsächlich Caro Heynen an die Strippe. „Ich habe Hunger und lade dich zum Essen ein."

Sie überlegte einen Moment, dann nieste sie heftig. „Gesundheit!", brüllte Kramer in das Handy.

„Einverstanden."

In der Stadtwache konnten sie sich noch einen Tisch aussuchen. Caro studierte ausgesprochen lustlos die Speisekarte und legte sie auch bald zur Seite. „Du schlägst mir auf den Magen, mein Bester. Was ist nun mit dem anonymen Brief?"

„Ja, der stammt von mir."

„Und was soll dieser kindische Scherz?"

„Dich nur darauf vorbereiten, dass der Schütze von der Ferdinandstraße mit Vornamen Achim heißt, und dass Boxer und Schlitzer hinter einem Zocker her waren, der mit Vornamen Heinz heißt."

„Na prächtig! Und was nutzt mir das?"

„Es soll doch nur deine Aufmerksamkeit schärfen, falls dir in nächster Zeit Verdächtige unterkommen, die Achim oder Heinz heißen."

„Haben Achim und Heinz etwas mit der Entführung und dieser merkwürdigen Scheune im Zünderhof im Boroner Land zu tun, für die du im Moment so gerühmt wirst?"

„Ja, sie waren beide an der Entführung beteiligt."
„Das heißt, du hast mal wieder illegal abgehört."
„Könnte man sagen, ja."
„Mit solchermaßen illegal beschafftem Beweismaterial bekomme ich natürlich prompt von jedem Richter einen Haftbefehl."

„Wahrscheinlich nicht, aber du weißt, wo und wie du bohren musst."

„Das hilft mir viel!"

Dann helfe ich dir, dir bei den Kollegen einen weißen Fuß zu machen. Ihr müsst irgendwo eine Serie von Raubüberfällen und Diebstählen haben – Männer hatten sich ein Callgirl plus sogenannter Nichte ins Haus geholt, sind betäubt worden und morgens in einer leeren Wohnung aufgewacht. Ich würde einmal im sogenannten Jägerhaus auf dem Landgut Clausen nachschauen und dabei auf ein Auto mit dem Kennzeichen Köln – AW 4477 achten. Die auffälligen Tätowierungen der beiden Damen lassen sich mit Seife und Scheuerbürste entfernen."

„Woher weißt du?"

„Eine Mitarbeiterin hat auf einem Sims gestanden und in ein Zimmer gesehen, in dem sich die beiden Frauen wohl gerade auf den nächsten Einsatz vorbereiteten."

„Die Mitarbeiterin schaut nicht zufällig professionell in die Zukunft?"

„Nein, tut sie nicht, aber sie ist wegen Körperverletzung vorbestraft, also Vorsicht, wenn ihr sie zum Protokoll abholt."

„Nach so vielen schönen Neuigkeiten habe ich doch Hunger. Und ich glaube, ich weiß jetzt auch, warum dich nie eine Frau geheiratet hat."

„Weshalb nicht?"

„Vor lauter Aufregung wäre sie nie dazu gekommen, was Vernünftiges zu essen, und was nützt einem ein Liebhaber, mit dem man nur hungern kann?"

„Danke und guten Appetit. Die beiden Typen, die Hella Grothe angeschossen haben, waren bestimmt auch hinter Heinz her. Die arme Hella gießt nebenan nur die Blumen, putzt wohl ab und zu und hat ansonsten mit der ganzen Geschichte nichts zu tun."

„Das, fürchte ich, hilft ihr nicht viel. Es geht ihr nicht gut, ob sie durchkommt, ist mehr als fraglich."

„Das tut mir leid."

Caro antwortete nicht direkt, sondern schaute ihn erst lange von der Seite an. „Was immer du jetzt planst, mein lieber Rolf, Hornvogel wartet nur auf eine Gelegenheit, dir ein Bein zu stellen."

„So, so. Ich nehme das Wiener Schnitzel."

„Ich auch."

Sie hatten das ziemlich zähe, papierdünne Schnitzel fast aufgegessen, als Caro Messer und Gabel zur Seite legte und schwer seufzte: „Wer dich zum Freund hat, muss nie über Langeweile klagen."

„Du sagst es." Er winkte der Bedienung. „Ich möchte zahlen."

Auf ihren Wunsch setzte er Caro vor dem Präsidium ab.

Vierter Freitag

Der Vormittag hielt eine freudige Überraschung bereit. Kramer räumte schon in seinem Büro zusammen, als das Telefon klingelte und Franz Auler seinen Besuch für den nächsten Tag anmeldete.

Die Automeile, wie die Stuttgarter Straße allgemein genannt wurde, entsprach Kramers Vorstellungen von der Vorhölle. Vierspurig, für die Raser eine willkommene Teststrecke, links und rechts nur Autohäuser, Werkstätten, Lackierereien, Tankstellen, Waschstraßen, Läden für Zubehör und am Ende, an der Einmündung in den Ring 2, Autofriedhöfe, Schrottplätze, eine Schredderanlage, zwei Schrottpressen, die einem Normalmenschen das Trommelfell zerrissen, und Gebrauchtwagenhändler. Zum Beispiel Heinz Dusiak, Gebrauchtwagen und Einzelteile. Kramer fand einen Parkplatz vor dem verglasten Verkaufsbüro und wurde von einer mechanisch lächelnden jugendlichen Katalog-Schönheit empfangen. Am Revers ihrer Jacke trug sie ein Namensschildchen, ›U. Paschke‹. „Was kann ich für Sie tun?"

„Guten Tag, Frau Paschke, mein Name ist Stumm, ich komme aus Betzlingen in den Boroner Bergen und muss unbedingt Herrn Dusiak sprechen."

„Das tut mir leid, Herr Dusiak ist heute nicht da."

„Aber Sie wissen doch sicher, wie man ihn erreichen kann."

„Tut mir leid, erstens weiß ich es nicht und zweitens dürfte ich es Ihnen nicht sagen. Der Chef will nicht gestört werden."

„Aber Sie haben doch sicher eine Telefonnummer, um ihn im Notfall anzurufen."

„Sind Sie ein Notfall?" Dabei lächelte sie so charmant, wie Kramer es ihr nie zugetraut hätte. Wenn man ihr Gesicht mit einem Scheuerlappen und viel Seife bearbeiten würde, um die ausgehärteten Schichten von Schminke und Make-Up abzutragen, könnte darunter so was wie echte Freundlichkeit zum Vorschein kommen. Kramer ächzte: „Nein, bin ich nicht. Aber ich glaube, Sie würden ganz im Sinne des Chefs handeln, wenn Sie ihn anriefen und ihm sagten, ein Herr Stumm aus Betzlingen sei da gewesen und hätte ihn warnen wollen, dass der Zünderhof abgerissen werden soll. Ein Herr Dornberg von der Ausaner Versicherung von 1898 habe den Beschluss bei Gericht durchgesetzt. Es ist derselbe Dornberg, der im Kalten Weg 19 den Keller ausgeräumt hat."

Sie hatte sich Notizen gemacht und prustete leise vor sich hin. „Und warum wollen Sie Herrn Dusiak davor warnen?"

„Weil es allerhöchste Zeit wird, dass er über seinen Anwalt was unternimmt. Mir gehören so einige Sachen, die im Zünderhof lagern."

„Das kann jeder behaupten."

„Stimmt, aber ich kann es auch beweisen."

Sie lächelte ungläubig und stand auf. „Setzen Sie sich doch. Ich muss von nebenan telefonieren."

„Na schön, tun Sie, was man Ihnen gesagt hat, aber um Missverständnisse zu vermeiden, ich bin kein Freund von Karl Kochta."

„Wie war der Name?"

„Sagen Sie Heinz, kein Freund, nicht einmal ein Bekannter des Kartenkönigs." Sie ging nach nebenan, und ihre ganze schöne Rückfront drückte Protest aus.

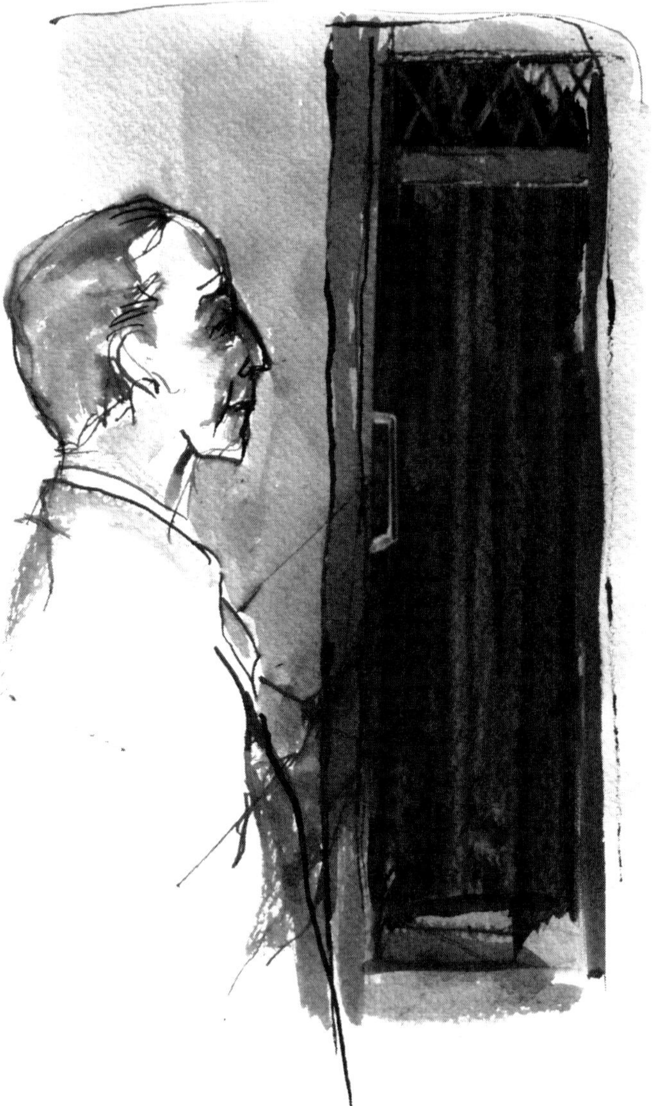

Vierter Samstag

♦
♦

Kramer hatte den ganzen Vormittag in seinem Bastelzimmer damit verbracht, einen Abschlussbericht zu formulieren, aus den einzelnen Gesprächsteilen auf den Digitalspeichern ein Kassettenband herzustellen und die Stücke mit Datum und Uhrzeit zu einem fortlaufenden Ganzen zu verbinden. Als er dann ins Büro lief und das Ruhlandhaus betrat, war er noch so in Gedanken versunken, dass er beinahe an Franz Auler vorbeigelaufen wäre, der unschlüssig den Paternoster betrachtete.

„Er funktioniert noch einwandfrei", machte Kramer ihm Mut.

„Gut möglich, Herr Kramer. Wir hatten im Werk auch so einen Klapperatismus. Damals noch erlaubt und regelmäßig von der Herstellerfirma gewartet. Trotzdem bin ich mit ihm zwischen dem zweiten und dritten Stockwerk hängen geblieben. Und zwar so blöd, dass ich weder durch den Spalt unten noch durch die Lücke oben herauskam. Meine liebe Tochter tauchte bald auf und hatte guten Rat parat: Vater, du solltest endlich abnehmen."

„Was Sie ja auch getan haben!", bemerkte Kramer mit einem anerkennenden Blick auf den hageren alten Mann, der sich stolz auf seinen flachen Bauch klopfte.

„Sicher, aber erst, nachdem man das Gefährt wieder in Gang gebracht hatte."

Sie nahmen die Treppe in den ersten Stock. Auler strich dabei mit der flachen Hand über den breiten Handlauf und schmunzelte heimlich. Jede Wette, dachte Kramer amüsiert, er stellt sich gerade vor, wie schön man darauf hinunterrutschen könnte, wenn man dürfte und nicht ein würdiger älterer

Herr mit einer erwachsenen Tochter wäre. Im Büro wurde Auler dann feierlich. Aus der Brieftasche zog er einen Umschlag hervor. „Die versprochene Belohnung. Meine Frau und meine Tochter bedanken sich vieltausendmal und wünschen Ihnen für die Zukunft alles Gute, Glück und Gesundheit. Wann immer Sie ein Problem haben sollten, bei dessen Lösung wir helfen können, rufen Sie bitte an. Wir sind Ihnen auf ewig zu Dank verpflichtet."

Kramer waren solche Dankes- und Lobesergüsse eher peinlich. Aber Auler meinte es ernst, er hatte feuchte Augen bekommen und sagte, als er bemerkte, dass sie Kramer nicht entgangen waren: „Wir hängen sehr an unserem einzigen Kind. Vielleicht zu sehr, um Brigitte wirklich freizugeben." Nach diesem unerwarteten Geständnis hatte er es dann plötzlich sehr eilig.

Kramer versuchte sein Glück und siehe da, der Ahnenforscher hockte vor seinem neuesten Computer und versuchte, in Dateien hineinzukommen, die für ihn gesperrt waren – was Posipil nur anspornte.

„Ich habe zwei Bitten, Harald. Ich müsste erfahren, wo eine Helene Schlüter ein Haus besitzt oder baut; sie hat außerdem eine Wohnung in der Steigerwaldstraße 88."

„Eilt es?"

„Nein."

„Und die zweite Bitte?"

„Dein Safe ist besser als meiner. Und deswegen möchte ich dieses wertvolle Stück Papier dort bis Montag deponieren."

„Kein Problem." Da Kramer ihn nicht bezahlen und ihm keinen Auftrag geben würde, war Posipil nicht neugierig, was er da für seinen Nachbarn aufheben sollte.

Vierter Sonntag

Kramers Hoffnung, einen freien Tag zu genießen und sich nicht mit dem Fall zu beschäftigen, trog. Er saß noch beim Frühstück, als sein Handy bimmelte, und Arno Dornberg schlug ihm ein Treffen vor dem Dom vor. „Wir können etwas Segen von oben gebrauchen."

„Na schön. In einer halben Stunde?"

Das Wetter war angenehm warm, auf den Straßen drängelte sich niemand und der Verkehr war sonntäglich schwach. Die Glocken hörten gerade auf zu läuten, als er Dornberg begrüßte.

„Wollen wir uns reinsetzen?"

„In den Dom?" Dornberg nickte, aber in dem Moment hörten sie, wie drinnen die Orgel fortissimo loslegte.

„Das ist etwas laut", brummte Kramer und Dornberg wusste Abhilfe. „Kommen Sie, der Kreuzgang des Kapuziner-Klosters ist wieder offen."

Sie wandelten eine Dreiviertelstunde rund um die Gräber auf dem Innenhof, Dornberg hatte mit seinem Chef gesprochen, nachdem sie die Funde aus dem Dusiak-Haus und dem Zünderhof gesichtet hatten. Die Ausaner Versicherung hatte einen großen Teil des gestohlenen Gutes in Händen, für das sie gelöhnt hatte. „Uns fehlen nur noch die Personen, die auf dem einen oder anderen Weg die Türen geöffnet haben."

„Also Ihr Callgirl plus Nichte?"

„Mein Callgirl? Lieber Herr Kollege, das grenzt an Verleumdung."

„Schlüsseldiebstähle oder -verluste sind nicht gemeldet worden?"

„Nein, in keinem Fall", stöhnte Dornberg.

„Also ein abendlicher Besucher?"

„Eher ja wohl eine Besucherin", korrigierte Dornberg. „Erstaunlich viele Männer im sogenannten besten Alter sind bestohlen worden, wenn sich die Ehefrauen auf Urlaub, Kur oder auf einer Schönheitsfarm aufhielten. Aber keiner von denen will eine Frau für die Nacht mitgenommen haben."

„Frauenhaare im Bett oder im Bad? Spermaflecken oder Präservative?"

„‚Nichts!' sagt die Kripo."

„Gar nichts? Alles ganz normal?"

„Na ja", zögerte Dornberg. „Einmal ist Wollenschläger stutzig geworden. Da lag im Wohnzimmer eine Kamera auf dem Couchtisch und der Eigentümer hat einen Heidenzirkus veranstaltet, um den Chip nicht herauszurücken."

„Gut, dann drei Tips gratis. Auf dem Chip sollten nackte Frauen zu sehen sein. Denken Sie daran, nicht jede Tätowierung ist echt, manche kann man sogar ziemlich leicht wieder abwaschen. Das nur zur Identifizierung. Und drittens: Ihre Versicherung sollte einmal mit der Hauptkommissarin Caroline Heynen reden, ich weiß zufällig, dass sie Ihnen helfen kann." Als Dornberg ging, schaute er Kramer nur von der Seite an, so, als könne der jeden Moment wie ein Vulkan glühende Lava speien.

Den restlichen Nachmittag verbrachte Kramer vergnügt in seinem Bastelzimmer. Vor Monaten hatte er in einem Antiquariat eine Bauanleitung für einen Fernseh-Farbgenerator gefunden und nachgebaut. Der Apparat erzeugte nach dem Zufallsprinzip Formen und Farben auf dem Bildschirm; es kam einem LSD-Rausch sehr nahe. Kramer hatte lange überlegt und dann einen weiteren Zufallsgenerator auf die Plantine eingelötet, so dass es noch länger dauerte, bis sich eine Form wiederholte, ein weiterer Generator sorgte dafür, dass die Formen der Kreise, Ovale, Ringe, Schlangen, Dreiecke und Gitter über Stunden in immer anderen Farbkombinationen erschienen. Nach demselben Prinzip steuerte er mehrere Tongeneratoren an, es ähnelte sehr moderner atonaler Musik, die Kramer eigentlich nicht ausstehen konnte, aber irgendwie passten diese schrägen Töne und Tonfolgen zu den verrückt-sinnlosen Gebilden auf dem Schirm.

Nicht alle Basteleien gerieten ihm zu solcher Zufriedenheit. Die letzte Pleite hatte er mit dem elektrischen Schloss an seiner Kellertür erlebt. Der Riegel wurde über eine Telefontastatur und eine eigentlich simple Elektronik angesteuert, Kramer hatte eine vierstellige Zahl programmiert, wie in der Bauanleitung vorgeschlagen, und die Zahl (Geburtstag und -monat) konnte er sich merken. Auch, in welcher Reihenfolge die Tasten gedrückt werden mussten. Dann packte ihn der Ehrgeiz, er programmierte und baute eine fünfte Öffnungszahl ein, so dass er prompt die ganze Zahl vergaß. (Er stiefelte auch selten in seinen Keller.) Kramer ging in seine Wohnung hoch, holte sich seinen Taschenrechner und überschlug, wieviele Kombinationen es gab. Danach verstaute er seinen Taschenrechner und griff nach Stemmeisen und Hammer.

Schließlich verspürte er doch Hunger und beschloss, der ›Gondel‹ einen Besuch abzustatten. Von anderer Seite hatte er gehört, dass es mit dem Essen nicht so weit her sei, aber die Vorspeisen seien ein Gedicht und die Haus-Weine auch. Die ›Gondel‹ lag nicht weit vom Hauptbahnhof an einer ruhigen Verbindungsstraße vom Hauptbahnhof zum Rathausmarkt; der Sommergarten war noch geschlossen und in dem großen, etwas dusteren Lokal waren viele Tische besetzt. Hinter dem Tresen stand eine junge Frau, die von den Stammgästen mit Ulla angeredet wurde, und Kramer fand, dass die eifersüchige Claudia sie völlig falsch beschrieben hatte. Es war keine südländische Sexbombe, sondern eine große, schlanke Frau mit einem freundlichen, etwas bleichen Gesicht und einem kurzen Pferdeschwanz aus mattschwarzen Kräuselhaaren. Als sie Kramer zu einem Tisch brachte, fragte sie: „Sie waren noch nicht hier?"

„Nein, heute zum ersten Mal."

„Dann wünsche ich Ihnen einen schönen Abend in der ›Gondel‹. Wissen Sie zufällig schon, was Sie trinken möchten?"

„Ja, ich bin Weißweintrinker und kenne mich in Italien nicht aus, also verlasse ich mich auf Sie."

„Sagt Ihnen der Name Lucanello etwas? Das Dorf liegt in der Toscana."

„Nein, da muss ich passen."

„Dort wird ein Weißwein gekeltert, den Sie mal probieren sollten."

„Dann tue ich das. Und zum Essen hätte ich gerne eine große Platte Vorspeisen."

„Gerne."

Zwei Minuten später brachte sie den Wein, Kramer probierte und staunte sie an. „Hervorragend."

„Das freut mich." Selbst wenn sie lächelte, verschwand dieser leicht melancholische Ausdruck nicht aus ihrem Gesicht.

Alle Frauen, die was von Weißwein verstanden, hatten bei Kramer automatisch einen Stein im Brett. Er hatte gerade den ersten Schluck getrunken, als eine Frau die Gaststube betrat, ihren dünnen Regenmantel aufhing und sich nach einem freien Tisch umsah. Dabei fiel ihr Blick auf Kramer. Sie zögerte und kam dann langsam an seinen Tisch und blieb stehen. Er schaute hoch und überlegte scharf, woher er die hübsche Frau mit den lockigen braunen Haaren kannte. „Du bist es also doch", sagte sie leise. Dann bemerkte sie seine Unsicherheit und murmelte: „Ich bin Christa. Als wir uns kennengelernt haben, hieß ich noch Christa Möller und habe beim Fernsehen gearbeitet, in der Maske. Du hast beim täglichen Quiz alle zehn Fragen beantwortet."

„Natürlich, Christa, die Schöne mit der Puderquaste. Ich hab's im ersten Moment nicht glauben wollen."

„Ja, so trifft man sich wieder. Darf ich mich zu dir setzen?"

„Ich bitte darum." Sie hatte sich kaum verändert. Tausend Mark hatte er gewonnen, und gemeinsam hatten sie das Geld an dem Abend auf den Kopf gehauen. Es reichte gerade noch, am nächsten Morgen das Hotelzimmer zu bezahlen. Warum sie sich später so gründlich aus den Augen verloren hatten, wusste er gar nicht mehr.

„Gut siehst du aus", sagte er ehrlich. „Du hast immer noch diese wunderschönen braunen Kulleraugen."

Sie schaute ihn ernsthaft an. „Ich bin halt älter geworden, mein lieber Rolf."

„Aber immer noch so anziehend wie damals. Bist du noch beim Fernsehen?"

„Nein. Ich habe mich selbständig gemacht und betreibe eine kleine Vermittlungsagentur für Modelle. Und was machst du?"

Kramer hatte sich an seine Lüge von damals erinnert, als sie ihn für einen Privatdetektiv gehalten hatte, weil er ihr im Auftrag des Ehemannes nachgelaufen war, und er behauptet hatte, nein, sie habe ihm so gut gefallen, dass er sie kennenlernen wollte. „Ich bin das geworden, was du mir damals schon zugetraut hast. Ich habe ein eigene kleine Detektei."

„O je. Hat dich mein Ex hierhin geschickt?"

„Nein, ich hatte eine Kundin, die fürchtete, ihr Freund würde sich mit der Wirtin zu gut verstehen."

„Mit Ulla?"

„Ja."

„Na, da braucht sie keine Sorgen zu haben. Ulla hat einen festen Freund, und das schon lange."

Die Wirtin brachte seine große Platte Vorspeisen und gleich zwei Teller mit zweimal Besteck, weil sie gesehen hatte, dass er nicht mehr allein am Tisch saß. Die Vorspeisen waren wirklich ein Gedicht, Christa langte ebenfalls kräftig zu und so bestellte er eine zweite Platte und noch einen Wein. Nein, die Ehe mit ihrem Mann war sehr schnell und seltsam undramatisch zu Ende gegangen; eines Samstagmorgens hatte er Christa beim Frühstück erklärt, er habe eine andere Frau kennengelernt und werde sich scheiden lassen. Über Mittag kam ein Lieferwagen und der Fahrer half ihr, die Sachen ihres Mannes einzupacken und um 15 Uhr war er aus ihrer Wohnung und aus ihrem Leben verschwunden. Die Scheidung ging glatt über die Bühne, er musste zahlen, was er auch tat, bis sie mit ihrer Agentur auf eigenen Füßen stand. Die neue Frau war hübsch, gepflegt und auch jünger als Christa. Sie hatten einen Sohn und lebten in Werlebach, einem Vorort etwa fünfzehn Kilometer flussaufwärts; es ging ihnen nicht schlecht; ob ihr Ex glücklich war, wusste und interessierte sie auch nicht. Dass Kramer immer noch Junggeselle war, verwunderte sie nicht. Sie wohnte nicht weit von der ›Gondel‹ entfernt in einem Mietshaus – ihr Freund war Fotograf und im Augenblick zu Aufnahmen in Afrika –, wie sie murmelte, ohne ihn direkt anzuschauen. Der Wein stieg ihnen zu Kopfe, sie lobte die Vorspeisen und hatte nichts einzuwenden, als er noch einen Krug bestellte. Draußen dunkelte es. Ulla verteilte Windlichter auf den Tischen und als es Zeit für die beiden wurde aufzubrechen, fragt Christa direkt: „Kommst du mit zu mir? – ich würde mich freuen. Oder wartet jemand auf dich?"

„Erst morgen früh wieder im Büro."

„Dann lass uns gehen, es sind nur ein paar Schritte." Die Gondelwirtin lächelte zustimmend, als sie gemeinsam fortgingen und Kramer verstand sehr gut, dass Lars Urban etwas für sie empfunden hatte, bevor sich Nachbarin Claudia in sein Leben schob.

Als Christa sich auszog, hatte sie Kramer doch einen Schrekken eingejagt, als sie plötzlich Wilhelm Busch zitierte: „... von dem sie ganz besonders schwärmt, wenn er wieder aufgewärmt."

„Bin ich Sauerkohl?"

„Kohl nicht, und ob du inzwischen sauer geworden bist, werden wir ja jetzt mal testen."

Die Tests endeten zur beiderseitigen Zufriedenheit. Sie freuten sich, dass sie sich wieder getroffen hatten, wussten allerdings auch, dass diese Nacht wahrscheinlich eine erfreuliche Episode bleiben würde, weil sie ihren Freund nicht aufgeben wollte. Sie trennten sich am Morgen ohne Verstimmung und hofften beide, sich bei passender Gelegenheit noch einmal in der ›Gondel‹ zu begegnen, aber das musste keiner aussprechen.

Vierter Montag

◊
◊

Anielda mit ihrem Eifersuchtsspürsinn ahnte sofort etwas: „Da warst heute Nacht nicht zu Hause, stimmt's?"

„Stimmt! Und bevor du weiterbohrst, sie heißt Christa, und wir haben uns vor fast fünfzehn Jahren kennengelernt."

„Und dann gleich eine mehrjährige Beziehungspause eingelegt?", höhnte sie.

„Sie war damals noch verheiratet."

„Als ob dich das jemals gestört hätte."

„Eifersüchtig?"

„Puhh, bilde dir bloß nichts ein."

„Okay. Ruf' mich an, wenn die Staatsanwältin mit einem Haftbefehl anrückt, sonst weißt du nicht, wo ich mich rumtreibe. Wenn Posipil fragt, musst du ihn vertrösten."

„Willst du einen Ausflug machen?"

„Ja, halb Ausflug, halb dienstlich."

„Kannst du mich nicht mitnehmen?"

„Betzlingen kennst du doch schon."

„Macht nichts."

„Dann zieh dir was an die Füße und schließe dein Studio ab."

Als sie das Ortseingangsschild ›Betzlingen/Boroner Berge‹ passierten, nahm gerade in Stasenfurt eine Maschine Gas weg. Er hatte eine Idee. „Bist du allergisch gegen Erbsensuppe und hervorragende Bockwürste?"

„Nein, bis jetzt nicht."

„Hast du Flugangst?"

„Bis jetzt nicht."

›Der letzte Fallschirm‹ war gut besetzt, auf dem Platz vor dem Zelt wurde pausenlos gestartet und gelandet. Und der Jeep, der das Schleppseil holte, kam auch nicht zur Ruhe. Sie fanden an einem langen Tisch noch zwei Stühle, und als die Bedienung fragte, was sie nähmen, erkannte er die Stimme. Eine hübsche Frau mit kurzen blonden Locken schaute sie fröhlich an. Annegret von der Birke hatte ihren weißen Turban abgelegt und sich eine Perücke besorgt, die ihr ausgesprochen gut stand. Ihre Haare waren vor der Operation erbarmungslos abgeschnitten worden.

„Du meine Güte, du bist ja richtig hübsch", lobte Kramer, und sie griente geschmeichelt. „Danke. Zweimal Erbsensuppe?"

„Und zwei Teller Geschreddertes."

„Schon unterwegs."

Natürlich musste er Anielda erzählen, wie er die Bedienung kennengelernt hatte und seit wann er die Spezialität geschredderte Bockwürste kannte. Annegret von der Birke hatte ihn nicht vergessen. „Mein Vater bedankt sich sehr für das Kompliment. Wo hast du deine andere hübsche Freundin gelassen?" Anielda schnaubte gereizt, aber Annegret war auf einem Ohr taub.

„Die dürfte um diese Zeit noch mit ihrem Freund im Bett liegen."

„Eine Hübsche reicht auch vollständig", brummte Annegret.

„Danke", sagte die verblüffte Anielda.

„Ich möchte meiner Begleiterin, die übrigens Anielda heißt, einmal das Boroner Land von oben zeigen."

„Annegret", sagte die von der Birke Geschnittene und streckte Anielda die Hand hin. „Motor- oder Segelflug?"

„Was schlägst du vor?"

„Motor, der Wind steht nicht gut. Ihr müsstet ziemlich weit rauf, um gegen den Wind zurückzukommen. Ich besorge dir einen Motorflieger."

Gesagt, getan. Ein langer, hagerer Typ mit Dreitagebart und dunkler Sonnenbrille bot Anielda an, sie auf eine ausgedehnte Platzrunde bis zum Velstersee mitzunehmen.

„Warte bitte nach dem Flug hier auf mich", sagte Kramer rasch. „Ich muss noch was erledigen und hole dich hier wieder ab. Vertröste deinen Piloten so lange, ich zahle bestimmt." Sie willigte ein und Kramer stellte sich für eine Viertelstunde an die Motorwinde und amüsierte sich wie beim ersten Mal. Dann wurde es Zeit. Den Weg zum Wasserturm fand er auf Anhieb wieder.

Hogarth öffnete auch sofort, erkannte ihn, schien aber über seinen Besucher alles andere als erfreut zu sein.

„Störe ich? Komme ich ungelegen?"

„Das auch, aber ehrlich gesagt, ich möchte Sie hier überhaupt nicht mehr sehen."

„Oha!" sagte Kramer verblüfft. „Da muss mich einer aber mächtig angeschwärzt haben."

„Dass Sie keinen alten Hof für eine Künstlerkolonie suchen, war mir von Anfang an klar. Aber was haben Sie hier wirklich gewollt?"

„Ich habe das Gefängnis gesucht, in dem Ihr alter Bergkamerad Achim Starke und seine Komplizin Helene Schlüter eine entführte junge Frau gefangen gehalten haben, um ein Lösegeld zu erpressen. Und wenn Sie jetzt erzählen wollen, dass Sie das nicht gewusst haben, beleidigen Sie meine und Ihre Intelligenz."

Hogarth schnitt eine merkwürdige Grimasse. Einerseits wollte er nicht zugeben, dass er Mitwisser eines Verbrechens gewesen war, andererseits aber auch nicht den harmlosen Unwissenden spielen, den Kramer ihm nicht abgenommen hätte, wie er genau wusste. Und weil er so offensichtlich in einem Dilemma steckte, wollte Kramer ihm die Entscheidung erleichtern. „Wissen Sie überhaupt, wen Starke und Helene zuletzt entführt hatten?"

Hogarth schüttelte den Kopf.

„Ihre ehemalige Verlobte Brigitte Auler, die Sie nach Ihrem Bergunfall ‚freigegeben' haben."

„Sie spinnen."

„Von wegen. Rufen Sie Starke an und fragen Sie nach. Ich bin fest davon überzeugt, dass Sie genau wissen, wo Starke und Helene stecken."

„Sie fantasieren."

„Von wegen. Rufen Sie bei Starke oder Helene an und erkundigen Sie sich. Franz Auler hatte mir den Auftrag gegeben, seine Tochter zu suchen und zufällig wusste ich, wo man sie gefangen hielt."

„Wo sich Helene aufhält, könnte ich Ihnen sagen. Ich weiß aber nicht, wo Starke ist."

„Das kann im Zeitalter der Handys passieren. Sie haben doch eine Handynummer von Achim Starke. Rufen Sie an und fragen Sie! Und mir könnten Sie einen Gefallen tun und verraten, wo ich Helene Schlüter finde."

„Warum sollte ich Ihnen einen Gefallen tun?"

„Damit ich nicht zum Staatsanwalt laufe und ihm stecke, wer da einen Abluftfilter für das iranische Atombombenprogramm entworfen hat."

„Herr Kramer, Sie müssen sehr hohes Fieber haben."

„Ich muss Sie enttäuschen, ich bin kerngesund, bekomme nur langsam schlechte Laune. Wenn Sie schon mit Starke telefonieren, können Sie doch auch Martin Jörgel anrufen und ihn fragen, für wen Sie den Filter konstruiert haben und warum er nicht die Anschluss-Serie bauen will. Den Auftrag wollte er MWF andrehen. Raten Sie mal, warum?"

Hogarth holte tief Luft und entschloss sich: „Warten Sie hier!" Damit ging er in seinen Turm und Kramer hörte, dass er die Tür hinter sich verriegelte. Bis auf das Motorengeräusch vom Flugfeld Stasenfurth war es unglaublich friedlich und still. Eine Gruppe von Spaziergängerinnen blieb vor dem Turm stehen und schaute zur Kugel hoch. Eine Schöne mit rötlichen Haaren und Sommersprossen fasste sich ein Herz und sprach Kramer an: „Ist da oben noch Wasser drin?"

„Nein, schon lange nicht mehr. Hier wohnen ganz normale Menschen."

„Und warum braucht man den Turm nicht mehr?"

„Tut mir leid, dass weiß ich auch nicht. Ich warte nur auf einen der Bewohner."

„Danke, und Tschüss." Der Trupp zog weiter: Kramer hätte nichts dagegen gehabt, wenn das hübsche Sextett noch etwas mit ihm geplaudert hätte. Aber in dem Moment rasselten innen wieder die Schlüssel; Hogarth zog die Tür auf und sagte scharf: „Helene liegt im Velsterkrankenhaus in Stadtausa."

„Wie kommt Sie denn dahin?"

„Ich habe sie dorthin gebracht. Kommen Sie, ich erzähle es auf der Fahrt."

Annegret von der Birke hatte ihn – Hogarth – angerufen. Sie war auf den Zünderhof gefahren, weil Helene sie am Nachmittag angerufen hatte: Sie könne Annegret ein lohnendes Geschäft vorschlagen. Aber Annegret musste im väterlichen Geschäft aushelfen und hinterher beim Putzen noch helfen. Und als sie endlich auf den Zünderhof kam, lag da ein Mann gefesselt auf dem Rondell vor der Tür. Sie schnitt ihn los, und dann fanden sie Helene mit einer scheußlichen Augenwunde in dem großen Saal. Annegret hatte Hogarth angerufen und um Hilfe gebeten. Der kam auch sofort, half, Helene Schlüter ins Auto zu packen und dann fuhren alle zum nächstgelegenen Krankenhaus mit einer Augenabteilung. Wer sie warum überfallen hatte, wussten sie nicht. Helene wurde sofort behandelt und Starke hatte versprochen, alles mit der Polizei und der Versicherung zu regeln. Was er wahrscheinlich nicht getan hatte.

„Warum hat Annegret Sie und nicht Heiko Bille um Hilfe gebeten?"

„Heiko ist ein schwieriger Zeitgenosse, wenn er an einer Sache sitzt, kann man ihn nicht stören."

„Ich hatte den Eindruck, dass Annegret viel für ihn übrig hat."

„Hat sie auch. Und ohne aufzuschneiden, darf ich hinzufügen: für mich auch, aber sie kann sich nicht entscheiden. Heiko zu heiraten oder mit ihm zusammenzuziehen, heißt eben auch, die merkwürdigsten und auch unangenehmsten Überraschungen zu erleben." Kramer sagte nicht, dass er annahm, bei Hogarth wäre es nicht anders.

„Haben Sie Starke erreicht? Ich will gar nicht wissen, wo."

Der schnellste, wenn auch nicht der kürzeste Weg nach Stadtausa führte über die Autobahn. Als sie über die Velsterbrücke fuhren, konnten sie auf der anderen Seite des Sees die erleuchteten Fenster des Hotels ›Boroner Brücke‹ sehen.

„Nein!" sagte Hogarth müde. Ich habe nur seine Mailbox erreicht und hinterlassen, dass er mich so rasch wie möglich anrufen soll. Aber Martin Jörgel habe ich erreicht. Ich fürchte, Sie hatten Recht und ich habe mich schrecklich an der Nase herumführen lassen. Jörgel hatte mir gesagt, es sei eine Bestellung aus dem Mittleren Osten für eine Düngemittel- und

Pharmaziefirma, die mit gefährlichen Keimen und Viren arbeitet. Bei Düngemitteln denkt der Konstrukteur fast automatisch an Giftgas, aber die Spezifikationen, die mir Hilbert …"

„Hilbert?"

„Ja, den sollten Sie doch kennen, er sitzt im ›Alten Kornhof‹ und Claudia hatte für ihn gearbeitet."

„Ich denke, er ist Spezialist für Fassadenbau."

„In erster Linie hat er an seiner eigenen Fassade gebaut. Er ist ein Vermittler für Aufträge, die gegen das Außenwirtschaftsgesetz und manchmal auch gegen das Kriegswaffenkontrollgesetz verstoßen."

„Hat Claudia Frenzen das gewusst?"

„Nein. Hilbert hat sie immer im Unklaren gelassen. Sie war so eine Art Tarnung für ihn."

„Aber Martin Jörgel hat es gewusst?"

„Ja, und er hat sich fürchterlich aufgeregt, als er hörte, dass Sie vor meiner Tür stehen. Ich sollte mich bloß vorsehen, Sie seien eine wahre Pest und das reinste Unglück für jeden Mann."

Aus Jörgels Mund war das ein Kompliment.

Sie fanden Helene auf der Augenstation und der Arzt meinte, sie würde ein Auge verlieren, und wohl auch zwei oder drei unschöne Narben im Gesicht zurückbehalten. Sie erkannte Kramer mit dem gesunden Auge sofort: „Hau ab, du Arschloch. Was willst du denn noch von mir? Hast du mich nicht genug entstellt und geschädigt?"

„Das wollte ich nicht, aber meine Zerknirschung hält sich in Grenzen. Schöne Grüße von Uschi und Heinz. Und Claudia hat nicht vergessen, mit wem der Stiefvater im Bett lag, als ihre Mutter starb."

„So, so, hat sie nicht. Dann erzähle ihr mal, dass sie jetzt in einem kühlen Grab ruhen würde, wenn ich Achim und Heinz nicht überredet hätte, sie leben zu lassen."

„Nachdem sie deinetwegen überhaupt in diese Lage gekommen war. Du hast sie doch als Entführungsopfer vorgeschlagen, um dich an Jörgel zu rächen."

„Rächen?", fragte Hogarth verständnislos dazwischen.

„Hat sie Ihnen nie erzählt, dass sie ein Verhältnis mit Jörgel hatte, der sie nach dem Tod seiner Frau allerdings nicht heiratete, sondern zum Teufel schickte. Lassen Sie sich mal erzählen, wie die schöne Helene mit Dusiaks Hilfe, gemeinsam mit einer jungen Frau aus Dusiaks Betrieb, ihre Brötchen verdient hat, um einen eigenen Kosmetiksalon aufzumachen."

Hogarth schwieg und benahm sich, als kenne er Helene Schlüter gar nicht näher, und Kramer erwähnte die Ferdinandstraße nicht.

Auf dem Krankenhausparkplatz wollte Kramer Hogarth noch ins Gebet nehmen – wo steckt der verdammte Musterfilter und wo die DVD mit der Konstruktion, als sein Handy bimmelte. Anielada kochte. „Wie lange soll ich hier noch auf dich warten? Mein Pilot meint, er würde auf deine Bezahlung verzichten, wenn ich mit ihm einen netten Abend verbringen würde. Er ist Geograph und kennt sich in der Gegend gut aus."

„Macht das, einen schönen Abend für euch beide, aber er muss dich auch nach Hause bringen, vergiss das nicht."

„Wieso? Bist du plötzlich eifersüchtig?"

Es verschlug ihm die Sprache, und er schaltete das Handy aus.

„Wir müssten nach Dohla in die alte Leistner-Webstuhlfabrik", sagte Hogarth leise.

Bis Dohla waren es von Stadtausa vielleicht fünfzehn Minuten, und auf die kam es jetzt auch nicht mehr an. Sie erreichten das alte Werkstor zwei oder drei Minuten zu spät. Kramer fuhr noch langsam auf der Suche nach einem geeigneten Platz, als die alte Werkshalle in die Luft flog. Der Knall betäubte die Ohren und die Druckwelle warf beinahe das Auto um. Dann prasselten links und rechts Steine, Dachreste und Glasscherben auf sie herunter, und als das Bombardement nachließ, stiegen aus der Ruine der Halle Flammen empor, gefolgt von dichtem schwarzem Qualm.

„Soll ich 112 anrufen?", fragte Kramer nervös, aber Hogarth winkte ab. „Zwecklos. Wir haben den Filter schön in Sprengstoff eingepackt. Das Gerät steht auf gefüllten Benzinfässern. Da kann kein Mensch rein und löschen lohnt nicht mehr." Er hatte kaum ausgesprochen, als das erste der Fässer hochging. Sie spürten selbst im geschlossenen Auto die heranschießende Hitzewelle und Kramer gab Gas, um aus dem Bereich der Flammen herauszukommen. Als er auf die Ausfahrt zusteuerte, sagte Hogarth: „Da, das ist Jörgels Jeep."

„Glauben Sie, er hat den Filter absichtlich zerstört?"

„Ich denke schon. Ich kann nur hoffen, dass er einen Zeit- oder Fernzünder benutzt hat."

Das schien er getan zu haben, denn plötzlich bewegte sich vor der Flammenwand eine dunkle Gestalt, die eilig auf den Jeep zulief, verfolgt von einer zweiten dunklen Gestalt, die auf ein anderes Auto zuhielt und im Laufen mehrfach auf Jörgel schoss, ihn aber verfehlte. Beide Männer erreichten ihre Autos und konnten die Motoren anlassen und losfahren.

Jörgels Jeep legte ein beachtliches Tempo vor, aber der Verfolger, ein niedriger Sportwagen, hielt mit. Sein Fahrer besaß entweder eine zweite Pistole oder konnte beim Fahren ein neues, gefülltes Magazin in seine Waffe schieben. Es knallte noch mehrmals, und sobald der Schütze mitbekam, dass jetzt auch ein Verfolger an seiner hinteren Stoßstange klebte, erhielten auch Kramer und Hogarth bleihaltige Grüße. Eine Kugel zerschmetterte einen Scheinwerfer, Kramer nahm vorsichtshalber Gas weg. Sie rasten ohnehin wie die Irren die kurvenreiche, schmale Straße zum Seeufer hinunter. „Vorsicht!", warnte Hogarth, „drüben ist nur eine nasse Wiese direkt vor dem Wasser." Trotzdem dachten weder Jörgel noch sein Verfolger an Bremsen. Beide Autos brausten quer über die Uferstraße und hatten Glück, dass kein Auto auf der vorfahrtsberechtigten Straße fuhr. Dann hatte Jörgel den Bordstein vor der Wiese erreicht, sein Jeep hüpfte regelrecht auf das Gras, er steuerte scharf nach rechts, und die vier angetriebenen Räder fassten, er bekam im wahrsten Sinne des Wortes die Kurve auf den letzten Drücker und blieb parallel zum Wasser stehen. Sein Verfolger war technisch nicht so gut ausgerüstet. Der Hüpfer über den Bordstein brachte seinen Wagen aus der Richtung und als er bemerkte, was die dunkle Fläche vor ihm war, konnte er weder bremsen noch dagegenlenken. Er riss wohl noch das Lenkrad herum, aber der flache Flitzer blieb zwar auf seinen vier runden Gummipfoten, behielt aber auf der nassen, glitschigen Wiese seine Generalrichtung bei und verabschiedete sich mit einem lauten Platscher und einer momentanen Riesenfontäne vom festen Land und versank unglaublich schnell im See.

Natürlich riefen sie die Polizei, aber der Sportwagen und sein Fahrer waren nicht mehr zu bergen; Jörgel konnte von Glück sagen, dass er zwei Zeugen hatte, die bestätigten, dass der Fahrer des versunkenen Autos mehrfach auf Jörgel geschossen hatte und ohne Fremdverschulden im Velstersee versunken war.

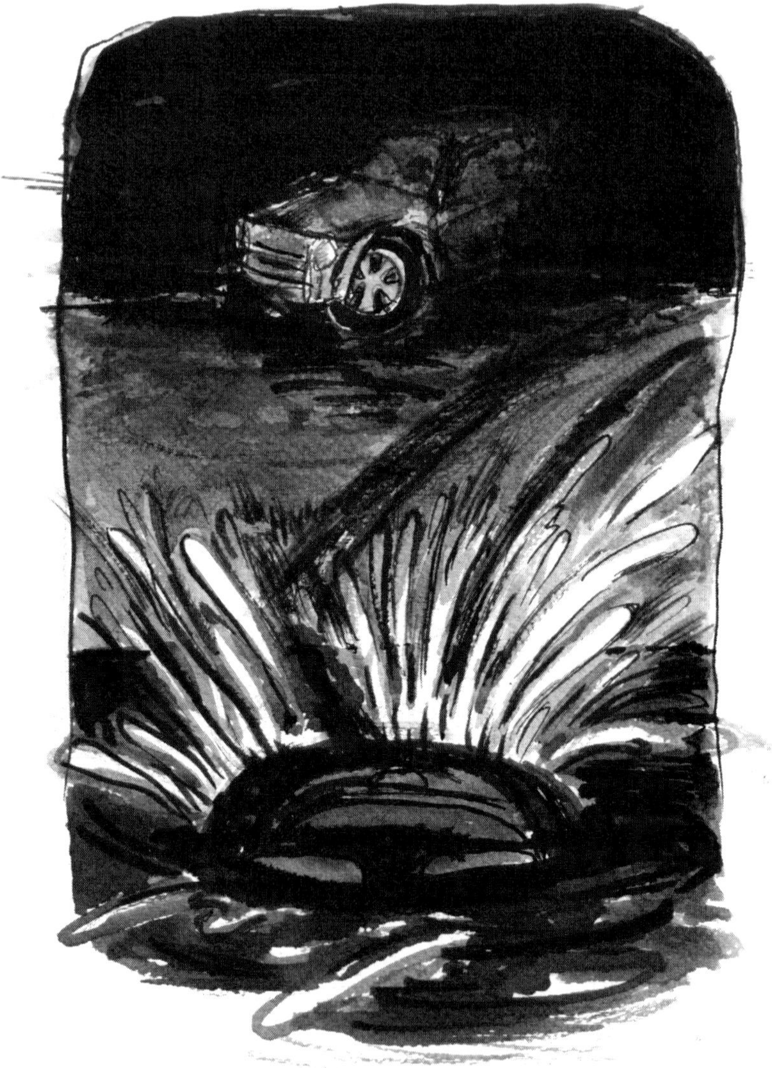

Als die Polizei zusammenräumte, konnten Kramer und Hogarth unbelauscht mit Jörgel reden. Den Namen des Mannes kannte er nicht, er war ein Palästinenser, der in Teheran lebte, und endlich das Musterexemplar des Filters und die Baupläne holen wollte.

„Wie sind die Leute überhaupt darauf gekommen, dass Sie einen Filter für den Iran bauen könnten und würden?"

Jörgel war noch so erschüttert, dass er wohl mehr sagte, als er ursprünglich wollte. „Den haben sie über Hilbert bestellt."

„Den Fassaden-Hilbert?", fragte Hogarth.

„Die Fassaden sind im eigentlichen Sinne des Wortes nur Fassade. Hilbert besorgt gegen Geld alles, was Anstand und Gesetz verbieten. Sein Arbeitsfeld ist Europa, sein Schwiegersohn beackert Japan, Korea und China."

Epilog

In den nächsten Wochen musste Kramer seinen dunklen Anzug zweimal gründlich ausbürsten. Lars Urban und Claudia Frenzen hatten ihn gefragt, ob er einer ihrer Trauzeugen sein würde, was er mit Vergnügen annahm. Die Hochzeitsfeier fand in der ›Gondel‹ statt, es wurde ein rauschendes Fest, für das Patenonkel Walther Lytgang vergnügt ein kleines Vermögen opferte. Es kümmerte ihn nicht. Denn er hatte, wie er erklärte, dadurch eine reizende Tischdame kennengelernt. Urban hatte es tatsächlich geschafft, früher als geplant seine Dissertation fertigzustellen und einzureichen. Um einer gewissen ›Freundin‹ ihren vollen Triumph vorzuführen, hatte Claudia auch Nora eingeladen, die nicht wusste, mit wem sie auf der Hochzeitsfeier erscheinen sollte. Bis ihr Rolf Kramer einfiel, der aus Rücksicht auf seine Funktion an dem Tag ablehnte. Nora kündigte ihm die ewige Freundschaft auf und war erschrocken, als Kramer darob nicht in Tränen ausbrach.

Der zweite Anlass für den dunklen Anzug war die Hochzeit von Johannes Hogarth und Brigitte Auler. Das Paar feierte stilgerecht im Hotel ›Herzogenpark‹. Das Essen war besser als in der ›Gondel‹, die Stimmung nicht so ausgelassen und so gut. Die Frage, ob Hogarth und wegen welchen Delikts angeklagt würde, zog sich über Monate hin. Dann wurde das Verfahren in aller Stille eingestellt. Rechtsanwalt Dr. Christian Bülow, für den Kramer gelegentlich arbeitete, hatte auf der Hauptinformationsbörse der Juristen, dem Pissoir im Oberlandesgericht erfahren, dass es zwei Interventionen zugunsten Hogarths gegeben hatte, einmal vom Bundesnachrichtendienst und vom Auswärtigen Amt. Beiden Stellen war daran gelegen, dass nicht publik wurde, welche Hilfe bundesdeutsche Firmen dem fanatischen Israelfeind in Teheran leisten wollten. Der Modellfilter war zerstört, auf Hogarths Computer war die CAD-CAM-Datei für den Filter gefunden und gelöscht worden, das zusammengeschmolzene Teil in der alten Werkshalle in Dohla war zweifelsfrei das Musterexemplar des Filters, die DVDs mit den Bauanleitungen waren vernichtet.

Zu der dritten Hochzeit innerhalb weniger Wochen war Kramer nicht eingeladen, sondern platzte zufällig auf der Suche nach einer guten Erbsensuppe mit viel Bockwurst in das vollbesetzte Zelt des ›Letzten Fallschirms‹, musste die Braut Annegret Stumm, vormals von der Birke und jetzt Bille küssen, dem Bräutigam Heiko die Hand drücken und an einer langen Tafel Platz nehmen. Nicht weit von ihm entfernt saßen Anielda und ihr fliegender Geograph, zwischen den beiden hatte es gefunkt, allerdings wollte sie ihre wissenschaftlich basierten Blicke in die Zukunft nicht aufgeben, was ihren nüchternen Freund etwas vergrätzte, aber Kramer recht war.

Erich Hilbert löste sein Büro lautlos auf und verschwand mit unbekanntem Ziel.

Achim Starke wurde wegen zweifachen Mordes, räuberischer Erpressung und Freiheitsberaubung in wenigstens fünf Fällen angeklagt.

Helene Schlüter musste sich wegen Beihilfe zu zwei Morden, räuberischer Erpressung und Freiheitsberaubung in wenigstens fünf Fällen, Diebstahl, Beihilfe zu Raub und Einbruch in einer unbekannt großen Zahl von Fällen, Verstoß gegen das Betäubungsmittelgesetz, Urkundenfälschung und Betrug vor dem Landgericht verantworten. Die Tatsache, dass sie geholfen hatte, Claudia Frenzen unverletzt in die Freiheit zu entlassen, wurde ihr vom Gericht strafmildernd angerechnet.

Heinz Dusiak wurde bei einer Razzia in einem Spielclub im Frankfurter Bahnhofsviertel festgenommen. Gegen ihn lag ein Haftbefehl vor. Er kam vor die Große Strafkammer wegen räuberischer Erpressung und Freiheitsberaubung in wenigstens fünf Fällen, Hehlerei und Diebstahl.
Dass er Starke bei der Erschießung von Boxer und Schlitzer Beihilfe geleistet hatte, war ihm nicht nachzuweisen. Obwohl Staatsanwältin Saling hartnäckig fragte, blieb er dabei, ja, mit einer Helene Schlüter hatte er mal vorübergehend ein Verhältnis gehabt, doch Uschi Paschke war nur eine Azubi in seinem Betrieb und sonst nichts.

Martin Jörgel wurde noch vor Beginn seines Prozesses vom nächsten Familienrat der Frenzens als ›Direktor‹ abgewählt und verunglückte einen Tag, bevor seine Verhandlung beginnen sollte mit dem Auto in den Boroner Bergen tödlich.

Martha Klein konnte in Rente gehen, nachdem sich die meisten Frenzens verpflichtet hatten, einen monatlichen Beitrag zu einer privaten Altersversorgung zu leisten.

Harald Posipil platzte fast vor Stolz auf seine Tochter Eva, als Kramer kam, um seinen Scheck aus Posipils Tresor zu holen. Eva hatte auf den Burgfestspielen Rommern mit zwei Triosonaten von Adalbert Gyrowetz von Josef Myslivecek und einem selten gespielten Violinkonzert von Ignaz Pleyel einen solchen Erfolg, dass ihr ein Plattenvertrag und eine der seltenen Stellen im Landes-Symphonieorchester angeboten wurden.

Staatsanwältin Heike Saling geruhte, sich von Rolf Kramer in die Oper und anschließend zu einem Wein beim Haberland einladen zu lassen. Dass es sich bei der Oper um Donizettis ›Liebestrank‹ handelte, war der reine vom Programm diktierte Zufall. Sie beschlossen einen – vorerst befristeten – Waffenstillstand.

Ende

In Vorbereitung

Von Horst Bieber sind derzeit zwei weitere Kriminalromane ›im Druck‹.

Weitere Information: www.buecher.llux.de

WEITERE AUTOREN BEI LLUX

Braun, Meinrad

Die künstliche Demoiselle.
Ein galantes Abenteuer Giacomo Casanovas ...   259
68 Seiten. 5 Illustrationen nach Gummidrucken von Günther Wilhelm.
Bibliophile Ausstattung. Fadenheftung, Hardcover.
ISBN 978-3-938031-24-7

Die künstliche Demoiselle
Hörbuch, vorgetragen vom Autor, mit Musikeinspielungen.
2 CD in Metalldose.
ISBN 978-3-938031-26-1

Indisches Tagebuch. Reisebilder 1973
116 Seiten, 56 Abbildungen [nach Fotografien von Meinrad Braun,
Hans-Joachim Kotarski und Reinhard Sommer].
Bibliophile Ausstattung. Fadenheftung, Hardcover.
ISBN 978-3-938031-28-5

Die traurige Geschichte vom Glück der Alexina Barbin.
Stimmen. Kein Geständnis.
64 Seiten. Bibliophile Ausgabe. Satineinband, Fadenheftung, Hardcover.
ISBN 978-3-938031-39-1

Erbe, Michael

Besuch in der Unterwelt
128 Seiten. 14 Illustrationen von Ingeborg Kempf.
Bibliophile Ausstattung. Fadenheftung, Hardcover.
ISBN 978-3-938031-37-7

Weitere Information: www.buecher.llux.de

Kirchner, Katrin

Hautgefühl – Caresses.
Gedichte, Geschichten, Radierungen –
Poèmes, Contes, Gravures.
Zweisprachig deutsch und französisch.

Bibliophile Ausstattung mit doppelseitig transparent wiedergegebenen Radierungen von Günther Berlejung.
48 Seiten. broschiert, Fadenheftung,
transparenter Schutzumschlag.
ISBN 978-3-938031-14-8

Kohm, Ronja Katharina

Schuppenflügel. Ein Zyklus in Kehrtwenden.
Gedichte

Fotografien: Philipp Bohrmann, Tuschezeichnungen: Ludwig Schmeisser.
Bibliophile Ausstattung, 15 Abbildungen,
72 Seiten, Hardcover.
ISBN 978-3-938031-35-3

Özdemir, Hasan

Die sichtbare Stadt. Erzählungen und Gedichte.

Mit 16 Cyanotypien von Günther Wilhelm.
56 Seiten. bibliophile Ausgabe, Hardcover, Fadenheftung.
Auch als Vorzugsausgabe.
ISBN 978-3-938031-31-5

Weitere Information: www.buecher.llux.de

Triebelhorn, Tatjana

Borsch für Anfänger.

112 Seiten. 20 Typocollagen, Fadenheftung, Hardcover, 2 Lesebändchen.
Ausgezeichnet mit einem Anerkennungspreis beim Wettbewerb
›Die schönsten deutschen Bücher 2006‹ und mit der Bronzemedaille beim
Wettbewerb ›Schönste Bücher aus aller Welt 2007‹.
ISBN 978-3-938031-22-3

Wilhelm, Günther

Geschützte Orte. Ludwigshafen am Rhein.
Edeldrucke - Alternative Fotoprozesse.
Einleitung von Peter Ruf.

88 Seiten. 35 Abbildungen.
Bibliophile Ausgabe mit Japanbindung, Hardcover.
Auch als Vorzugsausgabe.
ISBN 978-3-938031-23-0

Am großen Fluss. Rheinauen und Stadtlandschaften.
Einleitung von Frank Degler.

72 Seiten. 55 großformatige Lochkamera-Fotografien.
Hardcover, Fadenheftung.
ISBN: 978-3-938031-34-4

Weitere Information: www.buecher.llux.de